Lina-Sophie Radt

Freundschaft von weit her

Freundschaftsroman

Impressum

Lina-Sophie Radt, Jahrgang 2004, lebt in der Nähe von Köln, wo sie zurzeit nach Abschluss der Sekundarstufe I von einer Gesamtschule auf ein Gymnasium wechseln wird. Die Idee zur Buchvorlage kam ihr durch ihre Freundschaft zu einer eritreischen Flüchtlingsfamilie. Ihre Hobbies sind Gitarre spielen, lesen, singen und selbstverständlich schreiben. Sie hat bereits im selben Verlag "Mein Sommer in Chucks" publiziert.

Bibliografische Information der Deutschen Nationalbibliothek:
Die Deutsche Nationalbibliothek verzeichnet diese Publikation in der Deutschen Nationalbibliografie; detaillierte bibliografische Daten sind im Internet über http://dnb.dnb.de abrufbar.

© 2020 Lina-Sophie Radt

Herstellung: BoD – Books on Demand, Norderstedt

ISBN: 978-3-7519-6903-1

Kapitel 1

Arsema

Hallo, mein Name ist Arsema. Hier in Eritrea lebe ich zufrieden mit meiner Familie in einer kleinen Hütte, relativ nah an der Grenze zum Sudan. Ich bin zehn Jahre alt und meine Mutter und mein Vater heißen Soliana und Girmay. Eigentlich sind meine Eltern ganz okay. Mama macht immer unser Nationalgericht: Injera. Das sind Sauerteigfladen, die man dann mit einer scharfen Soße isst. Für die Leute, die nicht so gut scharfes Essen vertragen, gibt es auch eine gute Alternative: Kartoffeln mit Karotten. Eigentlich kann man alles Mögliche als Soße nehmen. Es muss nur schmecken. Das Gute ist: Man braucht auch gar kein Besteck dafür; wir nehmen einfach unsere Hände und reißen uns ein Stück von den Fladen ab. Dann wickeln wir mit dem Stück des Teigfladens möglichst viel Soße und Fleisch ein und schieben es uns in den Mund. Manchmal ist es gar nicht so einfach, da nicht zu kleckern.

Übrigens habe ich auch Geschwister: Joel, mein älterer Bruder, Anbessa, mein jüngerer Bruder und Mewael, mein jüngster Bruder. Wie alle Menschen hier haben wir eine dunkele Hautfarbe. Jedoch ist die gar nicht so wie von anderen Menschen in Westafrika zum Beispiel. Wir sind nämlich nicht ganz so dunkel. Aber vielleicht erkennt das auch nur einer, der hier geboren ist. Joel ist drei Jahre älter als ich (also jetzt dreizehn), Anbessa ist drei Jahre jünger als ich (also jetzt sieben) und Mewael ist sogar sechs Jahre jünger als ich. Außer mir und Mama haben Alle ganz kurze Haare. Einmal im

Monat müssen sich Alle die Haare schneiden lassen – von Papa. Nur Mama und ich bleiben verschont, damit wir bei unseren Festen schöne Frisuren tragen können. Also, von jedem wird hier zwar nur der erste Geburtstag gefeiert, aber es gibt ja auch noch Weihnachten oder Ostern zum Beispiel. An Ostern sind wir immer in unserer Kirche, die ganze Nacht. Und wir fasten auch: Vor Ostern – natürlich – verzichten wir auf Fleisch und teilweise auch auf tierische Produkte generell.

Jeden Sonntag ist außerdem Gottesdienst in unserer Gemeinde. Um sieben Uhr müssen wir dann schon da sein, deshalb weckt Mama uns immer alle, das ist voll blöd. Aber immerhin können wir meistens am Nachmittag noch etwas dösen. Der Gottesdienst geht allerdings immer bis dreizehn Uhr, wenn eine Taufe ist, sogar noch länger. Aber für uns Kinder gibt es ja einen Kindergottesdienst, das ist dann nicht so langweilig wie für die Erwachsenen.

Meine Oma und mein Opa leben auch direkt bei uns in der Nähe. Das ist praktisch. Wir besuchen sie auch oft, das ist immer schön, weil wir dann auf dem Kamel von Opa reiten können, also manchmal … Selten … Wenn Opa es uns erlaubt. Sein Kamel ist nämlich das Wertvollste, das er hat.

Meine Schule ist leider weit weg, aber das macht nichts. Meine Brüder und ich freuen uns zwar nicht auf den zwei Kilometer langen Schulweg zu Fuß, aber es ist besser als gar nicht zur Schule zu gehen. Ich mag die Schule nämlich echt gerne, weil wir da viel übers Schreiben und Lesen lernen. Und überhaupt: Da sehe ich meine Freundinnen Zula, Madihah, Akia und Delaila. Leider gibt es auch zwei nicht so nette Mädchen in meiner Klasse: Makena und Jamila. Aber denen gehe ich meistens aus dem Weg, soweit das in unserer kleinen Klasse geht. Außer uns gibt es natürlich auch noch ein paar Jungs in meiner Klasse, aber die finde ich nicht so cool. Also, der eine

Junge ist zwar immer nett zu mir und auch echt in Ordnung, aber trotzdem finde ich ihn nicht allzu interessant.

Wenn wir dann von der Schule nach Hause kommen, hat Mama manchmal schon gekocht. Die ganze Hütte riecht dann nach unseren leckeren Gewürzen – sie ist zwar auch nicht so groß, aber trotzdem. Manchmal dürfen wir nach dem Essen auch noch etwas Süßes haben: Popcorn. Das ist super lecker. Und sogar nicht nur süß. Mama macht das Popcorn nämlich immer mit Salz und Zucker, deshalb schmecken Manche salzig und Manche süß. Nur muss ich immer gucken, dass ich schnell genug esse, weil sonst meine Brüder schon alles vor mir aufgegessen haben. Die sind nämlich verrückt nach Popcorn, genauso wie ich. Papa und Mama bekommen dann leider fast nie etwas ab, aber in seltenen Fällen macht Mama dann noch eine zweite Ladung für sie und Girmay.

Nur nachts wird es ein bisschen gefährlich. Tagsüber kann auch schon wegen der Wildhunde und Schlangen Gefahr drohen, aber meistens passen wir gut auf. Das war auch das Erste, was uns Kindern beigebracht wird. Nachts ist es aber noch ein Ticken gefährlicher, weil da dann die Hyänen um unser Haus schleichen und so kreischende, möwenähnliche Laute machen. Manchmal kichern sie sogar richtig und wenn ich nicht einschlafen kann, macht mir das ein bisschen Angst. Andererseits, meine ganze Familie ist ja bei mir und da ist es dann auch von Vorteil, dass wir uns zum Schlafen alle ins Wohnzimmer kuscheln müssen. Wenn man weiß, dass man hier sicher ist – drinnen –, dann ist es sogar sehr gemütlich. Jedoch hoffe ich trotzdem immer, dass ich schnell einschlafe.

Was übrigens auch manchmal Gefahren mit sich bringen kann, ist, seine Freunde zu besuchen. Denn manche Leute hier haben einen sogenannten „Haushund", der doch in manchen Fällen gefährlich sein kann, weil es eben nur ein

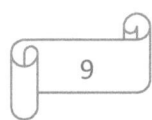

wilder Hund ist, der im Haus lebt. Diese Art von Hunden ist dafür gedacht, Einbrecher und andere Tiere abzuhalten. Nur richtet er sich natürlich auch gegen jeden Anderen, der ins Haus kommen möchte. Deshalb ist es sehr wichtig, immer daran zu denken, vorher zu rufen, dass man jetzt reinkommt. „Halt deinen Hund fest, ich komme jetzt rein!", in etwa.

Wir besitzen aber keinen Hund. Dafür hat Anbessa auch viel zu viel Angst vor diesen Hunden. Das ist auch der springende Punkt: Selbst wenn man selber den Hund im Haus hat, muss man sich vor ihm fürchten. Meine Freundinnen haben teilweise aber schon solche Hunde, deshalb treffen wir uns meistens draußen, damit keiner in Gefahr ist. Überhaupt macht es draußen viel mehr Spaß, zu spielen. Da kann man auf Bäume klettern, Verstecken spielen, oder einfach Fangen spielen. Das macht immer viel Spaß. Manchmal lassen meine Freundinnen und ich sogar Anbessa oder Joel mitspielen. Meistens wollen sie aber gar nicht.

Und wenn einer sich mal etwas verzieht und plötzlich irgendwo verschwindet, wissen wir anderen Bescheid und lassen denjenigen oder diejenige in Ruhe sein oder ihr Geschäft erledigen. Dazu gehen wir hier einfach in den Wald. In unserer Hütte gibt es nämlich keine Toilette. Wir leben ja in einem kleinen Dorf, da ist es üblich, für sein Geschäft in den Wald zu gehen. Bei den Jungs ist es natürlich etwas einfacher, wenn man nur dünn muss, aber dafür haben wir Mädchen keine Unterhose an. Unter unseren langen Röcken kann man es auch gut verstecken, wenn wir unser Geschäft verrichten.

Heute ist jedenfalls ein sehr schöner Tag. Heute Morgen waren wir schon in der Schule und davor haben wir gefrühstückt. Wie des Öfteren, haben wir auch heute Reis mit Soße gefrühstückt. Manchmal macht Mama für uns Brot, aber doch eher selten. In unserer Schultasche sind auf jeden Fall

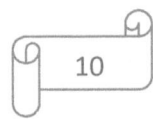

nur ein Schreibheft und ein kleines Federmäppchen mit Buntstiften und einem Füller. Das Gute ist, dass wir in unserer Tasche auch noch Platz für einen kleinen Snack haben. Zum Beispiel heute hatte jeder von uns eine Banane dabei.

Übrigens, mein älterer Bruder Joel muss schon arbeiten, neben der Schule. Er hilft, auf Schafe, Ziegen, Esel und Kühe aufzupassen. Ich bin schon froh, dass ich da noch nicht helfen muss – wenn manchmal ein Tier wegläuft, ist die Hölle los –, aber trotzdem bin ich auch ein bisschen neidisch, dass er so viel Zeit mit den Tieren verbringen darf, ich liebe nämlich Tiere. Aber immerhin haben wir auch bei uns zu Hause ein paar Esel und Schafe. Mindestens einen Esel brauchen wir auch jeden Tag dringend. Er muss die vollen Eimer tragen, die wir vom Brunnen wieder mitnehmen. Zuhause bei uns haben wir nämlich keinen Wasseranschluss und in der Küche ist ein offenes Feuer zum Kochen. Eine halbe Stunde hin und wieder eine halbe Stunde zurück braucht es bis zum Brunnen. Manchmal müssen wir sogar öfters am Tag losgehen, um Wasser zu holen. Da begegnen wir auch nicht so selten Oma und Opa, dann fragen sie immer, wie es Papa geht. Der Opa, der hier in der Nähe wohnt, ist nämlich der Papa von Girmay – also, meinem Vater.

Nach der Schule heute haben wir auf jeden Fall erst mal draußen gespielt - und das tun wir gerade noch. Verstecken ist am besten! Hier im hohen Gras findet mich bestimmt keiner. Aber Anbessa wird doch sofort gesehen! Da hinter dem kleinen Stein wird der niemals gut versteckt sein. Akia zählt gerade und scheint bald fertig zu sein, denn sie ist schon bei fünfunddreißig und wir zählen nur bis vierzig.

„Vierzig, ich komme! Versteckt, oder nicht!", ruft sie euphorisch. Dann schlägt sie die Augen auf und schon erblickt sie natürlich Anbessa.

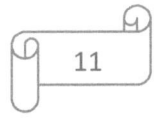

„Ich hab' dich schon, Anbessa!", kichert sie kurz darauf.

„Och, wie blöd! Ich hab' mich doch so gut versteckt!", entgegnet Anbessa geknickt.

„Nee! Du hast dich total schlecht versteckt!", gackert Akia jetzt.

„Stimmt gar nicht!", schmollt Anbessa.

„Stimmt doch!", kommt es aus dem Off. Wer war das denn? Ich glaube, das kam von da drüben. Soll ich es riskieren und mal spinksen? Ja! Ich muss einfach gucken, wer das war. Also ganz vorsichtig das Kinn über die Grashalme recken ... Da! Hinter dem Baum! Wer ...? Zula! Das kann doch nicht sein. Plötzlich muss ich kichern. Sie ist doch selber total schlecht versteckt! Der Baum bietet vielleicht Schutz für eine Ameise, aber doch nicht für Zula! Sie ist zwar sehr zierlich, aber doch ein wenig zu raumeinnehmend für diesen schmalen Baum.

„Dich hab' ich auch, Zula!", kreischt Akia vor Lachen. Zula kommt beleidigt hinter dem Baum vor und streckt Akia die Zunge raus.

„Wo soll man sich denn hier auch verstecken? Es gibt gar keine guten Verstecke hier in der Nähe! Da hinten", deutet sie auf ein paar Strohballen, die tatsächlich etliche Meter von uns entfernt stehen, und blinzelt gegen die Sonne.

„Das wären gute Verstecke! Aber dann gäbe es ja wieder nur ein Versteck und alle wären im selben Versteck!", überlegt sie.

„Ja, stimmt, dann macht es auch keinen Spaß", pflichtet ihr Anbessa bei.

„Okay, wenn ihr noch weiter überlegen wollt, wie und wo man optimale Bedingungen hätte, um zu spielen, dann macht das gerne, aber ich suche jetzt erstmal die anderen", schaltet Akia sich wieder ein.

„Aber das macht keinen Spaß mehr! Wir wurden ja schon gefunden!", nölt Anbessa.

„Für *euch* nicht, aber trotzdem muss ich die anderen suchen, weil es *uns* noch Spaß macht", stolziert Akia davon. Leider genau in meine Richtung! Oh, nein! Schnell, den Kopf wieder einziehen und nicht bewegen! Luft anhalten! Bei dem lustigen Gespräch eben habe ich es vergessen, meinen Kopf wieder einzuziehen.

„Wo seid ihr?", schallt ihre Stimme leider zu laut und deutlich in meine Richtung. Doch da knackt ein Ast. Direkt neben mir. Links, etwas weiter vorne. Das ist Delaila! Sie wollte schnell ihr eigentlich hervorragendes Versteck hinter einem kleinen Felsen neben mir wechseln, aber hat es nicht geschafft, leise zu bleiben. Pech für sie.

„Ah, da bist du ja, Delaila!"

„Och, Mist!", flucht Delaila vor sich hin, gibt sich aber geschlagen und geht zu Anbessa und Zula. Leider endet es auch für mich nicht gut, denn zwei Nanosekunden später sehe ich Akias Kopf über mir, als ich hochgucke.

„Immerhin muss ich nicht zählen, weil ich nicht Erste war", strahle ich, aber da ruft uns unsere Mutter schon zum Essen:

„Na, los! Kommt schnell rein, sonst wird das Essen kalt!", ruft sie von unserem Hauseingang aus. Meine Freundinnen dürfen heute nämlich alle bei uns mitessen. Das wird richtig cool. Sonst muss eigentlich immer jeder bei sich essen, aber heute war Mama darauf eingestellt und hat vor drei Tagen schon ganz viel Injera-Teig vorbereitet. Dieser Sauerteig muss nämlich drei Tage lang ziehen, deshalb dauert das so lange. Es ist schon toll, wie viel Mühe Mama sich macht, aber deshalb ist das ja auch nicht immer möglich, weil sie damit superviel Arbeit hat.

Auf einen Schlag kommen Awet und Madihah, die Übrigen, aus ihren Verstecken. Awet ist der Freund von Anbessa und Mewael mag ihn auch gerne. Er darf ausnahmsweise heute auch mitessen. Eigentlich ist heute ja kein besonderes Fest, es ist einfach eine Ausnahme.

Zusammen stürmen wir alle in unsere kleine Hütte und streifen uns noch im Gehen die Sandalen ab. Dann biegen wir in

Windeseile nach rechts in unser geräumiges Wohnzimmer mit dem niedrigen Couchtisch aus Holz und dem großen Sofa ab.

Der große Teller mit den ganzen vorbereiteten Teigfladen steht schon in der Mitte vom Tisch und drum herum sind schon für jeden von uns Teller aufgestellt.

Mein Magen knurrt laut, weil ich schon das typische, leckere Gewürz aus unserer Küche rieche. Die Teigfladen an sich riechen ja eher neutral – ich muss gestehen, dass ich den Geruch von Sauerteig trotzdem mag –, aber die fertigen Töpfe (zwei verschiedene Sorten; eine mit Kohl und die andere mit scharfer Soße und Lammfleisch), die noch nicht in unserer Reichweite sind, riechen so unbeschreiblich gut.

Alle lassen sich aufgeregt und voller Vorfreude auf das leckere Mahl am Tisch nieder und jeder nimmt sich schon mal einen Fladen.

„Mama, kannst du uns die Soße bringen?", fragt Anbessa und leckt sich schon die Lippen.

„Ja, natürlich, aber ich tue euch lieber Soße drauf, sonst kleckert ihr noch. Außerdem ist der Topf super heiß. Ihr wollt euch doch trotz eures Hungers nicht verbrennen, oder?"

„Natürlich nicht, Mama", sagt Anbessa daraufhin artig und guckt betreten auf seinen Fladen. Aus lauter Verzweiflung fängt er an, den Rand von seinem Teigstück abzutrennen und schiebt ihn sich schon einmal pur in den Mund.

„Dürfen wir auch schon den Teig so pur anfangen zu essen?", wirft Zula mit Seitenblick auf Anbessa die Frage ein, die mich auch interessiert.

„Nein! Wir essen doch am besten alle zusammen. Beziehungsweise *ihr* esst doch am besten alle zusammen", sagt Mama dann doch streng, während Anbessa langsam unter Zulas strengem Blick die Finger von seinem Fladen nimmt, und macht sich auf den Weg in die Küche. Sie holt noch eine passende Kelle für beide Töpfe – für den Kohl-Topf nur eine Art Löffel, aber für die Soße mit dem Fleisch eine richtige

Schöpfkelle –, legt beide Werkzeuge schon mal in den passenden Topf und trägt Beides zu uns an den Tisch.

Auf halbem Weg schwankt der eine Topf ein bisschen, doch im selben Augenblick kommt Joel von der Arbeit am Feld nach Hause, öffnet die Tür, sieht sofort Mama – von der Haustür aus kann man ins Wohnzimmer blicken, das an die Küche grenzt, wo Mama gerade auf der Schwelle steht – und hastet noch in Sandalen zu ihr hin. Rechtzeitig ist er da und stützt gerade noch den Topf mit dem Kohl in ihrer rechten Hand, bevor ein riesiges Unglück geschehen kann.

„Na, das ist ja gerade nochmal gut gegangen!", atmet Joel erleichtert auf. Soliana guckt ihn dankbar an und bittet ihn, sich dazu zu setzten.

„Danke sehr. Dein Essen ist echt das Beste!" Er hilft Mama kurz mit den Töpfen und setzt sich neben Zula.

Und schon essen wir zufrieden diese wunderbare Mahlzeit, die uns mal wieder von Gott geschenkt wurde – natürlich nicht ganz ohne zu kleckern.

Kapitel 2

Rosalie-Marie

Ich bin Rosalie-Marie, werde von meinen Freunden aber nur „Rosa" genannt und bin neun Jahre alt. Eigentlich lebt es sich ganz gut, hier in Deutschland, mit meiner Familie in einer hübschen Doppelhaushälfte. Ja, mir hat sich dieser Begriff auch noch nicht so ganz erschlossen. Ich meine, wenn man etwas Doppeltes hat und es wieder teilt, bleibt dann nicht etwas Einfaches übrig?

Na ja, jedenfalls habe ich natürlich auch eine Familie: Mein Vater heißt Richard, meine Mutter heißt Karoline, mein Bruder heißt Leonard und meine Schwester heißt Mia-Emilia. Mit Nachnamen heißen wir alle Schulze. Ja, es hört sich so spießig an, wie es ist. Mein Vater ist ein langweiliger Geschäftsmann, der zwar Spaß versteht, aber doch im Endeffekt seinen eigenen Humor hat. Wie meine Mutter sich in so einen verlieben konnte, verstehe ich manchmal nicht. Zum Beispiel dann nicht, wenn Papa mal wieder bis acht Uhr abends nur in seinem Büro-Zimmer hier im Haus sitzt. Wir möchten endlich unsere Serie im Fernsehen gucken und er sitzt immer noch mit langweiligen Finanzfritzen in einem Online-Meeting.

Manchmal geht mir mein Leben ziemlich auf die Nerven! Dann ist wirklich alles blöd. Mein Name – ich meine, wer heißt schon Rosalie-Marie … Die anderen Mädchen in meiner Klasse würden sich zwar um so einen langen, schnöseligen Namen reißen, aber das sind ja auch hochnäsige Zicken –, meine Familie – mit diesem kleinen, blöden Leo kann man schon in einigen Fällen von Glück reden, dass ich ihn noch nicht krankenhausreif geschlagen habe – und natürlich die blöde Schule.

Wer geht schon freiwillig in die Schule? Das ist doch langweilige Quälerei. Das Einzige, was ich da gut finde, sind die Pausen. Nicht mal das Essen da ist so unbedingt gut. Ziemlich oft gibt es einfach irgendeinen Auflauf mit Kartoffeln oder Tortellini und irgendwelchem undefinierbarem Gemüse drin. Deshalb nehme ich häufig heimlich Geld aus meiner Spardose mit – wir bekommen ja wöchentlich Taschengeld, also hole ich das schnell wieder rein, was ich ausgebe – und kaufe mir etwas zu essen in unserer Cafeteria.

Das Essen dort ist immerhin einigermaßen genießbar, aber leider ist Mama hinterher immer furchtbar wütend, wenn sie davon erfährt. Das heißt, *wenn*. Natürlich erzähle ich nie – und ich betone *nie* – von meinen heimlichen Unternehmungen, aber leider geht meine Schwester auf die gleiche Schule wie ich. Und da sehen wir uns halt manchmal leider in der Cafeteria. So liebenswert, wie meine Schwester ist, petzt sie sofort, wenn sie die Haustür zu Hause aufgemacht hat, alles Mama. Und dann explodiert die Bombe. So freundlich und offenherzig meine Mutter sonst ist, umso mehr kann sie ausrasten, wenn sie so etwas erfährt. Dann verziehe ich mich immer ganz schnell in das Zimmer, in dem ich mit meinem Bruder wohne.

Leider kommt mein Bruder mir dann nach, und das kann ich ihm ja nicht einmal verbieten, weil es ja auch sein Zimmer ist. Und ja, ich teile mir leider Gottes ein Zimmer mit meinem Bruder! Immerhin ist meine Schwester aus dem Schneider!

Wenn auch noch meine drei Jahre ältere Zimtzicke in diesem Zimmer wohnen würde, wäre aber endgültig Schluss mit mir.

Nur die kleine zwei Jahre jüngere Nervensäge von Leonard – wie eben schon erwähnt, an guten Tagen auch Leo – ertrage ich dann schon besser. In den meisten Fällen.

Aber weil die Mädchen in meiner Klasse solche hochnäsigen Zicken – meine Schwester passt nur zu gut in diese Schule – sind, habe ich auch nur eine Freundin in dieser Klasse, die (genau wie ich) ein wenig von dem Standard hier abweicht: Ihr Name ist Eva. Ja, der Name sagt noch nichts darüber aus, aber vertraut mir, sie ist echt sehr nett. Also, öfters. Natürlich vertragen wir uns nicht immer, aber trotzdem ist sie sehr freundlich und ich habe sie wirklich gern.

Meine andere Freundin habe ich bei meinem Querflöten-Unterricht – der mir nur ein halbes Jahr Spaß gemacht hat, dann habe ich aufgehört – kennengelernt. Und wir haben uns auf Anhieb gut verstanden. Seit ich also sechs bin, bin ich schon mit Lara befreundet. Hoffentlich hält das auch noch super lange.

Mein Bruder besucht übrigens immer noch die Grundschule, die gleiche, auf die auch Mia und ich gegangen sind – natürlich benutze ich nie Mias ganzen Namen, auch wenn sie darauf besteht, einfach um sie zu ärgern. Ich sollte mit neun Jahren ja eigentlich auch noch auf die Grundschule gehen, aber ich habe eine Klasse übersprungen; die dritte Klasse. Zwar hab' ich die Schule schon von Anfang an gehasst, aber trotzdem war ich gut, ohne etwas tun zu müssen. Und da haben sie mich halt eine Klasse überspringen lassen.

Seitdem denken jedenfalls alle irgendwie, ich wäre hochbegabt oder so und daher haben leider auch die Lehrer sehr hohe Erwartungen. Das ist überhaupt der einzige Grund dafür, dass ich es aufs Gymnasium geschafft habe (klar, meine Schwester hat das voll verdient – sie ist aber auch 'ne Streberin).

Aber wer mich schon eine Minute im Unterricht hatte, weiß: Ich bin wirklich ein Totalausfall in der Schule. Nicht nur, dass ich nie Hausaufgaben mache – in letzter Sekunde schreibe ich von irgendwem ab –, im Unterricht höre ich nie ... Ich überleg' nochmal ... Nee, wirklich *nie* zu. Stattdessen finde ich es viel interessanter mich mit meiner Freundin Eva über den Kleidungsstil unseres Geschichtslehrers lustig zu machen. Der Lehrer leider nicht.

So muss ich mich durchschlagen. Die Lehrer sind durchgehend enttäuscht von mir und gucken mich immer mit so einem immens mitleidigen Blick an, meine Familie ist langweilig und spießig, mein Name drückt genau das aus und nicht einmal das Essen in unserer Mensa ist genießbar. Immerhin habe ich meine Freundinnen. Sonst wäre echt alles hin.

Ach, ja! Und ich habe die Gemeinde. Hier in unserer Nähe (um genau zu sein, direkt um die Ecke) ist unsere Gemeinde und da sind meine Eltern schon seit Jahren Mitglied. Für meinen Vater bedeutet es allerdings nicht viel – besser gesagt, nichts. Weil er ständig mit seiner Arbeit befasst ist und das bisschen Wochenende, das er hat, „verschwendet" er nicht damit, in die

Gemeinde zu gehen. Seine Worte. Jeden Sonntag, wenn wir fragen, ob er mitkommt.

Also macht Mama sich mit uns und ohne Papa auf den Weg. Mia ist aber öfters auch nicht dabei, weil sie mal wieder lernen muss, für irgendwelche Tests, die so zufällig am Montag sind. Dafür kommt Leo mit und wenn wir gemeinsam in der Kinderstunde sitzen, sind wir unzertrennlich, wie Pech und Schwefel. Ja, gut, für die Anderen ist es manchmal etwas schwer zu ertragen, das gebe ich ja zu, aber es macht so Spaß, aufgedreht zu sein und mit Leo rumzualbern. Man kann es uns doch nicht übelnehmen, Spaß zu haben.

Jedenfalls finde ich Gott auch großartig und wenn ich bete, dann rede ich auch wie mit einem Freund mit ihm. Das ist so schön: Er ist uns so nah und egal, wie dumm oder unnötig auch unser Gebet sein mag, er kümmert sich darum und handelt.

Neben meinen Freunden, ist es das, was mir Halt gibt. Wo doch schon alles andere blöd ist.

Heute war ich jedenfalls zum Glück schon in der Schule und kann jetzt einfach nur entspannen. Ach! Das Leben kann schon echt toll sein, hier in unserem Garten im Schatten unter unserer Magnolie zu liegen, ist echt gemütlich. Jetzt, im April, blüht dieser Baum auch super schön. Da könnte ich sehr schöne Fotos mit machen, wenn ich eine bessere Kamera hätte. Ein Handy bekomme ich noch nicht und eine Profi-Kamera habe ich auch nicht. Stattdessen muss ich mich mit meiner jämmerlichen Digitalkamera mit acht Pixeln rumschlagen. Und ja, ich meine Pixel und nicht Megapixel.

Es ist auf jeden Fall schön, dass ich meinen Mal-Block mit nach draußen genommen habe, damit ich ein bisschen diese

Mandalas darin ausmalen kann. Passende Musik darf natürlich auch nicht fehlen, deshalb habe ich in letzter Sekunde noch meinen MP3-Player aus meiner Schreibtischschublade gefischt. Meine Hände waren natürlich rappelvoll, weil ich meine ganzen Bunt- und Filzstifte mitnehmen musste, um die optimale Auswahl zu haben.

Glücklicherweise habe ich hauptsächlich Gute-Laune-Songs auf meinem MP3-Player. Die passen gerade richtig gut zu meiner Stimmung.

Voll und ganz konzentriere ich mich auf das schöne Mandala mit Delfinen, das ich gerade ausmalen möchte. Bis jetzt hat es auch noch ganz gut geklappt, nicht über die Linien zu malen … Aber jetzt bin ich bei diesen klitzekleinen Herzchen um die Delfin-Flossen angekommen, da ist es echt kniffelig, nicht über die Linien zu malen.

„Rosalie! Hallo?! Du musst sofort kommen!", fuchtelt Mama mit ihrem Arm vor meiner Nase rum. Dadurch, dass das so plötzlich kam, habe ich schlussendlich doch über die Linie gemalt. Mann! Kann sie nicht einfach mal Rücksicht nehmen? Das ist einfach unglaublich! Nicht mal in Ruhe malen kann man hier!

„Was ist denn? Du hast mich verwackelt, also musst du jetzt auch eine gute Ausrede haben!", funkele ich sie böse an und lasse meinen Stift aufs Papier fallen.

„Ja, habe ich auch: Du musst sofort mit reinkommen, deine Sachen wieder zurück ins Zimmer bringen und dann umgehend deine Hausaufgaben machen!", funkelt sie mindestens genauso böse zurück.

„Nö! Ich hab' keinen Bock auf irgendwelche Rechen- oder Schreibaufgaben! Ich will einfach nur entspannt malen. Und gleich natürlich leckeres Mittagessen bekommen!", entgegne ich wütend und konzentriere mich wieder auf die kleinen Herzchen. An einen Radiergummi habe ich natürlich nicht gedacht. Mist! Na ja, immerhin habe ich nur ein kleines Herzchen versaut. Die anderen können ja immer noch was werden.

„Oh, doch, Fräulein! Du hast keine Wahl. Ob du willst, oder nicht, mach deine Hausaufgaben, sonst bekommst du weder leckeres Essen heute, noch je ein Handy!", guckt sie mich eiskalt an.

Übrigens, ja, meine Mutter und mein Vater sind die einzigen Menschen auf diesem Planeten, die mich überhaupt Rosalie nennen. Sogar meine diversen Omas und Opas sagen immer „Rosa" zu mir.

„Na toll! Aber die Lehrer mögen mich doch eh nicht! Da ist es doch dann egal, ob ich die Hausaufgaben mache, oder nicht!"

Das stimmt sogar. Seit ich mein wahres ich gezeigt habe und keiner mich mehr für die Überfliegerin hält, bin ich ziemlich unbeliebt bei sämtlichen Lehrern geworden.

„Aber das ist doch kein Argument! Du kannst dich immer noch ändern! Außerdem fänden wir es so schön, wenn du auch dein Abitur machen würdest, genau wie deine Geschwister."

Sie hat aber schon mitbekommen, dass weder meine in die siebte Klasse gehende Schwester, noch mein in die *Grundschule* gehender Bruder bis jetzt ihr Abitur haben, oder?

Das regt mich dermaßen auf, wenn sie denkt, dass alle anderen etwas Besseres sind als ich, nur weil ich keine Lust habe, die Hausaufgaben zu machen.

Wenn ich in der nächsten Arbeit eine Drei schreibe, bekomme ich wahrscheinlich in Deutsch und Mathe eine Drei auf dem Zeugnis. Immerhin. In Englisch wird es zwar wahrscheinlich eher eine Vier plus, aber das ist doch auch nicht so wichtig.

Ich will schließlich nie ins Ausland gehen – zumindest nicht nach England, die Engländer waren mir schon immer so fremd. „Mama, es steht doch noch Nichts fest! Ich streng mich schon noch an, wenn's wichtig wird", sage ich in der Hoffnung, sie zu überzeugen, mit meiner Lüge. Als ob ich jemals freiwillig meine Hauaufgaben machen würde.

„Das glaube ich dir nicht! Streng dich *jetzt schon* an! Die zehnte Klasse kommt schneller, als du denkst." Mist, sie hat mir nicht geglaubt. Dabei hat sie nicht mal Recht. Das dauert noch ewig, bis ich in der zehnten Klasse ankomme. Da kann ich jetzt auch einfach mal das Leben genießen!

„Mama, nein! Ich gehe nicht hier weg! Es ist hier so schön und auf unser Haus, auf das stickige, warme Zimmer habe ich nun mal so gar keine Lust!", schiebe ich beleidigt meine Unterlippe vor.

„Wie gesagt, du hast keine Wahl. Du musst."

„Och Mann! Es wäre heute der perfekte Tag zum Faulenzen! Es war seit Ewigkeiten nicht mehr so schön draußen, wie jetzt." Etwas traurig lasse ich meinen Stift immer wieder auf mein Blatt fallen.

„Ich weiß, ich verstehe dich ja auch. Aber trotzdem musst du jetzt erst einmal ein paar Aufgaben machen. Zumindest ein paar. Für den Anfang. Dann überlegen wir, wie wir weiter machen. Vielleicht machst du heute Abend dann nochmal ein paar Aufgaben und morgen nach der Schule nochmal ein Paar. Dann hast du es doch schon hinter dir", redet sie plötzlich geradezu sanftmütig auf mich ein.

„Wenn es denn unbedingt sein muss … Dann muss ich aber gleich nicht den Tisch decken, okay?", gebe ich auf.

„Wenn du dich dann endlich mal bewegst, schaffen wir das heute bestimmt auch alleine, Leonard und ich. Mia ist ja noch in der Schule …"

„Danke. Dann gebe ich mal mein Bestes", sage ich voller Ironie, die sie glücklicherweise nicht bemerkt.

„Gut, danke", bedankt sie sich noch und steht dann doch heute noch auf und geht zurück ins Haus, um das Essen vorzubereiten.

Langsam räume ich dann meine Sachen zusammen und erhebe mich von meinem Liegestuhl. Im Schleichmodus gehe ich nun ins Haus und werfe meine Schulsachen, die ich eben auf dem Weg nach Oben noch aus meinem Rucksack genommen habe, auf den Schreibtisch. Dann erst räume ich meine Malsachen in ihre Schublade zurück.

Betont im Schneckentempo werfe ich dann mal einen Blick auf den Hausaufgabenplan, um zu sehen, was wir überhaupt aufhaben. Leider scheint das sogar ziemlich viel zu sein. In Mathe, Deutsch, Englisch und auch noch Naturwissenschaften. Aber gut, dann setzte ich mich mal dran. Immerhin gibt es danach sehr leckeres Essen. Das muss als Belohnung reichen.

Kapitel 3

Arsema

„Los, du musst langsam mal in die Schule. Die fängt sonst ohne dich an! Der Weg dauert doch so lange. Ich habe dir auch schon einen Injera-Teigfladen mit Salz eingepackt, damit du nicht verhungerst, wenn dann in der Pause dein Magen knurrt."
Das ist die alltägliche Rede von meiner Mutter, die eigentlich so viel heißt wie: Geh einfach und vergiss dein Essen nicht!
Aber deshalb liebe ich meine Mutter. Sie ist so freundlich, selbst in der unfreundlichsten Morgenstunde.
Aber ich merke selber, dass ich bald losmuss und greife mir schnell meine Schultasche. Da kommt Mama und gibt mir – genau wie auch jedem meiner Geschwister – noch ein Küsschen auf die Stirn.
Mein kleiner Bruder Anbessa sieht am süßesten aus, mit seinem Schulrucksack, denn der ist fast genauso groß wie er. Zusammen verlassen wir das Haus und gehen in einem zügigen Tempo zur Schule. Leider ist das nämlich kein Sonntagsspaziergang. Aber dafür ist das Wetter wieder grandios. Um diese Jahreszeit ist es zum Glück auch noch nicht so heiß. Im Hochsommer wird es manchmal bis zu dreißig Grad heiß. Das ist dann schon manchmal echt krass und auch zu heiß für Mewael zum Beispiel. Vor zwei Sommern, als er gerade ein Jahr alt war, hatte er mal einen Sonnenstich und musste wieder in den Schatten. Er war zu lange in der Sonne und hat sich übergeben. Das war gar nicht gut. Aber bei dreißig Grad muss man ja auch nicht lange in der Sonne sein, um einen Sonnenstich zu kriegen.

Leider ist es sehr langweilig und ermüdend den Weg zur Schule zu gehen. Wir brauchen zwar nur dreißig Minuten, aber trotzdem. Ich habe auch nicht immer so viel Lust, mich großartig zu bewegen. Zum Glück gibt es aber immerhin an manchen Stellen Schatten. Ohne diesen Schatten wären wir schon in dieser frühen Morgenstunde aufgeschmissen. Denn die Sonne ist auch schon um diese Uhrzeit wirklich stark.

Wir haben zwar nur einen kleinen Trampelpfad, den wir gerade entlanggehen, aber das ist ja immerhin etwas. Ich habe auch schon von Kindern gehört, die über Mauern oder Felsen klettern müssen, um zur Schule zu kommen.

Als wir dann endlich an der Schule ankommen, müssen wir uns noch beeilen, um rechtzeitig auf unsere Plätze zu kommen. Es gibt hier zwölf Klassen – von der ersten Klasse bis zur Zwölften – und man wird mit sechs Jahren eingeschult, deshalb ist Anbessa auch noch nicht so lange hier. Ich allerdings bin schon seit vier Jahren auf dieser Schule und es gefällt mir echt sehr gut.

Ich finde den Unterricht immer super spannend. Da lernen wir, wo wir genau sind, auf der Welt und außerdem können wir dadurch – durch die Schule – schon kleine Texte lesen und unsere Schrift schreiben.

Hier in Eritrea spricht man nämlich Tigrinja und schreibt Zeichen, die fast wie arabische Schriftzeichen aussehen. Außerdem ist unser Alphabet natürlich ein bisschen anders; wir habe zum Beispiel solche Wörter, die man aus dem Rachen heraus aussprechen muss und das ist für *uns* natürlich einfach. Wir haben es ja nicht anders gelernt.

Aber auch zu wissen, wie man dann verschiedene Sachen aufschreiben muss, finde ich sehr interessant.

Ich würde auch gerne mehr über unsere Geschichte erfahren, aber da haben wir noch nicht so viel gelernt. Leider! Ich finde das total schade.

Die Schultage hier gehen immer von acht bis zwölf Uhr. Das passt echt gut, weil wir dann zu Hause essen können. Und ich habe noch viel Zeit, mit meinen Freundinnen draußen zu spielen.

An manchen Tagen setze ich mich auch einfach nur raus in den Schatten, um etwas aus der Schule zu lernen und natürlich habe ich auch des Öfteren Hausaufgaben auf. Doch meistens spielen wir alle zusammen. Meine Freundinnen und ich. Und auch meine Brüder und ich. Wenn sie wollen.

Nach einer Stunde Deutsch und einer Stunde Mathe haben wir dann eine etwas längere Pause, in der ich dann meinen Teigfladen (der schmeckt übrigens auch kalt und ohne Eintopf super lecker) verspeise. Anbessa hat auch einen bekommen, aber er spielt lieber mit seinen Freunden Fußball und schert sich nicht um sein Essen.

Das ist öfters so; da isst er dann nichts, nur, weil er mit seinen Freunden spielen möchte und kommt ausgehungert nach Hause, obwohl er ja Essen dabeihatte. Unglaublich, dieser Bruder.

Bei Joel war das auch immer so. Übrigens, eigentlich würde Joel ja auch noch in die Schule gehen – bis zur zwölften Klasse mit achtzehn Jahren –, aber das können wir uns vermutlich nicht leisten. Daher wird er wahrscheinlich nächstes Jahr nur noch arbeiten und nicht mehr zur Schule gehen. Zwar hat der

Bruder meiner Mutter einiges an Geld, aber er kann uns auch nicht immer helfen. Ich meine, er muss ja auch etwas für sich und seine große Familie in Amerika haben. Das ist nämlich das Land, in das er vor einiger Zeit schon geflohen ist, als hier der Krieg ausgebrochen ist.

Wir mussten da nicht fliehen, weil wir – zum Glück – nicht im Kriegsgebiet wohnen beziehungsweise gewohnt haben. Ich bin auch sehr froh, dass ich meine Freunde nicht verlassen musste. Was ich wohl ohne Zula, Madihah, Akia und Delaila machen würde, möchte ich mir gar nicht vorstellen.

Als der Unterricht in den Endspurt geht – am Ende der letzten Schulstunde – sitzen alle schon auf heißen Kohlen und wollen endlich nach Hause und das ausgezeichnete Wetter genießen.

„Halt! Alle noch sitzen geblieben! Ihr könnt erst gehen, wenn ich es sage, verstanden?", dirigiert uns unser Lehrer wieder zu unseren Plätzen, als beinahe die ganze Klasse schon vor der Tür stand, um rauszulaufen.

Ein eingeknicktes Gemurmel geht durch die Klasse und alle trotten zurück auf ihre Plätze, aber nicht ohne ihre Schultaschen extra laut zu Boden plumpsen zu lassen.

Also besprechen wir noch eine kurze Hausaufgabe für nächste Woche zu den englischen Verben und dürfen dann endlich die Klasse verlassen.

Dann finde ich Anbessa sehr schnell auf dem Schulhof und wir können endlich die zwei Kilometer nach Hause marschieren. Der Rückweg geht immer leichter, finde ich, da freut man sich schon auf Zuhause und kann sich auch etwas mehr Zeit lassen. Auf dem Hinweg muss man ja darauf achten, rechtzeitig an der Schule anzukommen, aber jetzt haben wir alle Zeit der Welt.

Besonders, weil morgen schon Samstag ist, also beginnt jetzt quasi schon unser Wochenende.

Als wir zu Hause ankommen, ist aber irgendwas komisch. Es riecht im Flur noch nicht nach Essen und ein paar Schuhe fehlt im Flur. Irgendwie ist die Stimmung angespannt. Auch wenn ich noch nicht weiß, wieso.

Doch! Ich höre auch nicht wie gewöhnlich Stimmen im Plauderton aus der Küche, was normalerweise immer so ist, wenn Mama da ist und kocht. Papa ist zwar immer auf der Arbeit, aber des Öfteren hat Mama dann eine Freundin hier, mit der sie sich über alles Mögliche unterhält.

In einigen nicht so seltenen Fällen kommen auch Oma und Opa zu uns rüber, auch wenn es nur Mamas Schwiegereltern sind.

Aber heute ist irgendwie alles anders.

Vorsichtig gehe ich mit meinem Bruder nach rechts ins Wohnzimmer und dann weiter in die Küche, aber keine Menschenseele ist zu sehen.

„Wo ist denn Mama?", guckt mich Anbessa dann ängstlich an und hält sich an mir fest.

„Weiß ich auch nicht. Am besten räumst du schon mal deine Schultasche aus, okay? Ich bin sicher, es ist nichts Schlimmes", versichere ich ihm, um ihn ein wenig zu beruhigen, obwohl ich mir gerade keines Falls sicher bei irgendetwas bin.

„Okay ...", sagt er sehr zögerlich und beginnt, auf dem Sofa seine Sachen auszupacken.

Ich bleibe skeptisch in der Küche stehen.

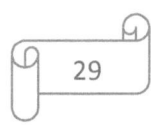

Da höre ich auf einmal Mamas Stimme von draußen und mache mich natürlich gleich auf den Weg.

Sie ist wohl auf und steht mit dem Esel und einer neuen Ladung frischen Wassers vor der Tür. Es ist also doch alles in Ordnung. Puh! Ich dachte schon, es wäre ihr sonst was passiert.

„Hallo, Mama, ist alles in Ordnung?", frage ich zweifelnd.

„Ja, natürlich, Schatz!", entgegnet Mama ganz entspannt und gelassen.

„Da bin ich aber froh", atme ich erleichtert auf und umarme Mama. Anbessa kommt auch dazu und hängt sich an ihr Bein.

„Aber warum gibt es denn kein Essen? Und warum hast du jetzt erst Wasser geholt?", macht Anbessa große Augen und guckt ein bisschen verwirrt.

„Ach, ich habe es heute Morgen einfach nicht mehr geschafft. Außerdem musste ich dann noch eure Wäsche waschen und dann hatte ich plötzlich das restliche Wasser aufgebraucht. Fürs Kochen musste ich also dann nochmal los. Aber jetzt bin ich ja wieder da, ihr müsst euch keine Sorgen machen", versichert sie uns dann ein weiteres Mal.

„Okay, wir dachten schon, dass etwas Schlimmes passiert ist und hatten Angst", gebe ich noch eine Erklärung ab.

„Na ja, das Kamel von Opa wurde letzte Nacht von Hyänen gerissen, dabei hatte er es ja noch gar nicht so lange … Eben habe ich ihn getroffen, da hat er es mir erzählt."

Das ist aber echt schlimm. Er hat sogar selber immer wieder erzählt, wie teuer das Kamel war und wie viel Geld er dafür aufwenden musste. Das tut mir richtig leid.

Abends, beim Abendbrot, ungefähr fünf Stunden später.

„Wann kommt Papa? Können wir nicht schon mal ohne ihn anfangen zu essen?", fragt Joel und hat schon fast sein Brot im Mund.

„Mh, okay, meinetwegen könnt ihr schon anfangen zu essen, aber eigentlich müsste Papa längst hier sein", grübelt sie nach einem tiefen Seufzen noch laut.

„Danke, Mama!", beißt Joel schon ins Brot.

„Ja ..."

Es ist heute doch nicht alles in Ordnung, habe ich so das Gefühl. Normalerweise wäre Papa spätestens um sechs Uhr gekommen und hätte jetzt locker mit uns zu Abend essen können. Das verstehe ich beim besten Willen nicht. So verspätet war er noch nie.

Eine ganze Woche später ist Girmay immer noch nicht wieder da. Er hat uns weder angerufen, noch irgendwie informiert oder kontaktiert. Mama ist schon in Panik deswegen und kann nicht mehr stillsitzen. Wir alle fragen uns natürlich, was passiert ist. Ich frage mich auch, wohin er gegangen ist.

Er arbeitet ja beim Militär und ist vielleicht weggegangen, weil es ihm zu gefährlich war. Aber ohne uns? Wenn er wegen des Krieges weggegangen ist, müsste er uns doch mitnehmen, oder? Sind wir ihm egal?

Diese Zweifel plagen mich täglich, obwohl ich weiß, dass Gott bei mir ist uns auf uns aufpasst. Manchmal dauert es doch länger bis er eingreift und alles wieder gut ist.

Da klopft es plötzlich. Wir sitzen gerade mit Tee und Kaffee im Wohnzimmer, was wir öfters am Nachmittag mal machen. Oma und Opa sind sogar auch da. Doch wir erwarten eigentlich keinen weiteren Besuch ...

„Entschuldigung, sind Sie Soliana Bisrat?", fragt ein Mann, der irgendeine Uniform anhat.

„Ja, wieso? Ist etwas mit meinem Mann passiert?!", fragt Mama erschrocken.

„Tun Sie nicht so unschuldig! Sie wissen genau, wohin Ihr Mann geflohen ist! Sagen Sie es sofort, oder wir nehmen Sie fest!", schreit der Mann plötzlich und hält Mama grob an den Schultern fest. Bisrat ist doch eigentlich Tigrinja für „gute Nachricht", warum wollen diese Leute dann Mama wehtun?

„Was? Ich weiß von nichts! Wirklich!", schreit Mama verzweifelt. Ich will ihr helfen und sie aus dem Griff des Mannes befreien, aber ein anderer Mann stürmt auf mich zu und hält mich zurück.

„Also, sofort festnehmen, Ariam und Dehab!", ordnet er schreiend seinen beiden Begleitern an und guck meine Mutter kalt an. Der Mann, der mich festgehalten hat, läuft nun auch zu Mama und zerrt sie aus unserem Haus.

„Aber ich weiß nichts! Er ist einen Abend einfach nicht von der Arbeit wiedergekommen, woher soll ich mehr wissen als Sie? Das können Sie nicht machen!", wehrt sich Mama leider ohne Erfolg. Mit der Polizei hier ist nicht zu scherzen. Das wissen auch Oma und Opa, deshalb sagen sie nichts uns nehmen uns Kinder wieder alle mit ins Wohnzimmer. Beziehungsweise scheuchen sie uns zurück, um uns zu schützen.

Alles verschwimmt vor meinen Augen. Sie haben wirklich Mama mitgenommen. Das Einzige, was immer sicher in meinem Leben war, nehmen sie uns einfach weg. Das dürfen sie nicht! Ich schaffe das nicht alleine. Warum haben sie sie überhaupt mitgenommen? Sie hat doch nichts verbrochen, oder doch? Was hat das Ganze überhaupt mit Papa zu tun? Er ist doch weg!

Ich merke erst, dass ich gerade in Tränen ausgebrochen bin, als ich mein nasses Kleid spüre und alle auf mich zulaufen und mich trösten wollen, doch nur Mama könnte mich jetzt trösten. Wenn sie hier wäre … Dieser Gedanke bringt mich erneut zum Weinen.

Oma kann mir aber auch ein bisschen helfen, indem ich mich einfach an sie lehne und in ihre Arme weine.

Sie erzählt mir dann, dass die Polizei denkt, dass mein Vater nach Äthiopien gegangen ist, um unsere Kriegstaktik zu erzählen und unser Land zu verraten. Dass Mama nicht weiß, wo er ist, macht es dann auch nicht besser, weil sie denken, dass er sich von ihr hat helfen lassen. Andererseits ist es auch gut, in gewisser Weise, weil sie ihn dann nicht verraten muss – oder auch kann.

Hoffentlich tun sie ihr nur nichts. Wenn sie mit gewissen Methoden an die Informationen kommen wollen, die sie nicht bekommen können, wäre das ein Skandal, sagen Oma und Opa.

Kapitel 4

Rosalie-Marie

Als mein Wecker am nächsten Morgen klingelt, falle ich fast aus dem Bett, als ich danach schlagen will. Dann fange ich mich wieder und stelle endlich dieses grässliche Piepen ab. Das sind doch die Qualen der Menschheit, oder? Frühes Aufstehen ist der erste Schritt in die falsche Richtung! Irgendwann kommt der Tag, an dem ich diesen blöden Wecker an die Wand werfe.
Aber gut, dann mache ich mich mal auf den Weg ins Bad. Obwohl … Ich könnte auch noch fünf Minuten liegen bleiben … Okay, nur fünf Minuten!

Mist, hat nicht geklappt! Das waren jetzt schon zehn Minuten! Dann muss ich jetzt schleunigst ins Bad, sonst ist meine Schwester schon mit Duschen beschäftigt. Und dann kann ich wieder nicht rein. Jetzt muss ich nur aufpassen, dass ich Leo nicht wecke. Ganz langsam rausschleichen! Nicht auf sein Lego treten! Puh, geschafft! Bis jetzt läuft es noch sehr – ups … Jetzt habe ich den einen hohen Lego-Turm umgeschmissen. Scheiße!
Na, egal, dann wird er halt wach, wir haben ja schon viertel vor sieben, in knapp einer halben Stunde muss ich mich mit ihm schon auf den Weg zur Schule machen. Also, er muss zu seiner Schule gehen und ich mit Mia zu Meiner.
Aber jetzt erstmal ins Bad. Wie ich gerade sehe, ist das auch frei, also wieder. Denn meine Schwester – die ja absolut

perfekt ist und nie Fehler macht – kommt mir auf leisen Sohlen mit ihrem Handtuch in der Hand und nassen Haaren entgegen geschlichen. Aber mal ehrlich: Wer hat schon die Motivation, morgens um sechs Uhr – oder wann auch immer – zu duschen. Das mache ich sogar abends um sechs Uhr immer noch unfreiwillig.

Aber egal.

Ich gehe ins Bad und wasche erst mal mein Gesicht. Dann kämme ich meine Haare – in Lichtgeschwindigkeit, um wach zu werden. Und anschließend kann ich dazu übergehen, mir die Zähne zu putzen.

So! Zweimal oben und zweimal unten, das muss reichen, also ausspucken!

Und jetzt: Nichts wie wieder ins Bett! Ah, nein! Mein Bruder schläft ja noch, denn anscheinend ist er von dem Lärm eben nicht wach geworden … Mist, also mal wieder nur unten im Wohnzimmer rumhängen. Ich werde einfach Fernsehen gucken, das macht sowieso mehr Spaß.

Aber es läuft nichts Gutes, nicht um diese Zeit. Mal wieder nur das Morgenmagazin. Na, besser als nichts.

Ein wenig später in der Schule ist es auch nicht wesentlich besser. Wir haben Montag und das bedeutet eine Doppelstunde Sport! Ätzend! Und dann auch noch in den ersten beiden Stunden! Dabei hab' ich da mal so gar keine Lust drauf.

Tja, aber dann kann ich wenigstens auch sehen, wie sich die anderen – auch noch alle im Halbschlaf – blamieren.

Ich hab' das Gefühl, dass der heutige Tag nichts wird. Nach Sport war noch Mathe dran und dann auch noch Deutsch.

Immerhin kam dann doch noch Kunst als kleiner Lichtblick des Tages.

Aber jetzt, um dreizehn Uhr dreißig bin ich ganz schön kaputt, weil ich so früh aufgestanden bin. Und außerdem ist es schließlich Montag, das darf man nicht vergessen! Na, dann kann ich wenigstens den Rest des Tages noch zu Hause chillen und Fernsehen gucken.

„Das hast du dir wohl so gedacht, mein junges Fräulein!", höre ich Mamas Stimme. Mensch, nichts kann ich einfach mal so machen. Ich muss immer irgendetwas Anderes machen! Ich darf kein Fernsehen gucken, nicht malen und keine Musik hören! Wer hat sich eigentlich Mütter ausgedacht? Die verbieten doch nur alles Schöne und verdonnern einen zum Hausaufgaben-machen. Das macht mir keinen Spaß!

„Ja, Mama, das habe ich mir so gedacht und ich werde jetzt einfach weiter Fernsehen gucken und entspannen! Ich habe einen langen und anstrengenden Vormittag hinter mir!", beschwere ich mich erstmal lautstark.

„Das könnte dir so passen! Du setzt dich jetzt an deine Hausaufgaben, Rosalie-Marie!", guckt sie mich mit hochgezogenen Augenbrauen an und wendet ihren Blick nicht ab. Bis ich aufgebe und zur Seite gucke.

„Na toll, dann halt! Boah, dass du aber auch riechst, wenn wir Hausaufgaben aufbekommen haben! Hast du meinen Stundenplan studiert? Das kann doch nicht wahr sein!", rufe ich und springe auf.

„Ja, ich hab' halt das Gefühl, dass du nie selber auf die Idee kommen würdest!", ruft sie zurück.

„Na toll! Aber ich gehe jetzt hoch an meinen Schreibtisch und da mache ich dann das blöde, langweilige Zeug!", renne ich wutentbrannt rauf auf mein – und Leos – Zimmer. Er ist natürlich schon länger da, weil er nur vier Stunden hatte. Laut knalle ich die Tür zu.

„Hey, was soll das denn?", beschwert er sich und guckt von seinen Schulaufgaben auf. Die macht er natürlich engagiert und fleißig. Warum auch nicht, es sind ja nur *Hausaufgaben*! Meine Güte! Ich gehöre einfach nicht in diese Familie. Alle sind mir hier zu fleißig! Totale Streberleichen, alle hier!

„Nichts, ich bin einfach nur genervt von den scheiß Hausaufgaben!", schreie ich ihn an, obwohl er nichts dafürkann.

„Hä? Warum machst du die, wenn du keine Lust hast? Die kann dich ja nicht zwingen", kommt der einzige gute Rat von ihm in den sieben Jahren, die ich ihn jetzt schon kenne.

„Hört sich echt gut an. Ich mach einfach nichts! So! Und jetzt schlafe ich erstmal ein bisschen!", beruhige ich mich und werfe mich auf mein Bett. Das ist doch eine Unverschämtheit! Die blöde Mama will, dass ich Mathe mache! Und das heute, wo ich doch schon Mathe in der Schule hatte.

Vor lauter Wut schlafe ich wenige Sekunden später ein. Keiner darf mir vorschreiben, was ich zu tun habe. Das ist einfach gemein!

Ungefähr eine Stunde und fünfzehn Minuten später wache ich auf. Was habe ich verpasst? Wie viel Uhr ist es? Viertel vor drei. Warum bin ich nochmal eingeschlafen?

„Sie ist wach, Mama!" Aua! Wer schreit da so? Ach, Leo verpetzt mich hier direkt.

„Rosalie, mach sofort deine Aufgaben aus Mathe!", höre ich Mamas Stimme erst aus dem Flur, bis Mama auf der Schwelle steht. Ach ja, da war ja was ...

„Nö!", verschränke ich noch im Liegen die Arme.

„Keiner kann mich dazu zwingen!", rufe ich noch.

„Doch, deine Lehrerin hat nämlich gerade angerufen!", entgegnet Mama gereizt.

„Was? Und was hat sie gesagt?", frage ich verwirrt.

„Sie hat sich beschwert, weil du nie deine Mathe und Deutsch Aufgaben machst. Sie ist wohl deine Mathelehrerin, aber hat Kontakt mit deiner Deutschlehrerin aufgenommen und diese ist auch nicht mit deinen Leistungen zufrieden!", erklärt sie mir energisch.

„Hä? Aber das kann doch gar nicht sein! Ich mache immer alles! Diese blöden Lehrer mögen mich nicht", murmele ich vor mich hin.

„Anscheinend nicht. Die Beweislage ist eindeutig!", hält Mama dagegen.

„Aber Mama, du musst mir einfach glauben! Ich mache wirklich immer alles und meistens zwingst du mich auch noch dazu, sodass ich gar keine andere Wahl habe!", versuche ich, sie zu überzeugen.

„Tut mir leid, aber in dem Fall vertraue ich eher deinen Lehrern. Sie haben nämlich auch gesagt, dass du sehr oft falsche Lösungen hast und wenn du drangenommen wirst, wiederholst du manchmal einfach das Gesagte deiner Mitschüler. Das geht so nicht. Ich denke ernsthaft darüber nach, ob du nicht vielleicht eine professionelle Lernhilfe brauchst", sagt sie in einem extrem unsympathischen Tonfall.

Es ist doch kein Verbrechen, ein oder zweimal im Halbjahr seine Hausaufgaben nicht zu machen oder abzuschreiben.

Wieso hat diese blöde Frau Müller überhaupt eine andere Lehrerin nach mir gefragt und wie kommt sie auf die Idee, hier anzurufen? Unverschämt!

„Du meinst Nachhilfeunterricht? Bitte, Mama, glaub' mir doch! Ich schreibe vielleicht zweimal im Halbjahr meine Aufgaben ab oder mache sie nicht … Okay, vielleicht ein bisschen öfter, aber das ist doch kein Grund bei mir Zuhause anzurufen!", beschwere ich mich lautstark.

„Nein, ich kann dir da einfach nicht mehr vertrauen! Immer wenn ich dich gefragt habe, ob du noch etwas machen musst oder schon alles gemacht hast, hast du mich angelogen. Das kann so echt nicht mehr weitergehen. Deshalb werde ich mich gleich morgen nach einer Nachhilfe umschauen."

Na toll! An der Einstellung kann ich wohl doch nichts mehr ändern!

„Aber das kannst du nicht machen!" Meine Verzweiflung schnürt mir die Kehle zu.

„Doch, und wie! Du musst mithalten! Das ist ein Gymnasium. Du hast es doch in der Grundschule auch geschafft! Da warst du sogar besser denn je. Also stell dich nicht so an!"

„Aber, Mama, das wollte ich doch schon gar nicht, auf das Gymnasium gehen. Du hast mich gezwungen!"

„Wenn dir das so vorkam, tut's mir leid, aber die Sache ist beschlossen! Keine Widerrede, Basta!", ruft sie energisch und geht aus unserem Zimmer.

„Na toll! Du hast mich verraten, du kleiner Hosenscheißer!", rufe ich wütend aus. Auch wenn Leo vielleicht nicht so schuldig ist, wie ich gerade glaube, muss ich meine Wut ja irgendwie loswerden.

Ja, ich weiß. Irgendwie habe ich mir die Suppe ja selber eingebrockt, aber was kann ich denn dafür, wenn ich einfach nicht gerne lerne und immer an irgendeiner Scheiße für die Schule sitze? Nichts. Na also! Das ist nun mal nicht in meiner Natur – oder heißt das „liegt"?

Na, egal, jedenfalls ist es einfach unfair, dass ich für meinen Charakter bestraft werde.

Gerade will ich einfach nur Barbie mit meiner Schwester spielen. Ich gehe mal fragen, ob sie mit mir spielen will.

„Hey, willst du mit mir Barbie spielen? Wir können auch das große Schloss aufbauen, dann macht es noch mehr Spaß."

„Wie? Oh … Nee, tut mir leid, aber ich muss gerade einfach noch ein bisschen Vokabeln lernen. Nächstes Mal vielleicht. Vielleicht schon morgen … Obwohl, da habe ich abends noch Klavierunterricht. Tut mir leid, es ist gerade einfach etwas unpassend", entgegnet sie auf meine Frage hin. War wieder mal so typisch. Meine ach so tolle Schwester denkt mal wieder nur an die Schule und ihr ach so tolles Klavier.

„Mann! Warum fällst du mir jetzt auch noch in den Rücken? Das sagst du doch nur, damit ich auch Schulaufgaben aus reiner Langeweile mache!" Nein, ich bin mit ihrer Antwort nicht zufrieden.

„Das ist doch echt nicht böse gemeint. Es passt nur gerade einfach nicht. Natürlich würde ich mich auch freuen, wenn du mal deine Aufgaben freiwillig machst, aber deshalb sage ich doch nicht einfach, dass ich keine Zeit habe", versucht sie, sich rauszureden.

„Doch, genau das tust du!", schreie ich – schon das zweite Mal bin ich heute so wütend, nein, das dritte Mal. So schnell ich kann renne ich aus ihrem Zimmer und knalle alle Türen auf dem Weg zu.

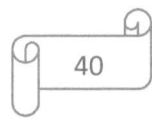

„Aber … Mensch, Rosa!", stöhnt sie noch hinter mir her. Aber da kann sie stöhnen, so viel sie will. Wenn ich wütend bin, dann bin ich wütend. Außerdem kann mir immerhin *das* keiner verbieten!

Und schon liege ich wieder in meinem Bett und starre an die Decke. Dass mir Tränen aus den Augen laufen, merke ich erst, als ich mich zur Seite drehe und meine Wange mein nasses Kopfkissen mit dem rosafarbenen Prinzessinnen-Bezug berührt. Ja, es ist rosa, weil ich so heiße. Habe ich mal zum Geburtstag bekommen, weil Oma und Opa mal in irgendeinem Laden waren, das gesehen haben, direkt an mich gedacht haben und es mir geholt haben.

Gerade finde ich es jedenfalls einfach alles nur doof. Keiner mag mich, keiner akzeptiert mich, alle weisen mich nur ab und hacken auf mir rum. Ungerechtes Leben!

Und es wurde die Woche über nicht besser. Am Freitag (heute) haben meine Eltern mir verkündet, dass sie so gerne mit mir – und natürlich mit Leo und Mia – ins Kino gehen wollen. Aber ich habe einfach keine Lust dazu. Wir gehen echt so oft ins Kino, sodass ich langsam keine Lust mehr habe, heute will ich einfach mal meine Freundinnen treffen. Wir wollen uns heute nämlich mal alle zu dritt treffen, das haben wir noch nie gemacht. Ich habe zwar Eva immer viel von Lara erzählt und umgekehrt, aber noch nie haben wir uns alle drei getroffen. Das wollten wir heute dann endlich mal nachholen, aber nein. Mama und Papa machen mir da einen dicken Strich durch die Rechnung.

„Aber, Mama, das geht heute nicht. Ich muss mich heute einfach mit Eva und Lara treffen!", rufe ich empört aus.

„Aber heute hat Richard mal wieder Zeit um auch mitzukommen. Er möchte doch auch mal was mit der ganzen Familie unternehmen", erklärt sie gefasst.

„Mensch, das ist doch trotzdem blöd! Wir waren die letzten Wochen so oft im Kino und ausgerechnet heute, wenn ich verabredet bin, wollt ihr alle wieder gehen?"

„Ja, Karoline hat recht. Ich will doch auch mal was mit euch unternehmen und deine Freundinnen laufen doch nicht weg, oder?", fragt Papa gutmütig. Dass hier alle in so guter Stimmung sind, bringt mich echt auf die Palme.

„Aber du schon, oder was?", murmele ich patzig.

„Nein, aber morgen hab' ich noch eine kleine geschäftliche Sache, die ich nicht verpassen darf, also habe ich nur heute wirklich Zeit!", reagiert er jetzt doch etwas ungeduldiger.

„Na fein! Dann lasse ich das Treffen mit meinen Freundinnen halt. Wenn ihr dann zufrieden seid … Mit mir kann man ja schließlich alles machen", gebe ich ein bisschen genervt auf, weil ich merke, wie sinnlos mein Gezeter ist. So oft hat Papa nun auch wieder nicht gute Laune.

„Ah, geht doch. Dann können wir ja vielleicht doch noch den Tag genießen. Danke", schaltet sich Mama wieder ein.

„Okay, aber ich muss noch bei meinen Freundinnen Bescheid sagen und sie kurz anrufen", sage ich noch ein bisschen trotzig.

Vielleicht ist Familienzeit doch mal wieder schön …

Kapitel 5

Arsema

Weil Mama wohl nicht so schnell wiederkommt, haben Oma und Opa erstmal gesagt, dass wir mit zu ihnen kommen und dableiben können.

Tag für Tag quält mich der Gedanke, was sie mit Mama gerade machen. Wie es ihr geht und ob sie auch gutes Essen bekommt, frage ich mich natürlich auch.

Oma und Opa sagen zwar die ganze Zeit, dass es schon gutgehen wird und, dass sie in Ordnung ist, aber woher wollen sie das wissen? Sie können doch auch nicht bei Mama sein.

Obwohl wir jetzt bei Oma und Opa natürlich mehr machen dürfen und mehr Popcorn bekommen, wünsche ich mir nichts auf der Welt mehr, als, dass Mama jetzt bei uns ist. Meine Brüder vermissen sie natürlich auch; vor allem Mewael, er ist ja noch so klein, dass er ständig weinen muss. Er bekommt zwar mit seinen vier Jahren logischerweise keine Milch mehr von Mama, aber trotzdem ist er ja das letzte Kind und ist besonders von Mama beeindruckt und hängt an ihr wie eine Klette.

Ehrlich, für ihn ist es am Schlimmsten. Erst geht sein Vater weg und kommt nicht wieder und dann ist auch noch seine Mutter weg.

Heute Nacht hat er wieder fast durchgehend geschrien und Oma musste mitten in der Nacht noch heiße Milch machen, damit er sich beruhigt. Der arme, kleine Mewael weiß auch

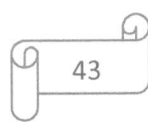

noch überhaupt nicht was los ist. Er fragt sich nur, warum wir jetzt plötzlich hier sind und nicht mehr bei Mama, aber sein Gefühl schein ihm zu sagen, dass es kein schöner Urlaub bei Oma und Opa ist.

Aber ich darf nicht vergessen zu sagen, dass auch Joel und Anbessa sich unwohl fühlen und Mama sehr vermissen. Genauso wie Papa. Beide auf einen Schlag zu verlieren ist schlimm. Sehr schlimm.

Und dann müssen wir trotzdem noch jeden Tag in die Schule gehen. Unsere nötigsten Sachen haben wir von Zuhause mitgenommen, unter anderem auch Anziehsachen und Schulsachen.

Nur habe ich auch noch ein Foto mitgenommen, wo wir als Familie drauf sind. Natürlich haben wir keine eigene Kamera. Im Dorf haben wir einen Fotografen und bei dem haben wir einen Fototermin gemacht. Das war sehr teuer, aber das war es wert.

Leider ist es ein bisschen unscharf, aber immerhin ein Andenken an meine Mutter und meinen Vater. Ich bin mir nämlich nicht ganz so sicher, ob ich sie je wiedersehe. Gott wird zwar etwas tun, aber vielleicht denkt er auch, dass es reicht, dass wir jetzt hier bei Oma und Opa sind, weil eigentlich geht es uns ja gut.

Zum Beispiel heute – nach der schlimmen und schlaflosen Nacht – ist eigentlich ein Tag wie aus einem Märchenbuch: Wir sind nach einem sehr leckeren Frühstück in die Schule gegangen und weil wir eine Stunde frei hatten, konnten wir wieder Verstecken spielen.

Meine Freundinnen werden immer besser, ich konnte kaum eine finden, als ich dran war, aber auf unserem Schulhof gibt es auch einfach mehr Möglichkeiten.

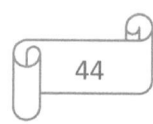

„Hey, das ist gemein, ich kann ja keinen finden!", habe ich gerufen.

„Ätsche-bätsch, du kriegst uns nie!", hörte ich dann eine Stimme. Ich musste ihr nur folgen und schon kam ich zu einem blöden Jungen aus der Nachbarklasse, der mich total veräppelt hat. Na super!

„Du bist blöd, wir wollen hier echt spielen", sagte ich beleidigt und suchte weiter. Aber tatsächlich fand ich alle anderen erst, als es schon zur nächsten Stunde läutete. Der Schulleiter bimmelte von Hand an der kleinen Glocke über dem Eingang, die doch sehr laut ist. Immer zu Beginn und Ende einer Stunde läutet er sie. Das muss höllisch anstrengend sein.

Später, zu Hause (also zumindest für den Moment nennen wir es „Zuhause"), hat Oma schon einen super leckeren Eintopf zu den verbliebenen Injeras gemacht, die wir von unserem echten Zuhause mitgenommen haben.

Der Topf, den Oma gemacht hat, war zwar nur diese scharfe Soße, aber dazu hat sie noch Hähnchenkeulen gemacht. Die waren lecker. Und die Haut war so knusprig außen drum. Wir dürfen wegen unserer Religion ja kein Schweinefleisch essen und Fleisch ist für uns eh eher Luxus, aber dafür haben wir so oft wie es geht Hühnerfleisch und Rindfleisch auf dem Tisch. Papa schlachtet die Tiere immer selbst. Opa natürlich auch, von dem hat Papa es ja gelernt. Und gerade jetzt will Oma uns natürlich sehr verwöhnen.

Daher macht sie sich so viel Mühe, wenn wir in der Schule sind. Sie hat uns sogar zum Frühstück ein Brot gebacken. Und das dauert ja immer etwas länger, aber sie hat gesagt, weil Mewael sie geweckt hat, konnte sie nicht mehr einschlafen und hat sich gedacht, dass sie uns dann auch ein Brot backen kann.

Ich bin ihr natürlich sehr dankbar dafür – das bekommt sie auch alle zwei Minuten von mir zu hören – und dennoch hätte ich so gerne Mama und Papa da. Ich wünschte, dass alles wieder so ist wie früher.

Meine Eltern sind doch das Wichtigste, was ich habe.

Deshalb bete ich fast stündlich zu Gott. Ich bitte ihn darum, dass Mama doch wiederkommen soll, dass es Papa gut geht und ich ihn auch bald wiedersehe, dass Oma uns gut erträgt und, dass Opa es auch aushält.

Doch es fühlt sich an, als würde nichts passieren. Als wäre alles umsonst. Ich bin schon froh, dass es uns immerhin noch so gut geht – nur, dass uns so nichts fehlt. Außer, dass Oma natürlich täglich so viel für uns tut.

Auch wenn uns alle die Sorgen quälen, schaffen wir es doch ganz gut. Da habe ich dann schon das Gefühl, dass Gott uns hilft.

Leider fühle ich mich aber auch oft verlassen. Zum Beispiel jetzt. Kennt ihr das, wenn ihr mitten unter Menschen seid und euch doch verlassen fühlt? So geht es mir gerade. Eigentlich spielen Oma und Opa gerade „Mancala" und Joel und ich gucken ihnen zu, aber doch fühle ich mich so leer, so komisch verlassen. Das ist doch nicht schön. Ich mag es nicht, dass ich mich so fühle. Das fühlt sich nicht schön an. Deshalb lasse ich den Kopf ein bisschen hängen und gucke anscheinend ein bisschen traurig. Opa fällt das sofort auf.

„Was ist denn, Prinzessin?", guckt er mich aufmunternd an.

„Ach, nichts", winke ich ab.

„Ach, komm, uns kannst du alles erzählen, wenn du was auf dem Herzen hast. Und du hast was auf dem Herzen, das spüre ich." Er lässt seine Steinchen fallen und kommt zu mir um den Tisch. Dann nimmt er mich in den Arm und drückt mich fest. Es tut richtig gut, umarmt zu werden. Ich erwidere die Umarmung. Da bemerke ich, dass mir eine kleine Träne aus meinem Augenwinkel über die Wange zu meinem Kinn läuft. Als ich sie abwischen will, tropft sie schon auf mein Kleid.

„Sch sch sch, du musst doch nicht weinen. Sag einfach mal, was dich bedrückt." Im Aufmuntern ist Opa echt gut, aber ich kann jetzt nicht reden, weil der einen Träne immer mehr Tränen folgen und ich mir dann mein Taschentuch holen muss. Doch Opa bemerkt, dass ich mich aus der Umarmung lösen will und aufstehen will, da schickt er kurzerhand Joel los.

„Nein, du bleibst jetzt schön hier, bevor wir nicht wissen, was los ist. Joel, hol bitte deiner Schwester ihr Taschentuch, okay?"

„Ja, mach ich", antwortet Joel gelangweilt, steht dennoch auf und holt mir mein Tuch.

Dankbar nehme ich es entgegen und schnäuze hinein. Außerdem wische ich meine ganz verklebten und teilweise vertrockneten Wangen ab. Dafür hat Opa mich natürlich aus seiner Umarmung gelassen, aber jetzt hebt er mein Kinn leicht mit einer Hand an und guckt mir in die Augen.

„Und, kannst du jetzt darüber reden, was los ist?", fragt er liebevoll besorgt.

„Also, es ist einfach ..." Fast muss ich schon wieder anfangen zu weinen.

„Ich vermisse Mama und Papa. Ich hab' so Angst, dass ihnen schlimme Sachen passieren", gelingt mir mein zweiter Anlauf.

„Och, das ist doch ganz normal. Wir alle haben so eine Angst und sorgen uns. Es ist ja auch schwer, gerade für euch, aber auch Oma und mir geht es sehr nahe, weißt du? Girmay ist schließlich unser Sohn." Da geht es mir schon ein bisschen besser. Darüber reden hilft manchmal echt, auch wenn die anderen Leute keine bessere Lösung haben, kann es dennoch trösten.

Früher habe ich immer gedacht, dass es nichts bringt, Probleme anzusprechen, aber hier und heute merke ich, wie gut es tut, meine Sorgen – die auch die anderen haben – laut auszusprechen.

„Und was können wir tun, um Mama und Papa zu helfen? Nur warten kann doch nicht helfen." Da frage ich anscheinend was. Oma und Opa werfen sich ratlose Blicke zu. Doch da sagt Joel plötzlich ganz trocken:

„Na, erstmal die Partie zu Ende spielen!"

Das bringt selbst mich zum Schmunzeln, weil er dabei so empört guckt, als würde er es super schlimm finden, dass wir uns nicht mehr für das Spiel mit den Steinen interessieren. Bei diesem Spiel hat man übrigens ein Spielbrett mit vielen Mulden, wo kleine Steine drin liegen und die muss man dann umverteilen. Das kann man leider aber nur zu zweit spielen.

„Okay", schniefe ich und wische mir nochmal mit meinem Stofftaschentuch über das Gesicht. Joel scheint das alles nicht so schlimm zu finden, aber trotzdem glaube ich, dass er tief im Innern doch beide vermisst. Auch wenn er erst dreizehn Jahre alt ist, spielt er sich meistens so auf, als wäre er älter und cooler.

„Na, dann! Ich bin gespannt, ob Opa noch gewinnen kann", sagt Joel und verteilt einfach ein paar Steine um, sodass Opa noch mehr Steine hat, um ihm beim Gewinnen zu helfen.

„Hey, Opa muss schon alleine spielen. Außerdem war Oma dran!", rufe ich noch mit einer laufenden Nase.

„Putz dir erstmal deine Nase, dann kannst du meckern!",
entgegnet er frech.

„Nein, Joel, das ist nicht in Ordnung. Leg die Steine wieder
dahin, wo sie waren!", versucht Oma streng zu sagen, aber
es gelingt ihr nicht wirklich. Sie muss doch anfangen zu
lächeln und schließlich muss sie herzhaft lachen. Plötzlich
fällt Opa auch in ihr Lachen ein und nun kann auch Joel sich
nicht mehr halten. Da muss ich auch sehr laut lachen und
schon steht Anbessa auf der Türschwelle und fragt, was so
lustig ist. Im Moment er. Wir alle lachen noch lauter, weil
Anbessa da so verdattert im Türrahmen steht.

„Hä? Jetzt sagt schon! Lacht ihr über mich?", fragt er und es
gibt nur eine ehrliche Antwort auf diese Frage.

„Ja!", rufen wir alle im Chor. Und er ist noch verwirrter.

„Aber nicht nur. Es ist schwer zu erklären." Das stimmt. So
einen Insider kann man ganz schlecht erklären, aber zum
Glück habe ich mich soweit wieder gefangen, um zu
antworten, was ihm aber auch nicht viel hilft.

„Und warum lacht ihr über mich?" Hilflos guckt er uns an und
wir brechen erneut in lautes Gelächter aus.

„Das ist echt schwer zu erklären. Joel sollte die Steine wieder
zurücklegen, die er im Namen von Opa auf Opas Seite gelegt
hat, hat Oma gesagt und dann haben wir plötzlich
nacheinander angefangen zu lachen. Und als du dann so
verwirrt im Türrahmen aufgetaucht bist, mussten wir alle
einfach noch mehr lachen!", erklärt Oma immer noch
kichernd.

„Ach so, dann gehe ich jetzt mal wieder zu Mewael."
Und schon hat er sich verabschiedet. Hat er vorher nur unser
Lachen gehört und ist gekommen, oder wollte er auch etwas

anderes fragen? Anscheinend nicht. Oh, aber ich sehe, wie er wieder zurückkommt.

„Ich habe vergessen zu fragen, was ich noch fragen wollte: Wann essen wir Abendbrot?" Sag' ich doch: Er ist nicht nur einfach unserem Lachen gefolgt.

„Später, wir haben doch gerade erst Nachmittag." Das antwortet Opa, der sich wieder beruhigt hat. Auch Joel ist langsam wieder ruhig geworden.

„Okay, dürfen wir gleich draußen spielen gehen?" Das frage ich mich allerdings auch, denn nach dem ganzen Drinnen-Hocken, will ich auch mal wieder an die frische Luft gehen. Und das ist auch das Gute daran, dass ich so viele Geschwister – wenn auch nur Brüder – habe. Da hab' ich meine ganze Schulklasse zum Spielen immer dabei und muss nie alleine sein. Das ist echt ein großer Vorteil, auch wenn wir hier in unserem Dorf alle so nah aneinander wohnen. Aber jetzt mit der veränderten Situation ist sowieso alles anders.

Alle Gedanken bringen mich wieder zurück auf dieses Thema. Es wird echt jeden Tag schwieriger zu warten, weil ich sie so vermisse.

Aber zum Glück kann ich gleich mit meinen Brüdern raus gehen. Auch mit Mewael. Dann können wir uns vielleicht draußen ins Gras setzen und die Vögel beobachten. Oder auch einfach etwas spielen. Mit vier Jahren kann er ja auch schon etwas reden und spielen. Also, ich meine jetzt Mewael.

„Natürlich dürft ihr draußen spielen gehen, dann trinken Oma und ich noch einen Kaffee, oder Oma? Du machst doch immer so leckeren Kaffee." Opas liebevolle Augen lächeln Oma an.

„Können wir direkt rausgehen? Ich hab' keine Lust mehr, bei diesem langweiligen Spiel zuzugucken!", beschwere ich mich dann. Ich glaube, das ist was für Erwachsene. Wer hat sonst schon Lust, ein paar Steinchen nach Regeln zu verschieben? Und dann können wir sogar nur zugucken, das ist noch schlimmer.

„Kommt ihr? Joel, bitte komm auch mit raus! Dann können wir fangen spielen. Ich kann auch mit Mewael in einem Team sein. Bitte!", bitte ich meinen größeren Bruder. Und ganz zu meinem Erstaunen nickt er. Das war ja ausnahmsweise einfacher als gedacht!

„Ja, wenn du echt in ein Team mit Mewael gehst, komme ich mit", stimmt er mir zu und begleitet uns nach draußen. Und als wir gerade anfangen wollen, fangen zu spielen, höre ich Opa noch zu Oma sagen:

„Dass die Jugend von heute einfach keine Brettspiele mehr mag … Unfassbar!" Und Oma sagt daraufhin:

„Ach, überleg doch mal, wir mochten das doch auch nicht, als wir im Alter von den Kindern waren."

Dann lächelt sie, stupst Opa an und fragt:

„Oder?"

„Nein, da hast du recht." Da muss Opa dann auch ein bisschen lächeln und nimmt Oma einfach ganz spontan in den Arm.

Kapitel 6

Rosalie-Marie

Ins Kino zu gehen mit meiner Familie, hat doch Spaß gemacht. Und Mama hat recht gehabt: Wir waren so lange nicht mehr als Familie im Kino. Außerdem war der Film auch actionreich, das liebe ich.

Aber erstmal muss ich überhaupt erklären, wie wir aussehen, das habe ich nämlich noch nicht gemacht, aber für mich ist es ja auch klar, wie wir alle aussehen. Ich finde, dass ich zu große Füße habe. Für meine neun Jahre schon Schuhgröße neununddreißig oder vierzig zu haben ist ein bisschen zu groß. Aber egal. Jedenfalls habe ich lange, braune Haare (früher waren sie mal blond, so blond, dass Touristen aus China ein Foto mit mir machen wollten, weil ich aussah, wie eine Durchschnittsdeutsche) und passend dazu auch noch blaue, klare Augen. Genau wie mein Vater, meine Schwester und mein Bruder. Nur meine Mutter hat grünliche Augen. Außerdem habe ich volle Lippen und Wimpern. Meine Freundinnen beneiden mich immer darum.
Meine Schwester hat etwas kürzere und dunklere braune Haare und auch ein dunkleres Blau als Augenfarbe, dazu muss sie auch noch eine Brille tragen. Genau wie meine Mutter. Bei meiner Mutter ist es zwar noch schlimmer, aber meine Schwester holt gut auf. Sonst lässt sich nicht mehr viel über ihr Aussehen sagen, außer, dass sie immer eine Uhr

trägt, seit sie sie lesen kann. Und, dass ihre Brille rot ist. Ihren Charakter habt ihr ja leider schon kennengelernt. Mein Bruder Leonard ist noch sehr klein für sein Alter, aber dafür drahtig. Er hat fast ein Sixpack. Seine Frisur ist hellbraun und meistens sehr kurz, überall gleichkurz. Und mitten auf der Nase hat er ein ganz kleines Muttermal. Sehr süß, finde ich, aber immer, wenn ihn irgendwer als süß bezeichnet, findet er das nicht so gut. Er lässt sich auch nur von Mama und Papa umarmen, weil er uns irgendwie nicht so (umarmen) mag, ich weiß auch nicht, warum.

Papa hat jedenfalls dunkelbraune, leicht graue Haare, die er sich öfters zurückgelt, dann sehen sie aus wie bei Johnny Depp. Aber sein Gesicht gar nicht. Er hat ein hartes und kantiges Gesicht, das nur selten weiche Züge annimmt. Seine blauen Augen fallen aber besonders auf. Und er ist so mittelgroß. Selbstverständlich läuft er auch sehr oft im Anzug rum – ein echter Business-Man eben.

Meine Mutter ist auch relativ schlank, wie meine Schwester, aber ich bin ein bisschen stabiler gebaut und nicht so dürr wie eine Bohnenstange. Karoline ist auf jeden Fall mit einer lilafarbenen Brille ausgestattet und hat hellbraune Haare, die ihr bis zum Kinn gehen, also einen hübschen Bob. Und sie hat auch immer schicke Anziehsachen, die manchmal von Mia einfach angezogen werden, ohne zu fragen, was dann in Form von Gezeter wieder zurückkommt. Aber für mich als Außenstehende ist es sehr lustig.

Jetzt wo ihr uns alle kennt und euch auch wirklich vorstellen könnt, wie wir aussehen, muss ich erst einmal sagen, wie sehr ich mir ein Handy zum Geburtstag wünsche. Meine

Schwester hat zwar erst mit elf Jahren ein Handy bekommen, aber jetzt will ich auch eins und ich will nicht so lange warten müssen. Das muss ich gleich mal Mama und Papa sagen, weil die sonst gar nicht mehr daran denken, dass ich in zwei Tagen Geburtstag habe.

Also mache ich mich auf den Weg runter in die Küche, denn da sitzt Mama und kocht schon mal das Mittagessen. Sie denkt zwar, dass ich oben meine Hausaufgaben mache, aber egal.

„Hallo, Mama!", beginne ich das Gespräch erstmal.

„Hallo, Rosalie! Was ist los? Du kommst doch nicht einfach nur, um mir beim Kochen zu helfen, oder?", fragt sie und durchschaut mich direkt. Ich seufze.

„Okay, du hast mich durchschaut. Aber ich kann dir trotzdem helfen", biete ich meine treuen Dienste an.

„Willst du dich vor den Schulaufgaben drücken, oder was?", fragt sie, doch ich schüttele schon den Kopf, obwohl das die halbe Wahrheit ist. Dann nehme ich mir ein Messer und mache mich daran, die Möhren in Scheiben zu schneiden.

„Nee, also ... Ich hab' ja bald Geburtstag ... Genau genommen in zwei Tagen ..." Das ist der Beginn, aber ich glaube kaum, dass ich mit meinem Wunsch durchkomme.

„Und? Lass mich raten, jetzt willst du mal deine Wunschliste äußern?", durchschaut sie mich ein zweites Mal.

„Ja." Wie soll ich nur anfangen? Sie erlaubt es eh nie im Leben.

„Dann schieß mal los!", fordert sie mich auf.

„Okay, also ich hätte gerne ein Handy." Puh! Jetzt ist es raus. Die Bombe ist geplatzt.

„Aber du weißt, dass das noch viel zu früh ist, oder?! Deine Schwester hat es auch erst mit elf Jahren bekommen", hebt sie mahnend den Zeigefinger, als ob ich nicht wüsste, dass ich mich auf ganz dünnem Eis bewege.

„Ja, das ist mir klar …" Da kann man doch nur die Augen verdrehen.

„Also gut, und du sprichst es trotzdem an?!", zieht sie beide Augenbrauen hoch.

„Ja, weil ich das unbedingt haben will." Grimmig lasse ich das Messer sinken und schaue Mama an.

„Aber du kannst kein Handy haben. Nicht jetzt. In ein oder zwei Jahren können wir nochmal darüber reden, aber nicht jetzt. Eigentlich hatte ich schon bei Mia nicht vorgesehen, dass sie es mit elf schon bekommt. Sondern eigentlich habe ich es für den zwölften Geburtstag geplant und dann hat es sich doch anders ergeben", führt sie aus.

„Was? Zwei ganze Jahre noch? Das halte ich niemals aus!", rufe ich und lasse mein Messer nun endgültig auf mein Brettchen fallen.

„Beruhige dich mal. Du hast keine andere Wahl. Ich werde dich die nächsten Jahre im Auge behalten und danach werden wir weitersehen. Okay?", versucht sie, beschwichtigend auf mich einzureden.

„Nein! Ich will jetzt ein Handy haben, nicht in zwei Jahren! Meine Freundinnen haben schon in der Grundschule eins bekommen, aber ich nicht, obwohl sogar Papa selbst es mir angeboten hat, seine alten Handys zu bekommen!", steigere ich mich immer weiter rein.

„Aber wir haben mit dir sowieso eine besondere Situation! Du bist nicht gut in der Schule und bereitest uns auf dem Gebiet auch Sorgen, da möchten wir nicht noch, dass du durch dein Handy dann ganz von der Schule abgelenkt bist. Außerdem will ich eh noch nach einer Nachhilfe gucken. Das Thema ist noch nicht vom Tisch!", wird sie etwas lauter.

„Doch ist es! Ich will keine Nachhilfe, aber ein Handy! Und zwar nicht in zwei Jahren!"

„Das kannst du dir gleich abschminken! Mia hat uns wenigstens im schulischen Bereich keine Sorgen bereitet, aber du bist noch nicht bereit für eine weitere Ablenkung von der Schule!", gibt sie genauso laut zurück, wie ich geworden bin.

„Ich schwöre, ich mache dann alle Hausaufgaben und so … Bitte, überlegt es euch nochmal!", flehe ich, aber jetzt wieder etwas leiser.

„Meinetwegen bespreche ich es nochmal mit deinem Vater, aber das bedeutet kein ‚Ja', das ist noch nicht einmal ein ‚Vielleicht', okay?" Na, immerhin ist es noch nicht ganz vom Tisch. Besser werden meine Chancen wohl nicht, egal, wie viel ich noch sage, ich rede mich nur um Kopf und Kragen.

„Also gut, aber ihr überlegt es euch!", bestehe ich darauf.

„Ja, aber trotzdem wirst du jetzt nicht jeden Tag fragen, okay? Die endgültige Antwort bekommst du dann an deinem Geburtstag. Entweder bekommst du dann das Handy, oder nicht, aber es ist allein unsere Entscheidung. Verstanden?", mahnt sie noch einmal mit strengem Blick.

„Jaja, verstanden …", nuschele ich und schneide meine Möhren weiter.

Ich kann es kaum erwarten, dass endlich mein Geburtstag kommt. Denn heute ist es nur noch ein einziger Tag, bis es endlich so weit ist und ich die Antwort auf meine Frage bekomme. Ich musste mich echt zusammenreißen, damit ich nicht ständig nach dem Handy frage. Sogar noch doller, weil ich laut Mama ja nicht ein einziges Mal danach fragen darf. Aber wie zu erwarten, habe ich doch ein oder zwei Mal danach gefragt. Es fällt mir so schwer zu warten, das liegt in meiner Natur – ja, es heißt definitiv „liegt". Ich bin ein ungeduldiger Mensch und kann nie „einfach mal die Füße stillhalten".

Klar, es wäre in manchen Situationen einfacher, aber so bin ich nicht. Ich bin neugierig und kann nicht still sein. Am schlimmsten ist es immer beim Zahnarzt, wenn man ganz lange auf dem blöden Stuhl liegen muss, der zwar eigentlich gemütlich ist, aber doch ist es langweilig, nur zu warten. Auch, wenn man auf irgendeine Antwort oder ein Ergebnis wartet, finde ich es unerträglich. Gut, bei Klassenarbeiten will ich das Ergebnis gar nicht bekommen, aber wenn ich ganz normal mit jemandem rede, will ich ja auch immer schnell eine Antwort haben, und nicht erst nach zwei Tagen; so wie jetzt. Es ist eine Unverschämtheit, mich so hinzuhalten und warten zu lassen.

Jedenfalls habe ich schon eine ganz große Feier für meinen Geburtstag geplant. Vielleicht möchte ich sogar mit meinen Freundinnen eine Nachtwanderung machen, wenn sie bei mir übernachten dürfen. Ich habe da schon eine super Idee: Wir zelten im Garten und dann machen wir um Mitternacht eine Nachtwanderung mit echten Fackeln. Das wird so abgefahren und gruselig. Ich freue mich jetzt schon echt dolle. Ich werde aber nur Eva und Lara einladen, dann ist es auch bestimmt erlaubt, dass sie alle hier schlafen. Das wird so cool, dann können wir die ganze Nacht quatschen. Und abends können wir vor der Nachtwanderung noch ein Lagerfeuer machen, so als ob wir echt alleine Campen wären. Vor unserem Zelt kann Papa dann diesen alten Grill, der nur eine feuerfeste Schale auf drei Beinen ist, aufstellen und dann machen wir Stockbrot und Marshmallows. Ich kann es kaum erwarten, außerdem können wir dann auch endlich das versäumte Treffen mit meinen Freundinnen nachholen – das ist ja früher ins Wasser gefallen, weil ich mit ins Kino musste. Ja, ich habe es noch nicht mit meinen Eltern besprochen, aber das geht schon in Ordnung. Es ist schließlich mein Geburtstag, wenn wir da nicht machen, was ich will, wann denn dann?

Dann muss ich jetzt schnell diesen Tag hinter mich bringen, damit ich morgen meinen Geburtstag genießen kann. Unglaublich, wie langsam so ein Tag rumgeht, wenn man darauf wartet. Ich will nur ins Bett gehen und morgen wieder aufwachen. Da ist es mir auch egal, dass wir heute Abend noch meine Lieblingsserie gucken; H_2O, plötzlich Meerjungfrau. Diese Serie finden sogar meine Eltern sehr cool, und meine Schwester auch, obwohl sie manchmal so tut, als ob sie schon zu alt dafür wäre und sie nicht toll findet.

Heute soll zwar nicht der Tag sein, an dem ich meinen Wecker an die Wand schmeiße, nicht an meinem Geburtstag, aber es kostet mich schon viel Beherrschung, dies nicht zu tun. Weil heute Montag ist, kann ich meinen Geburtstag leider nicht heute feiern – es soll ja eine Übernachtungsparty sein –, aber immerhin werde ich das dieses Wochenende nachholen, denke ich jedenfalls. Immer noch habe ich nichts besprochen, aber das kann ich ja heute tun.

Schnell wie ein Blitz ziehe ich mich dennoch an, weil ich so aufgeregt wegen meines Geschenks bin. Den Wecker wollte ich ja nur wegen dieses nervtötenden Geräuschs an die

Wand werfen, nicht, weil ich noch müde bin. Also fliege ich fertig angezogen die Treppe runter – aber nur im übertragenen Sinne, weil ich so schnell bin. Mama und Papa sind um viertel vor sieben natürlich schon längst wach und genau das ist heute mein Vorteil.

„Guten Morgen", sage ich so beiläufig wie möglich, obwohl das wahrscheinlich bedeutet, dass ich total aufgeregt und, noch schnappatmend von der Treppe, ein bisschen zu laut schreie. Ich bin einfach so aufgedreht, schon um diese Uhrzeit.

„Guten Morgen", antwortet mir Richard, der schon im Anzug in der Küche steht. Plötzlich kommen auch Mama und Mia aus dem Wohnzimmer in die Küche gerannt und fangen schon an zu singen.

„Happy birthday to you, happy birthday to you, happy birthday liebe Rosa!" An der Stelle unterscheiden sich die Versionen minimal, weil Mia „Rosa" singt und Mama und Papa „Rosalie".

„Happy birthday to you!", beenden sie das Lied mit einem langgezogenen, schiefen „you".

„Danke!", lache ich und umarme erst Mia, dann Mama und als letztes drückt mich Papa an sich.

„Jetzt ist es ja nur fair, wenn du auch dein Geschenk bekommst" – „Also hier!", fällt Mia Papa ins Wort, der es anscheinend ein bisschen feierlicher machen wollte, als die auch aufgeregte Mia. Und tatsächlich hält mir Mia eine quaderförmige Schachtel unter die Nase, die mit einem Geschenkband ohne Geschenkpapier zwar ziemlich kahl aussieht, aber ihren Zweck erfüllt.

„Danke, danke, danke!", hüpfe ich im Zimmer auf und ab. Mit der Schachtel in meinen Händen umarme ich alle in der

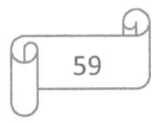

gleichen Reihenfolge nochmal und mache noch drei Luftsprünge, so sehr freue ich mich. Ich habe mich echt noch über kein Geschenk mehr gefreut! Obwohl meine Querflöte früher schon echt toll war, aber trotzdem – die war gebraucht. Also freue ich mich über das Geschenk heute so sehr, dass es kaum in Worte zu fassen ist.

„Ich hab' euch so lieb, Mama, Papa und Mia!", rufe ich noch im Überschwang.

„Wir dich auch!", kommt es wie aus einem Munde.

„Aber du wirst Handyzeiten haben und nur wenn du deine Hausaufgaben erledigt hast, kannst du dein Handy haben, okay? Außerdem darfst du es nicht haben, wenn jeglicher Besuch hier ist. Seien es deine Freundinnen oder Oma und Opa, okay?", fragt Mama ernst. Ich hätte mich besser nicht zu früh gefreut, aber es geht echt. Immerhin habe ich überhaupt eins bekommen.

„Na gut, danke trotzdem, dass ich eins bekommen habe!", sage ich immer noch glücklich, aber nicht mehr so beschwingt, wie vorhin.

„Das sind nun mal die Bedingungen, unter denen ich mich habe breitschlagen lassen", erklärt Mama.

„Ja, ich verstehe", antworte ich wahrheitsgemäß.

„Tausend Dank!", muss ich doch noch einmal sagen. So kann die Woche jedenfalls gut starten, beziehungsweise hat die Woche so gut gestartet.

Kapitel 7

Arsema

Jetzt, zwei Wochen nachdem Mama von diesen Männern abgeholt worden ist, hat keiner von uns mehr Geduld zu warten. Es fühlt sich echt an, als würden die Tage gar nicht vergehen. Ich taumele Tag für Tag durch die Gegend, wie eine Schlafwandlerin.

Natürlich habe ich die Hoffnung nicht aufgegeben, aber irgendwie bin ich trotzdem nicht sehr zuversichtlich, dass Mama schnell wiederkommt.

Heute waren wir schon in der Schule und Oma kocht gerade unser leckeres Essen, als es an der Tür klopft. Ich frage mich, wer das sein kann. Wir erwarten doch keinen Besuch. Opa geht an die Tür.

„Hallo", höre ich ihn sagen. Ich bin gerade im Wohnzimmer, deshalb sehe ich ihn nicht. Dann höre ich eine andere Stimme, die mir auch bekannt vorkommt. Das kann doch nicht wahr sein!

„Hallo, ich bin wieder da!", ruft die andere Stimme.

„Mama? Mama?", rufe ich in den Flur hinein, während ich an die Tür laufe. Und tatsächlich sehe ich Mama, als Opa die Tür weiter auf macht.

„Arsema! Da bist du ja!", ruft sie. Ich laufe auf sie zu und umarme sie stürmisch.

Schon kriegen auch meine Geschwister Wind davon und Joel und Anbessa kommen auf uns zugelaufen und umarmen uns beide. Und schon sehen wir, wie der kleine Mewael den Flur runter in unsere Richtung läuft.

„Mama", krächzt er und fällt beinahe hin, aber zum Glück kann Opa ihn noch halten und stellt ihn vorsichtig wieder auf die Beine. Dann läuft er weiter auf uns zu und hängt sich an Mamas Bein.

„Ich hab' euch alle so vermisst", flüstert Mama gerührt in unsere Haare. Sie muss fast weinen. Ich auch. Und sogar Joel! Die anderen natürlich sowieso.

„Wir dich auch, Mama!", spreche ich für alle.

„Aber kommt doch erstmal rein", sagt Opa, der anscheinend als einziger gemerkt hat, dass wir alle noch vor der Tür stehen.

„Ja, kommt, Kinder, wir gehen alle mal rein", leitet Mama uns an.

Als wir dann drinnen sind, frage ich, was Mama jetzt geplant hat, wie wir weitermachen.

„Wir können jetzt doch wieder in unser Haus zurück, oder?", wirft Joel noch ein.

„Nicht wirklich. Nur, um Essen und Trinken zu holen. Mein Bruder hat die Kaution bezahlt, nur deshalb bin ich frei. Wenn sie mich wiederkriegen, kann er mir sicher nicht noch einmal helfen. Wir müssen fliehen. Alle. so schnell wie möglich", kommt dann die Antwort von Soliana.

„Könnt ihr denn noch hier essen? Ich habe gerade etwas leckeres für uns gekocht", kommt Oma aus der Küche und mischt sich ein.

„Ja, ich denke ja. Das könnte die letzte warme Mahlzeit für lange Zeit sein. Ich weiß auch nicht, woher wir unterwegs Essen bekommen können. Ich bin noch nie geflohen." Was?

Wir müssen weg? Für immer? Oder nur kurz? Und was ist mit der Verabschiedung von meinen Freunden?

„Na dann, langt alle mal kräftig zu!", stellt uns Oma nach und nach alle Töpfe auf den Tisch. Ich liebe ihr Zigni – ein Eintopf mit Tomaten, Fleisch und Gemüse mit unseren normalen Teigfladen, die ihr ja schon kennt – und deshalb schaufele ich mir ganz viel auf den Teller, bis Mama schon mahnend guckt.

„Was? Oma hat gesagt, dass wir viel essen müssen, es könnte das letzte Essen sein, das wir für lange Zeit kriegen." Das muss ich jetzt echt noch erklären?! Auch wenn mir gerade eher schlecht ist, habe ich das Gefühl, vorsorgen zu müssen.

„Ja, lass sie doch, Soliana, sie hat ja recht. Außerdem ist sie ja total dünn, guck sie dir doch an." Danke Oma, dass du mir hilfst. Unbemerkt nehme ich noch einen kleinen Löffel.

„Das reicht jetzt aber auch. Wir anderen wollen schließlich auch noch etwas haben." Und schon nimmt Mama mir einfach die Kelle aus der Hand.

Man darf bei uns ja nur mit der rechten Hand essen, das sind wir alle auch schon gewöhnt. Und eigentlich soll man sich ja nicht die Finger ablecken oder sogar die Lippen mit den Fingern berühren, aber manchmal kann ich einfach nicht anders. Übrigens, das Essen mit der linken Hand ist einfach tabu, weil die linke Hand als unrein gilt, weil man sie teilweise für nicht so saubere Sachen benutzt, wenn ihr versteht, was ich meine. Das erkläre ich jetzt besser nicht weiter, weil wir gerade essen und mir sonst der Appetit vergeht. Auch ohne das weiter auszuführen, ist mir nicht so gut.

Dennoch ist der Geschmack von diesem Eintopf unschlagbar, ich würde normalerweise alles dafür geben.

Ich bekomme es auch eigentlich momentan ganz gut hin, zu essen, ohne zu kleckern. Obwohl ich so viel auf mein Injera gepackt habe. Die ganze Zeit denke ich schon darüber nach, wie ich meinen Freundinnen Bescheid geben kann, dass ich weg muss … Aber ich komme einfach zu keinem vernünftigen Schluss. Kann ich ihnen nicht mal Tschüss sagen? Wir müssen alles hierlassen? Wir haben keine Koffer und eigentlich auch keine Zeit. Wir kommen zwar bestimmt zurück, aber bis dahin müssen wir alle Sachen hier zurücklassen, die wir eigentlich brauchen. Nur die Kleider, die wir gerade anhaben, können wir mitnehmen. Sonst haben wir zu viel Ballast.

Als wir dann alle aufgegessen haben – es war keine Zeit, sich großartig nachzunehmen – machen wir uns auf den Weg nach Hause, ein letztes Mal für lange Zeit.
„Tschüss, Opa!", sage ich und drücke ihn fest an mich. Auch wenn ich jetzt meine Oma und Opa alle hierlassen muss, bin ich mir sicher, dass ich sehr oft an sie denken werde.
„Tschüss, meine Kluge!", lächelt er mich an, nachdem ich ein bisschen lockerer gelassen habe. Das ist übrigens ein kleines Wortspiel, weil Arsema „klug" bedeutet.
„Tschüss, Opa, mach's gut." Kurz darauf nehme ich Oma in den Arm und bedanke mich auch noch einmal für alles, was sie für uns getan hat – inklusive des heutigen Essens.
„Ach, gerne, mein Kind. Ich hoffe, dass ihr jetzt gut wegkommt und bald sicher seid, okay? Pass auf dich auf, ja?" Sie ist so lieb zu uns. Das liebe ich an ihr.
„Okay, hoffe ich auch und machen wir", versichere ich ihr.

„Wollt ihr denn nicht noch etwas von den Resten mitnehmen?", fragt sie da plötzlich, doch ich wüsste nicht, wie.

„Ach, das wäre echt gut. Hast du noch etwas Brot für uns? Das könnten wir gut gebrauchen. Bei uns zu Hause können wir eher nur Wasser mitnehmen, weil ich ja ziemlich lange nicht da sein konnte, um Brot zu backen", antwortet Mama für mich und da bin ich ihr sehr dankbar für.

„Ja, das wäre echt gut, Oma. Ich hoffe, wir sehen uns bald wieder", sage ich und meine jedes Wort ernst. Sie verschwindet kurz im Haus und kommt mit dem frischen Brot von heute Morgen wieder raus aus dem Haus. Sogar zwei Brote hat sie dabei, wohl noch ein älteres.

Als dann auch Joel, Anbessa und Mewael ausgiebig verabschiedet wurden, sind wir fertig und winken noch ganz kräftig zum Abschied.

Zuhause angekommen machen wir uns alle daran, die Eimer – teilweise noch mit Wasser drin - aufzusammeln. Einmal gehe ich ins Wohnzimmer, um alles genau in Erinnerung zu behalten, weil ich nichts vergessen will, auch wenn wir wiederkommen. Auf dem Sofa liegt noch ein Hemd von Papa und ich drücke mein Gesicht fest hinein, um ein letztes Mal Papas typischen Geruch zu schnuppern. Als Andenken. Und weil ich seinen Geruch nicht so schnell vergessen will.

Es fällt mir schon schwer, alles hier zurück zu lassen. Meine Freundinnen wissen nicht einmal Bescheid, dass ich gleich weg bin und außerdem konnte ich mich nicht verabschieden. Ich glaube, ich werde sie für immer vermissen.

Als wir die Hütte verlassen, tragen wir die Eimer, weil Mama auch einmal entlastet sein soll und um uns nützlich zu machen.

Das Letzte, was wir noch machen müssen ist, Geld zu holen, hat Mama eben verkündet. Das Wichtigste ist, dass wir genug Geld haben.

Eigentlich haben wir selber ja nicht genug Geld, aber Gott sei Dank haben wir Mamas Bruder, der uns immer mit dem Geld hilft. Sonst wären wir komplett verloren. Gerade jetzt, wo Papa uns nicht helfen kann und nicht da ist ...

Die Eimer waren nur teilweise noch gefüllt, wie gesagt, und deshalb müssen wir noch zum Brunnen, hier in der Stadt, die Straße runter – besser gesagt: hier in unserem Dorf.

Dort angekommen füllen wir jeden Eimer nach und nach auf, indem wir ihn hinunter in den Brunnen absenken und wieder hinaufziehen.

Leider dauert es ein bisschen länger, weil jeder Eimer einzeln am Seil festgemacht werden muss und man beim Hochholen auch darauf achten muss, dass kein Wasser verschüttet wird. Schnell geht hier also gar nichts.

Nach einigen Minuten sind wir dann endlich fertig. Zusammen mit den anderen mache ich mich dann auf den Weg nach Norden – Soliana führt uns, alleine kämen wir nicht weit. Teile der Strecke tragen wir Mewael und Teile muss er selber versuchen zu laufen. Es ist so anstrengend und ich muss mich zusammenreißen, um nicht von meinen Gefühlen überwältigt zu werden. Aber immerhin ist das Wetter echt schön. Die Sonne scheint, aber es ist nicht heiß. Wir haben jedoch anscheinend noch nicht alles erledigt, denn Mama hält vor einem Haus nochmal an. Sie klopft und als ein Mann öffnet, redet sie ganz schnell und aufgeregt auf ihn ein. Dann gibt sie ihm Geld, das wir eben abgeholt haben (von der Bank) und er geht wieder rein in sein Haus. Ich frage mich, warum wir auf diesen fremden Mann warten. Denn Mama macht keine Anstalten, zu gehen. Klar, sie hat ihm ja auch Geld gegeben und deshalb muss sie auch was von ihm bekommen, oder? Man gibt einem doch nicht nur zum Spaß Geld.

Da kommt der Mann auch schon wieder aus dem Haus raus und kommt in unsere Richtung.

„Hallo, ich bin Kibrom! Ich werde euch helfen, hier weg zu kommen. Eure Mutter hat mir schon gesagt, dass ihr gut Hilfe brauchen könnt, gerade bei dir, du kleiner Fratz! Wie heißt ihr denn?", stellt er sich vor und guckt herunter zu Mewael.

„Okay, danke. Ich bin Arsema."

„Ich bin Joel, das ist Anbessa und der kleine Fratz – wie Sie ihn nennen – ist Mewael", erklärt Joel, weil er davon ausgeht, dass Anbessa und Mewael zu schüchtern sind, was auch der Fall ist.

„Gut, dann lasst uns mal weitergehen. Oder in meinem Fall: losgehen", sagt er freundlich – für mein Empfinden eine Spur zu fröhlich, angesichts unserer Situation – und geht voraus. Vielleicht hatte Mama doch nicht so eine Ahnung wo es lang geht und hat ihn deshalb bezahlt, um uns den Weg zu zeigen. Eben hat sie auch telefoniert. Da hat sie bestimmt mit ihm telefoniert. Als wir noch Zuhause waren. Dort hatten wir nämlich ein Telefon, wenn auch kein Handy.

Und schon nimmt er Mewael auf den Arm, weil er schon weint und stottert, dass ihm seine Füße wehtun. Als er auf dem Arm von Kibrom ist, ist er zwar nicht direkt ruhig, aber wird langsam leiser. Da bin ich auch sehr dankbar für, weil ich es nicht ertragen würde, so viel zu laufen und alles und dann auch noch das Geweine von Mewael als

Hintergrundgeräusch zu haben. Oder ich würde mit ihm weinen.

Drei Stunden später bleibt Kibrom einfach stehen. Er setzt Mewael ab, der sofort zu Mama rennt. Dann zeigt er auf den Weg, der vor uns liegt und endlos erscheint.

„Das ist der Weg, der zum Sudan führt. Viel Glück. Ab hier müsst ihr alleine weiter."

„Danke, dass du uns bis hierhergebracht hast", bedankt sich Mama.

„Kein Problem", dreht Kibrom schon um und winkt noch. Jetzt sind wir also auf uns allein gestellt.

Der Weg zieht sich echt. Ich fühle mich müde und erschöpft. Soliana muss Mewael an der Hand hinter sich herziehen, weil sie es nicht mehr schafft, ihn zu tragen. Wir alle sind schon sehr erschöpft.

Es ist zwar zum Abend hin immer kühler geworden, aber für mein Gefühl eine Spur zu kalt. Ich wünschte, ich hätte eine Jacke! Gleich friere ich, ich sehe es schon kommen, und wenn einem einmal kalt ist, wird einem nicht mehr so schnell warm, habe ich immer das Gefühl. Mir würde nur durch ein wärmendes Feuer wieder warm werden, aber das können wir unterwegs ja schlecht machen.

Jedenfalls bin ich so froh, dass Mama gesund ist und anscheinend auch nicht verletzt wurde. Sie sieht immer noch genauso gut aus wie als ich sie das letzte Mal gesehen habe. Wir sind übrigens um fünf Uhr losgegangen und jetzt haben wir schon neun Uhr abends und wir sind immer noch unterwegs. Ich frage mich, wann wir endlich da sind, wo wir hinwollen.

Aber klar, wir müssen bestimmt in das Nachbarland laufen, das ist halt ein weiter Weg. Dem zufolge, was Mama mit diesem Kibrom besprochen hat, gehen wir ja nach Norden, weil da der Sudan ist. Und Mama glaubt anscheinend, dass der Sudan sicher für uns ist. Bis Papa zurückkommt, wollen wir dableiben. Hat sie uns gesagt. Und wenn Papa dann wieder da ist, können wir zurück in unser Haus ziehen. Das wird cool, ich freue mich jetzt schon darauf, wenn bei uns alles wie früher ist. Eigentlich wollte ich ja immer raus aus dem Alltag, aber jetzt, jetzt fühlt es sich wie ein Traum an, dahin zurückzukommen.

Noch eine Stunde und zwanzig Minuten später – also um zweiundzwanzig Uhr zwanzig – sind wir endlich angekommen. Es wirkt jedenfalls so, denn alle halten an und gucken dieses große Gebäude vor uns an. Es ist sehr hoch. Höher als alle anderen Häuser, die ich je gesehen habe. Aber ich habe ja auch nur die Häuser in unserem Dorf gesehen (da gab es nicht einmal welche mit einer Etage). Dieses Haus hat immer drei Fenster übereinander, also bestimmt zwei Stockwerke. Es sieht ein bisschen moderner aus als unsere Häuser. Und es steht in der Mitte von einer Häuserreihe.
Wir gehen rein. Ein winziges Zimmer ist alles. Dort werden wir ab jetzt wohnen.

Kapitel 8

Rosalie-Marie

Eine Woche später wird mein Geburtstag endlich gefeiert.
Beziehungsweise fünf Tage später.
Ich habe mit meinen Eltern darüber geredet, wie ich die Feier
machen möchte, aber sie haben noch nicht klar gesagt, ob
das möglich ist. Deshalb habe ich schon Angst, aber es muss
einfach klappen! Es ist mein Wunsch und ich bin schließlich
das Geburtstagskind.
Ich habe Eva und Lara schon Bescheid gegeben, dass wir
morgen die Feier feiern, denn morgen ist Samstag und da
können wir am Sonntag ausschlafen, wenn meine Eltern uns
schlafen lassen und wir ausnahmsweise einen Sonntag mal
die Kirche verpassen dürfen. Also, wenn es nach Papa geht,
bestimmt, aber bei Mama bin ich mir da nicht so ganz sicher,
weil sie das schon ein bisschen streng sieht.
Aber es ist auf jeden Fall ein cooles Gefühl, endlich zehn
Jahre alt zu sein, weil ich immer näher an die zwölf Jahre
komme. Und das bedeutet, dass ich endlich Cola trinken darf.
Meine Schwester darf ja schon länger Cola trinken, aber ich
nicht. Nie machen Mama und Papa eine Ausnahme, die sind
da knallhart.
Zum Glück ist für diese Woche die blöde Schule schon rum.
Da kann ich mich voll und ganz auf meine schöne
Geburtstagsfeier mit meinen Freundinnen freuen.
Morgen um zwölf Uhr kommen sie und am Sonntag um zwölf
Uhr werden sie wieder abgeholt. Dagegen, dass meine

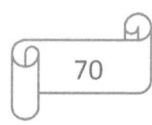

Freundinnen bei mir schlafen dürfen, haben meine Eltern nichts gesagt und daher plane ich das jetzt ganz selbstverständlich mit ein. Das ist eh alles schon geritzt. Wir machen eine Nachtwanderung und zelten im Garten – hoffentlich bekommen Eva und Lara keine Angst vor den Spinnen und so. Und grillen müssen wir natürlich auch noch! Ich habe den Plan, dass ich morgen Vormittag noch mit Papa oder Mama einkaufen fahre und dann kann ich mir alle Sachen, die wir brauchen, selbst aussuchen.

Wobei es wahrscheinlich mit Papa weniger Probleme gibt, weil er nicht meckert, wenn ich mal zwei Flaschen Fanta mehr nehme – im Gegensatz zu Mama.

Meine Hausaufgaben habe ich, wie versprochen, heute schon gemacht und jetzt gehe ich mal zu Mama. Da kann ich fragen, ob ich mein Handy für jetzt haben kann. Das wäre cool, dann kann ich noch ein bisschen YouTube gucken. Da habe ich nämlich jetzt einen Account, den Papa mir extra eingerichtet hat, aber ich lade selber nichts hoch.

Außerdem kann ich endlich mal fragen, wie das dann mit der Feier wird und, ob alles so klappt, wie ich es mir vorgestellt habe.

In Windeseile rase ich zu meiner Mutter ins private Bastel- und Arbeitszimmer, wo sie die meiste Zeit verbringt. Manchmal mit Arbeit und manchmal mit kleinen Basteleien für Geburtstage oder Feste.

„Hallo, Mama, was machst du gerade?", frage ich mit der lieblichsten Stimme, die ich so auf die Schnelle hinbekomme.

„Nanu! Du hast mich aber erschreckt. Da kann man vorher auch mal anklopfen", schnellt ihr Kopf hoch und trifft prompt gegen meinen Kopf, weil ich mich interessiert über ihre kleine Stickerei gebeugt habe.

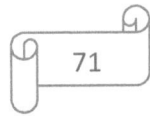

„Aua, entschuldige. Ich wollte nicht, dass du dich erschreckst. Aber ich muss dich was ganz Dringendes fragen", plappere ich aufgeregt.

„Okay, Entschuldigung angenommen. Was musst du denn fragen?", geht sie auf meinen Wunsch ein.

„Ob ich mein Handy haben kann."

„Aha, daher weht der Wind", mustert sie mich.

„Ja, bitte, ich hab' auch schon alle meine Hausaufgaben gemacht", sage ich und es ist die Wahrheit.

„Okay, dann vertraue ich dir da jetzt einfach mal", sagt sie, zieht vorsichtig ihre Schreibtischschublade auf und holt mein dünnes Handy raus.

„Danke. Aber ich habe noch eine klitzekleine Frage. Steht meine Feier morgen jetzt fest, wie geplant? Ihr habt ja noch nichts dazu gesagt ... Ich habe ja schon gesagt, wie ich das plane ... Das mit dem Übernachten steht aber auf jeden Fall schon fest, oder?", setzte ich meinen Hundeblick auf. Also, insofern ich das schaffe.

„Na ja, da wollten wir ja eigentlich noch drüber reden, mit dir, weißt du ...", fängt sie zögerlich an.

„Wie jetzt? Im Ernst? Was geht denn nicht? Das Stockbrotmachen? Die Nachtwanderung? Das Zelten? Der Geburtstag überhaupt?", verliere ich verzweifelt schon fast die Fassung.

„Mal ganz langsam! Beruhige dich! Wir haben auch lange überlegt, aber auch wenn es deine Feier ist, geht es einfach nicht, dass ihr im Garten zeltet", meint sie. Na toll! Das war doch das, was am meisten Spaß macht. Außerdem habe ich das schon meinen Freundinnen erzählt und sie haben sich total gefreut.

„Super! Und? Noch was?", frage ich genervt.

„Na ja, schon. Die Nachtwanderung – so wie du uns das geschildert hast – wird wohl auch nicht gehen", murmelt sie kleinlaut.

„Und warum? Was ist überhaupt das Problem bei den beiden Sachen?", frage ich aufgebracht. Sie kann doch nicht einfach irgendetwas behaupten!

„Also, bei dem Übernachten im Garten gibt es einmal das Problem, dass unser Garten nicht fest eingegrenzt ist und, dass wir da zu viel Angst haben, dich so einfach da mit deinen Freundinnen schlafen zu lassen. Und bei der Nachtwanderung ist das Problem, dass ihr die nicht mit Fackeln machen könnt, weil das einfach zu gefährlich ist. Außerdem muss ich oder Papa euch dann begleiten, weil wir euch erst recht nicht einfach in den Wald schicken. Alleine."

Ach, da liegt das Problem. War ja klar! Meine blöden Eltern sind mal wieder zu schissig, uns raus zu lassen.

„Wir sind doch nicht alleine!", rufe ich. Denn es stimmt! Wir sind zu dritt.

„Ach, Rosalie! Wir haben doch auch eine gewisse Verantwortung den Eltern von deinen Freundinnen gegenüber. Wenn wir euch einfach so auf freiem Feld schlafen lassen und dann noch einfach alleine in den Wald schicken – Oh, entschuldige, zu dritt." Jetzt treibt sie es eindeutig zu weit. Mich hier so zu verarschen, geht gar nicht.

„Ja, schön, aber was ist dann deine Alternative? Betreutes Krabbeln im Laufstall? Ihr habt bestimmt noch meinen alten Laufstall und dann machen wir uns eine richtig fette Geburtstagsparty mit frischer Milch und Baby-Brei, oder was?", laufe ich vor Wut rot an.

„Mann! Sei doch nicht gleich beleidigt! Es gibt doch auch bessere Alternativen. Und vergiss nicht, dass du zehn und nicht zwanzig geworden bist! Klar, wirst du immer ein Stück erwachsener, aber noch haben wir die Verantwortung und nicht du!", entgegnet sie.

„Na toll! Und was schlägst du als ‚bessere Alternative' vor?", frage ich genervt.

„Ihr könnt zum Beispiel die Nachtwanderung mit Knicklichtern machen. Und ich begleite euch. Und dann könnt ihr davor noch einen Film gucken und dazu Popcorn essen. Das mache ich euch auch, dann hast du keine Arbeit. Und ihr könnt ungestört alle im Wohnzimmer schlafen. Zusammen. Das ist dann fast wie im Zelt." Ein schwacher Trost. Ich habe mich schon so auf die Nachtwanderung mit den echten Fackeln und das Zelten mit dem Stockbrotessen gefreut.

„Nee, dann lassen wir das lieber ganz, mit der Nachtwanderung. Aber nicht einmal Stockbrot können wir im Garten machen?", frage ich jetzt verzweifelt.

„Na gut, wenn ihr wollt, könnt ihr Stockbrot machen, wenn ihr es okay findet, dass Papa und ich dann dabei sind und auf euch aufpassen."

„Okay. Dann ist es abgemacht. Stockbrot – so um siebzehn oder achtzehn Uhr – und dann einen Film gucken und im Wohnzimmer zusammen schlafen. Das hört sich schon besser an!" Ja, es ist nicht das, was ich mir gewünscht habe, aber besser als nichts. Manchmal lohnt es sich einfach nicht, beleidigt zu sein. Es ist schließlich meine Geburtstagsfeier, da will ich nicht beleidigt rumlaufen, wie so eine beleidigte Leberwurst.

Ich freue mich trotzdem auf morgen, so eine Geburtstagsfeier ist doch etwas Besonderes. Und dann bin ich mit meinem Alter auch noch endlich in den zweistelligen Bereich gekommen! Das ist noch spezieller.

Verschlafen mache ich meine Augen auf, die noch total verklebt vom Schlafen sind. Noch ein bisschen müde reibe ich mir den Kitt aus den Augen. Langsam drehe ich mich um und gucke auf meinen Wecker. Acht Uhr, drei Minuten und vierzig Sekunden. Gemütlich stehe ich auf und recke mich erstmal. Moment! Heute ist endlich Samstag! Ja! Meine Feier ist ja heute!

Schon bin ich hellwach. Noch im Schlafanzug laufe ich runter ins Wohnzimmer, wo Papa schon im Sessel sitzt und Zeitung liest, während Mama ihren Krimi liest. Sie sitzt auf der Couch, auf ihren Unterschenkeln. Beide erschrecken sich, als ich hereingestürmt komme.

„Was machst du denn hier? So früh und so laut?", blickt Papa überrascht von seiner Zeitung hoch.

„Ich bin nur so aufgeregt, weil ich doch heute meinen Geburtstag feier'! Und da konnte ich einfach nicht mehr still liegen bleiben. Außerdem wollte ich schon mal fragen, wer von euch beiden gleich mit mir einkaufen geht. Ich brauche schließlich jemanden, der bezahlt", grinse ich.

„Shhht, erst mal musst du leiser sein! Deine Geschwister wollen doch noch schlafen. Oder besser gesagt sollen sie noch schlafen", weist mich Papa zurecht.

„Ja, Ja, Ja, schon klar. Aber wer begleitet mich denn jetzt?", frage ich jetzt ein bisschen leiser.

„Ich! Dann passe ich wenigstens auf, dass du nicht zu viel Süßes kaufst und auch was Vernünftiges im Einkaufswagen landet", bestimmt Mama.

„Na gut. Dann eben", murmele ich.

„Aber hast du denn schon einen Plan, was du zum Mittagessen haben willst?", fragt sie.

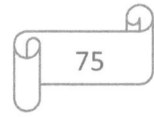

„Nee, eigentlich dachte ich, dass das Stockbrot reicht", sage ich mit zusammengezogenen Augenbrauen.

„Ach, Rosalie! Das reicht doch nicht als Mittagessen! Ihr brauch schon was Richtiges, außer Chips und Stockbrot mit Nutella", beschließt sie.

„Und was?", frage ich wieder.

„Na, das frage ich dich ja. Hast du keine Idee? Kein Lieblings-Gericht?", guckt sie mich wartend an.

„Mhhh … Ich hab' natürlich schon ein Lieblingsessen. Wenn ich echt entscheiden darf, nehme ich Lasagne. Deine ist einfach die Beste auf der Welt!", entscheide ich.

„Okay, das ist ja wenigstens halbwegs in Ordnung", gibt Mama zu.

„Na dann, auf in den Supermarkt!", rufe ich.

„Pscht!", ermahnt mich Papa wieder.

„Oh, entschuldige!", füge ich leise hinzu.

„Zieh dich außerdem erstmal an! Und nach dem Frühstück – so um zehn oder halb elf – gehen wir dann erst einkaufen, doch noch nicht jetzt!", kommt es dann von Mama.

„Okay", ziehe ich ab. Wenn ich leise zurückgehe, bemerkt mich Leo vielleicht nicht, wenn ich zurück ins Zimmer gehe.

Zwei Stunden später bin ich bereits mit Mama unterwegs und nehme mir einen Einkaufswagen aus der Reihe. Ich darf den heute schieben, weil ich heute schließlich auch entscheiden darf, was reinkommt.

Als wir den Laden betreten, sehe ich überall so viele Sachen, dass ich gar nicht weiß, was ich als Erstes einpacken soll.

Mama nimmt mir dann die Entscheidung ab, weil sie erst ein bisschen Gemüse in den Wagen tut. Sie hat nämlich entschieden, dass wir auch ein bisschen „richtig Gesundes" brauchen und deshalb macht sie uns zum Film-gucken nachher einen Rohkostteller. Solange ich keine Arbeit habe, ist mir das aber egal. Außerdem kann es ja schon gut schmecken, mit einem leckeren Kräuterdip. Den will sie sogar selber machen.

Ich gucke mich derzeit schon mal nach Nutella um. Wir haben nämlich keins mehr und deshalb ist unbedingt noch welches nötig – für unser Stockbrot natürlich. Da ist es ja! Perfekt. Dann kann Mama nach den Zutaten für die Lasagne gucken, während ich schon mal nach Aufschnitt für morgen gucke. Sehr lecker finde ich ja Kräuterfrischkäse und Camembert. Aber auch Salami und Fleischwurst sind sehr lecker. Das alles packe ich in den Wagen, als Mama gerade mit den Zutaten für die Lasagne und den Dip zum Wagen zurückkommt. Dann ist ja schon mal der Hauptteil erledigt. Nur noch ein bisschen Süßes und schon ist es perfekt. Vielleicht Eis! Da hätte ich viel Lust drauf. Das passt auch zum guten Wetter.

Wieder zu Hause angekommen haben wir schon halb zwölf. Das Einkaufen hat doch länger gedauert, als erwartet und der Weg ist auch so weit. Wir sind zwar mit dem Auto gefahren, aber es sind doch zwanzig Minuten insgesamt, hin und zurück.

In einer halben Stunde kommen schon meine Freundinnen! Ich freue mich so. Immer wenn meine Gäste kommen, bin ich so aufgeregt und kann es kaum verstecken. Ich kichere immer so viel rum. Manchmal wirklich schlimm, mich selbst zu erleben, aber irgendwann geht es dann.

Es geht gerade die Klingel! Schon?! Ich muss sofort hin! Noch mit meinen Schuhen an den Füßen sprinte ich aus der

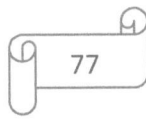

Küche – weg von den Einkaufstüten – wieder zurück in den Flur und reiße die Tür auf.

Doch leider ist es nur die Nachbarin. Aber immerhin bringt sie wegen meines Geburtstags nachträglich Kekse vorbei. Sehr nett, diese Frau, auch wenn sie schon ein bisschen älter ist, aber ihre Kekse sind erste Sahne. Ich bedanke mich herzlich und schließe die Tür wieder. Immerhin haben wir so einen zusätzlichen Snack für heute Abend, wenn wir Zoomania, meinen Lieblingsfilm, gucken. Ich hoffe, dass meine Freundinnen ihn noch nicht kennen, aber ihn genauso gut finden wie ich.

Mittlerweile haben wir viertel vor und ich werde schon ungeduldig, als es erneut an der Tür klingelt.

Ich reiße die Tür mit einem aufgeregten Lächeln wieder auf. Und Tatsache! Es ist Eva. Ihre Mutter wollte sie wohl sehr pünktlich bringen, ganz nach meinem Geschmack.

„Hi!", begrüße ich sie.

„Hi!", grüßt Eva zurück.

„Dann kommt doch erstmal rein!", bittet meine Mutter, die plötzlich hinter mir steht. Beide kommen rein und Eva kommt – meiner stillen Aufforderung folgend – mit in mein Zimmer, während meine und ihre Mutter ein bisschen plaudern.

Wenig später kommt auch Lara und wir sind komplett. Jetzt kann die Party beginnen!

Kapitel 9

Arsema

Ein Jahr und sieben Monate später

Wir haben hier so gut gelebt, in unserem kleinen Zimmer. Es ist so sicher gewesen, wie noch nie. Bis heute. Heute Morgen kamen Polizisten, als Mama gerade bei ihrer Arbeit war (wir brauchen ja schließlich ein bisschen Geld, deshalb arbeitet Mama jetzt in einem kleinen Laden, wo sie Kaffee an die Leute verteilt). Wir haben Mama bei den Polizisten nicht verraten, aber trotzdem wissen wir jetzt, dass es unsicher ist. Als wir Mama das erzählt haben, hat sie uns sofort genommen und die Wohnung mit uns verlassen.

Wieder lassen wir einen sicheren Ort, wo wir gelebt haben, zurück. Ich wollte das nicht. Nicht schon wieder. Wenn wir jetzt immer weiter weggehen, können wir doch gar nicht mehr zurückkommen. Aber ich will. Unsere Heimat, unser Dorf mit unseren Freunden. Es kann nicht sein, dass ich das Dorf am Tag unserer Abreise das letzte Mal gesehen habe. Ich kann mich kaum noch an alles erinnern. Zum Glück weiß ich noch, wie meine Freunde aussehen und vor allem wie sie heißen. Aber meine armen kleinen Brüder können sich bestimmt jetzt schon an nichts mehr erinnern.

Jetzt sind wir also wieder auf der Flucht. Weiter in Richtung Norden. Mama hat heute Mittag nur dem Vermieter noch das Geld für den letzten Monat gegeben, in dem wir da gewohnt haben. Bar auf die Hand. So hat sie es immer gemacht, mit dem Geld.

Ich habe mich gerade an die schöne, kleine Stadt hier gewöhnt. Jeden Tag mussten wir uns zwar ein bisschen langweilen, aber wir konnten auch miteinander spielen. Hier sind ja auch noch andere Kinder, mit denen wir dann einfach draußen spielen konnten. Es war so schön. Ich will nicht weg. Hier können wir wenigstens noch ein bisschen unserer Sprache treu bleiben. Arabisch ist unserem Tigrinja ja sehr ähnlich. Aber weiter weg?! Wir verstehen doch da nichts! Und wo ist überhaupt Papa? Er ist schon so lange weg und in den ein und halb Jahren haben wir ihn kein einziges Mal gesehen. Ich hätte fast vergessen, wie er riecht, wenn ich nicht vor unserem Aufbruch an seinem Hemd gerochen hätte. Wir haben wieder nur die Kleider, die wir am Leib tragen, dabei und dieses Mal haben wir nicht einmal Brot. Oder Wasser. Wir können nicht überleben, wenn wir keine Hilfe bekommen, das ist klar.

Jetzt müssen wir aber erstmal so weit wie möglich weg von hier. Dieser Ort ist nicht sicher. Nicht mehr.

Ein gutes Stück sind wir schon losgegangen. Aber trotzdem ist das noch lange nicht genug. Wir sind gerade mal sechs Stunden unterwegs und natürlich ist Mewael schon quengelig, aber auch Anbessa verliert langsam die Fassung. Er will auch nicht mehr selber laufen, aber er muss. Es gibt keinen Ausweg. Keine andere Wahl. Wir haben nicht einmal jemanden, der Mewael geschweige denn Anbessa tragen kann. Immer wenn wir irgendwelche Menschen hier sehen, fragen wir aber, wie wir weiter nach Norden, in Richtung Libyen, kommen.

Jetzt, wo unsere Beine aber müde werden, wird es schwer, noch vernünftig zu gehen, deshalb kommt wohl die Frage, die kommen musste.

„Mama, wann sind wir da?" Von Anbessa. Natürlich. Obwohl wir alle mittlerweile ja etwas älter sind (Mewael ist schon sechs Jahre alt, Anbessa ist schon neun Jahre alt, Joel ist schon fünfzehn und ich bin schon zwölf Jahre alt), verhalten sich doch einige noch ein bisschen nervig.

„Bald, Schatz! Siehst du da vorne das Haus? Da können wir vielleicht schlafen, hoffe ich", antwortet Mama und *ich* hoffe, meinen Augen trauen zu können. Da ist tatsächlich ein Haus, das so aussieht, als hätte es genug Platz für uns!

Als wir schnell näherkommen, sehen wir, dass es eine Unterkunft für Obdachlose ist. Dort kann man sogar Essen und Trinken bekommen, endlich!

Ich habe gehofft, endlich mal wieder zu trinken und zu essen. Meine Kehle ist trocken und mein Magen ist leer. Wenn ich meine Familie so angucke, sehe ich, dass es ihnen wahrscheinlich nicht anders ergeht. Sie alle gucken freudig und gierig zu dem Haus hinüber und rennen fast vor mir weg.

Nach wenigen Schritten sind wir endlich da und gehen vorsichtig in das Gebäude rein. Da sind tatsächlich Leute, die uns begrüßen und direkt Essen und Trinken anbieten. Ich verschlinge das Brot, obwohl es so trocken ist, in Windeseile und kippe danach das Wasser hinterher.

Es ist so erfrischend. Ich hätte nie gedacht, dass ich Wasser so sehr vermissen könnte. Aber jetzt ist es mein Schatz. Glücklicherweise bekommt jeder eine eigene Ration, weil wir uns sonst alle gestritten hätten. Die Anderen tun es mir gleich und verschlingen ihr Essen und Trinken ebenfalls. Wir alle sind ausgelaugt und können einfach nicht mehr. Ich freue mich, dass wir hier endlich eine Unterkunft bekommen. Es wäre schrecklich, hier draußen zu schlafen. Nachts kommen die Hyänen und es ist kalt. Bitterkalt. Besonders, weil hier eine Art Wüste herrscht. Da ist es Tagsüber besonders warm und nachts besonders kalt. Mir graut es davor, wenn wir mal kein Haus finden und kein Essen haben. Daran will ich gar nicht denken.

Jetzt genießen wir erstmal unser hier und jetzt. Wir leben von Tag zu Tag.

„Ich bin so froh, dass wir hier sind, Mama!", sage ich überschwänglich.

„Ja", antwortet Mama gedankenversunken und auf ihr Brot starrend. Vielleicht überlegt sie auch gerade, wie sehr uns Gott heute geholfen hat. Oder sie fragt sich, für wie lange dieses Stück Brot vorhalten muss. Das frage ich mich nämlich. Werden wir morgen wieder eine Unterkunft für die Nacht finden?

„Mama, jetzt können wir doch hier schlafen, oder? Bis morgen sind wir hier sicher, oder?", schiebe ich verzweifelt hinterher.

„Ja, ich denke schon, meine Kluge", spricht sie. Ihre Worte geben mir Mut und lassen mich das Licht am Ende des Tunnels erblicken. Ich weiß, dass sie immer zu uns halten wird. Plötzlich habe ich die Gewissheit, dass alles gut werden wird. War das eine Eingebung von Gott? Vielleicht ja. Ich weiß es nicht, aber es ist sehr gut vorstellbar. Er ist immer bei mir und selbst in der Zeit der Flucht bin ich geschützt. Darauf kann ich mich immer verlassen und auf meine Familie auch.

Am nächsten Tag bekommen wir sogar noch eine Art Frühstück. Natürlich war Mamas Reis mit Soße tausend Mal besser, aber ich komme schon zurecht. Wir alle müssen das nehmen, was wir kriegen können und dieses Brot hier ist tausend Mal besser als nichts. Ich bin so froh, dass wir hier eine sichere Unterkunft hatten. Denn das Problem besteht jetzt nur darin, dass wir weiterziehen müssen und vielleicht nicht mehr so eine gute Unterkunft finden. Was, wenn wilde Tiere uns in der Nacht angreifen? Das würde keiner von uns überleben.

Egal! Wir müssen erstmal den ganzen Tag über gehen, damit wir wieder weiterkommen. Dieses Land ist groß, sehr groß. Wir müssen auch noch ein bisschen nach Westen laufen, wenn wir nach Libyen wollen, hat Mama schon gesagt, deshalb wird die Strecke noch länger sein. Da können wir uns keine großen Pausen gönnen.

„Mama, wann müssen wir los?", fragt Joel nuschelnd mit seinem Brot in der Hand.

„Wahrscheinlich gleich. Trinkt noch reichlich, vielleicht können wir nichts mitnehmen. Ich weiß selber nicht, ob sie uns was zur Verfügung stellen können", zweifelt Mama und schon trinke ich mein Glas aus. Als offiziell obdachlos zu gelten ist übrigens nicht leicht zuzugeben. Aber ich fühle mich auch noch nicht so. Es ist nicht echt. In meinem Kopf haben wir immer noch ein schönes Zuhause in Eritrea. Die Hütte steht ja auch noch. Meine Freunde sind noch da. Und irgendwann kommen wir einfach zurück. Papa ist dann schon da und empfängt uns mit strahlendem Gesicht. Meine Freundinnen nehmen mich stürmisch in die Arme. Unser Haus ist noch genauso schön, wie als wir weggegangen sind.

Alles fühlt sich vertraut an, Oma und Opa wohnen noch in derselben Straße.

Alles ist wieder normal. Wir sind nicht auf der Flucht, Papa ist bei uns und beschützt uns.

„Arsema! Arsema! Hallo?", holen mich Stimmen wieder in die Realität zurück. Wo ist Papa hin? Unsere gemütliche Hütte, unser Garten, meine Freundinnen und Oma und Opa?

„Ja? Ist was?", frage ich, nun wieder aus meiner Starre erwacht.

„Ja. Ich habe dich gefragt, ob du dein Brot noch isst. Schmeckt es dir denn nicht, oder warum kaust du auf dem einen schon so lange rum?", fragt Mama zurück.

„Was? Doch, es schmeckt gut. Also, in Ordnung. Es ist nichts." Doch mit der Antwort scheint sie sich nicht zufrieden geben zu wollen.

„Da bin ich mir aber nicht so sicher. Hast du nicht gemerkt, dass dir eine Träne aus dem Auge gekullert ist?", betrachtet sie mich misstrauisch.

„Nein. Echt?", taste ich ungläubig meine Wangen ab. Und tatsächlich, die eine Wange ist ein bisschen feucht. Damit habe ich mich wohl verraten.

„Ich habe mir nur vorgestellt, dass alles so wäre wie früher. Dass Papa da ist und unser Haus uns gehört und, dass Oma und Opa noch in unserer Nähe sind und ...", blicke ich stockend auf meinen Rock hinab.

„Ja, ich weiß, ich wünsche es mir auch ... Aber es geht nicht! Es wird nie wieder so sein wie früher!", nehmen ihre Augen plötzlich einen kalten Ausdruck an. Wie kann sie nur so böse sein? Warum denkt sie, dass nichts wieder gut wird?

„Aber Mama, vielleicht können wir ja noch zurück! Gib doch die Hoffnung nicht auf!", sehe ich sie verzweifelt an. Doch sie scheint sich davon nicht beeindrucken zu lassen. Sie steht auf und holt sich ein neues Brot.

Als sie zurückkommt, sagt sie:

„Wir dürfen jeder eine Tagesration mitnehmen."

Da bin ich beruhigt, aber trotzdem geht mir ihre Reaktion nicht aus dem Kopf. Ich meine, sie ist doch Mama! Sie weiß alles und wenn *sie* schon die Hoffnung aufgibt, was sollen *wir* dann tun?

„Gut", antworte ich nur.

Dann brechen wir auf, jeder mit einer Ration in den Händen. Auch Mewael kann seine Ration selbst tragen, er ist schließlich schon sechs Jahre alt, das betont er selbst auch immer wieder.

Eine Woche und fünfeinhalb Tage später sind wir endlich da. Wir haben in der Zeit der vergangenen Tage nur Halt zum Schlafen gemacht. Jeden Tag sind wir einige Kilometer gegangen und in der Nacht haben wir Zuflucht in Häusern gesucht. Draußen zu schlafen ist hier keine Alternative. Zu viele Gefahren lauern hier in der Dunkelheit. Außerdem habe ich Angst vor der Dunkelheit. Vielleicht gerade deswegen. Einmal hat uns ein kleiner Lieferwagen (zwei Sitze mit einer kleinen Ladefläche hinten dran) mitgenommen, damit wir schneller vorankommen.

Aber wir sind auch sehr viel durch die Wüste gelaufen, obwohl wir uns so weit wie möglich südlich gehalten haben, immer daran denkend, die Strecke nicht länger als möglich zu machen. Hier, im Norden oder in der Mitte vom Sudan gibt es sehr viele giftige Schlangen. Gerade hier in den Wüstenteilen des Landes überleben nur Tiere, die sich gut an das heiße und trockene Klima anpassen können. Daher sind hier auch Echsen zu finden. Die sind nicht so giftig, die meisten jedenfalls, und greifen auch nicht uns Menschen an. Mehr Angst muss man wirklich vor den Schlangen haben. Hier sind so viele, die einen Menschen töten können und auch nicht allzu weit entfernt von Menschen leben. Aber gerade deshalb ist es auch keine gute Idee, für die Nacht auf Bäume zu klettern – da kommen Schlangen nämlich sehr gut hoch. Die meisten leben sowieso auf Bäumen, also würde man ihnen schon beim Hochklettern begegnen und ich für meinen Teil würde eh nicht auf einen Baum kommen. Teilweise gab es nicht einmal Bäume, wo wir langgegangen sind, weil es wie in der Wüste war.

Auf jeden Fall bin ich froh, dass ich das jetzt hinter mir habe. Hier in Libyen können wir zwar nicht so gut leben, wie im Sudan, aber es geht. Wir haben hier im Dorf eine große Halle gefunden, wo wir schlafen können. Leider auf dem Boden, aber es gibt einen Teppich, auf dem wir schlafen können. Wir haben Wasser und Essen, aber nicht viel. Jeden Tag müssen wir trockene Nudeln essen. Es gibt hier keine Soße und Wasser haben wir auch nicht so viel.

Und natürlich müssen wir diese Unterkunft bezahlen. Aber Mamas Bruder schickt uns zum Glück immer genügend Geld. Es ist fast wie früher, nur ohne Schule und ohne Papa. Aber immerhin noch mit Gott. Ich spüre es, dass er uns hier ein gutes Leben geben wird. Bald können wir vielleicht sogar zurück in unsere Heimat. Das wäre cool. Irgendwie vermisse ich die Schule. Sogar unser langer Schulweg war angenehm. Im Vergleich zu den Wanderungen (oder auch Märschen), die wir hier jeden Tag gemacht haben. Ich bin froh, hier angekommen zu sein. Es scheint alles wieder okay zu sein.

Manchmal, wenn es ein bisschen ruhiger ist, sehe ich auch Mamas Sehnsucht, aber nicht lange. Sie versucht, ihre Gefühle zu verbergen. Sie denkt, sie muss stark sein. Und eigentlich stimmt es auch. Mewael und Anbessa wären aufgeschmissen ohne eine starke Mutter an ihrer Seite. Aber andererseits soll sie auch nicht immer alles in sich hineinfressen. Das tut keinem gut, glaube ich.

Ich kann mich noch zu gut daran erinnern, wie ich mich gefühlt habe, als ich Mama und Papa so sehr vermisst habe, aber als ich mit Oma und Opa darüber geredet habe, war es sofort besser. Vielleicht sollte ich ihr mal anbieten, sich ihre Ängste und Sorgen von der Seele zu reden. Sie braucht das bestimmt auch. Wenn es mir guttut, muss es ihr einfach auch guttun.

Ich bin doch schließlich aus ihr gemacht, oder?

Kapitel 10

Rosalie-Marie

Ein Jahr, sieben Monate und zwei Wochen später

Heute steht in der Schule ein Ausflug an. Ich bin ja jetzt schon in der siebten Klasse. Die Klassenfahrt in der sechsten Klasse habe ich also schon hinter mir und die war auch echt toll. Wir waren viel draußen und hatten einfach nur Spaß. Und heute wollen wir wieder rausgehen und Spaß haben. Wir machen nämlich einen Ausflug zu dem See im Wald und auf einer Lichtung daneben kann man super ein Picknick machen, was wir auch tun werden.

Ich hoffe nur, dass der See nicht zu voll ist. Wir wollen doch unsere Klasse genießen und nicht irgendwelche anderen blöden Kinder oder sogar irgendwelche wildfremden Hunde da rumlaufen haben.

Jedenfalls musste ich deshalb heute Morgen, also gerade eben, nicht früher aufstehen, aber leider auch nicht später – ich muss ja jetzt noch ein paar Sandwiches vorbereiten, weil ich mich dafür freiwillig gemeldet habe, für das Picknick. Wir haben gerade schon fünf vor sieben. Ich muss mich jetzt echt ranhalten. Gekämmt bin ich auch noch nicht, aber immerhin schon angezogen und gewaschen. Dafür hat Mia gesorgt, denn sie hat mich (als sie gerade aus dem Bad vom Duschen kam) direkt ins Bad gezerrt, damit ich heute rechtzeitig fertig bin, weil sie findet, dass solche Ausflugstage noch wichtiger sind, als normale Schultage.

Finde ich auch! Aber deshalb muss man mich ja nicht schon um sechs Uhr vierzig ins Bad schieben. Na, wenigstens bin ich jetzt recht gut in der Zeit, wenn ich mich ranhalte.

Also los. Meine Bürste … Wo ist die nur wieder? Gestern Morgen habe ich sie doch wieder hier in unser Zimmer gelegt. Aber jetzt ist sie irgendwie weg. Das kann doch nicht sein, oder? Ich meine, in Luft aufgelöst haben kann sie sich wohl nicht, oder? Ach, warum muss bei mir immer alles plötzlich weg sein? Und ich kann nicht mal was dafür!

Das ist doch eine Unverschämtheit! Bestimmt liegt diese Bürste wieder im Zimmer von Mia. Das hätte ihr nur gepasst, mich so zu ärgern! Aber nichts da! Nicht mit mir.

„Mia, was hast du schon wieder mit meiner Bürste gemacht? Wo ist die?", komme ich im Laufschritt in ihr Zimmer.

„Was? Wo deine Bürste ist kannst du doch nur selber wissen!", entgegnet sie erschreckt und dreht sich von ihrem Schreibtisch zu mir um.

„Ach ja? Und warum finde ich sie nirgends? Du hast die doch bestimmt hier versteckt, oder?", durchwühle ich schon mal ihr Bett. Sie gibt sie mir doch nie freiwillig.

„Mann, Rosa! Hör auf, mein Bett zu durchwühlen und erst recht, mich zu beschuldigen!", ruft sie und hält meine Hände fest.

„Wo ist denn dann meine Bürste, wenn du sie nicht versteckt hast?", versuche ich mir aus ihrem Klammergriff zu befreien.

„Weiß ich – Moment! Ich glaube, ich habe sie gestern Abend im Bad gesehen, beim Zähneputzen", starrt sie mich plötzlich an.

„Aha, dann hast du sie also im Bad versteckt?!", rege ich mich wieder ein kleines Bisschen ab.

„Nein, du musst mir einfach glauben! Ich habe sie nicht angerührt! Vielleicht erinnerst du dich ja, wenn du sie siehst. Komm mit!", zerrt sie mich an den Händen (schon zum zweiten Mal heute) ins Bad.

Oh! Da liegt sie tatsächlich und meine Schwester hatte in noch einer Sache recht: Ich kann mich erinnern, wie ich sie gestern Morgen dahin gelegt habe, als ich in letzter Sekunde noch meine Haare gekämmt habe, vor der Schule. Mist! Das ist ja mal oberpeinlich.

„Ähm … Oh! Das tut mir leid. Ich wusste das nicht mehr", entschuldige ich mich lahm.

„Ja. Das nächste Mal, wenn du etwas nicht mehr weißt, suchst du vielleicht erstmal alleine danach, bevor du irgendwelche falschen Anschuldigungen machst."

Und kaum habe ich den Kopf in ihre Richtung gedreht, ist sie auch schon aus dem Bad verschwunden und wieder in ihr Zimmer zurückgekehrt.

Das wollte ich echt nicht. Ich habe es nur vermutet, weil es schon einmal so war und da dachte ich einfach, sie würde das wieder tun. Hoffentlich kann sie mir bald verzeihen. Ich meine, sie hat mich ja auch schon öfters für Sachen beschuldigt, die ich gar nicht getan habe. Zum Beispiel ihre blöden veganen Kekse aufgegessen zu haben. Obwohl sie wissen könnte, dass ich das Zeug nicht anrühre.

Jetzt aber schnell die Sandwiches machen! Sonst verliere ich noch mehr Zeit. Dann kämme ich meine Haare halt auf dem Ausflug.

Ein paar belege ich mit Käse und ein paar mit Salami. Dann gehört natürlich noch ein bisschen Salat auf die riesen Toasts und fertig. Die Cherry-Tomaten schmecken besonders lecker da drauf. Und ein paar andere belege ich noch mit Schinken.

Schließlich habe ich fünfzehn Sandwiches, aber mir fällt gerade noch ein, dass wir noch so einen super leckeren Camembert haben. Da muss ich auch noch unbedingt ein paar mit belegen. Dann bin ich schon bei achtzehn Broten. Wenn ich die jetzt noch schön diagonal durchschneide, sind es die perfekten Sandwiches. Das sieht so lecker aus, ich würde am liebsten direkt welche essen. Aber das geht nicht, denn die sind ja für meine Klasse.

Also dann noch im Turbo-Modus kämmen und nichts wie los. Oh! Ich habe echt keine Zeit mehr! In nur fünfzehn Minuten müssen wir schon am Treffpunkt vor der Schule sein.

Also schnell die Bürste in die Tasche stopfen, dann noch was zu Trinken fertig machen und ganz schnell noch den Schlüssel reinwerfen. Sonst komme ich nachher nicht rein. Ups, mir fällt auch gerade auf, dass ich den Treffpunkt mit Eva versäumt habe. Sie hat gesagt, dass wir uns ein bisschen früher eine Ecke vor der Schule treffen. Um noch ein bisschen zu plaudern halt. Aber das muss wohl jetzt ausfallen. Scheiße! Warum bin ich auch nur so spät dran? Oh, ich weiß, ich habe mich unnötigerweise noch mit Mia gestritten.

So schnell, wie ich kann, nehme ich mir die große Dose mit den Broten und quetsche sie auch noch irgendwie in meine Tasche. Dann verlasse ich blitzschnell das Haus und rufe meinen Eltern, Leo und Mia noch einen hastigen Abschied zu.

Dann sprinte ich die Straße runter in Richtung Schule. Jetzt aber schnell. Vor fünf Minuten habe ich mich eigentlich mit Eva verabredet. Ich sehe schon die Ecke – und meine zuverlässige Freundin, die wahrscheinlich schon seit zehn Minuten genau dort steht und auf mich wartet.

„Na, du bist ja sogar fast pünktlich – für deine Verhältnisse! Was ist denn mit dir los?", fragt sie verblüfft. Habe ich es echt noch fast pünktlich geschafft? Das wäre dann der Rekord. Ich habe es noch nie in unter fünf Minuten hierhergeschafft. Und glaubt mir, ich habe da echt Übung.

„Äh … Also … Ich … bin … so schnell … gerannt … wie ich … konnte." Zwischen den Wörtern hole ich immer tief Luft. Meine Lungen brennen und mein Arm fällt wegen der schweren Tasche fast ab.

„Du scheinst gerade einen Marathon gelaufen zu sein, so schwer, wie du atmest. Du bist ja verrückt … Können wir dann gehen, oder willst du dich noch ein bisschen ausruhen?", kichert sie ein bisschen.

„Nee, geht schon. Wenn wir langsam gehen … Was hast du eigentlich für das Picknick mitgebracht?", frage ich und atme tief durch.

„Gar nichts."

„Das geht doch nicht, jeder musste doch etwas mitbringen!", gucke ich verwirrt.

„Nein. Nicht ganz! Ich habe mich schön aus der Sache rausgehalten und muss jetzt nichts mitbringen", triumphiert sie und kostet ihren Sieg voll und ganz aus.

„Na toll! Und ich schmiere in letzter Sekunde noch achtzehn Sandwiches, wo ich auch einfach hätte still bleiben können und nichts mitbringen müssen?" Verärgert stoße ich Luft aus. Doch da fängt sie an zu kichern und ich kann auch nicht mehr ernst bleiben.

Eine gute Stunde später kommen wir am idyllischen See an. Diese verrückten Jungs aus meiner Klasse laufen schon

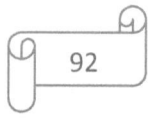

ausgelassen vor uns her und einer von ihnen fällt jetzt schon fast in den See rein.

„Hey, Jungs! Ruhiger! Nicht so wild hier rumrennen, sonst fallt ihr alle noch rein und dann müssen wir leider eure Eltern anrufen. Das könnte für die meisten von euch nicht so schön enden!", mahnt Frau Müller die Jungs. Meine Mathelehrerin ist nämlich zufällig auch meine Klassenlehrerin und daher ist sie heute natürlich auch mit von der Partie. Mein Sportlehrer Herr Hahn ist natürlich auch dabei, damit es eine zweite Aufsichtsperson gibt. Und ja, meistens führt er sich genauso auf, wie ein Hahn. Er sieht auch ein bisschen so aus mit seinen weißen Hühnerbeinen. Ich möchte ja echt nicht fies sein, aber man kann ihn einfach nicht anders beschreiben.

„Okay, ist ja schon gut … Spaßbremse!", murmeln die Jungs vor sich hin, als sie sich wieder ein bisschen haben zurückfallen lassen.

Da sehe ich auch schon die Lichtung. Frau Müller auch, denn sie nimmt schon die Picknick-Decke aus ihrem Rucksack, während die Jungs sich anscheinend wieder eigekriegt haben und bereits ein Wettrennen zur Lichtung veranstalten. Ein paar Mädchen laufen auch mit, aber Eva und ich sind zu faul und gehen in einem gemütlichen Tempo, bis wir ankommen. Glücklicherweise haben noch mehr Leute aus der Klasse ihre Picknick-Decken mitgenommen, sonst hätten wir nicht sehr viel Platz. Eva und ich setzten uns dann nach kurzem Zögern zu zwei anderen Mädchen auf die Decke, die Zwillinge sind, deshalb kann ich sie auch immer noch nicht auseinanderhalten.

„Hey, wir dürfen uns doch hier zu euch setzten, oder?", frage ich noch mal vorsichtig, um nicht dreist zu wirken, aber auch, um einfach einen Anfang für ein Gespräch zu finden. Alle führen nämlich Gespräche, nur die beiden sind stumm und ich will sie nicht ausschließen.

Aber ist ja auch klar; Ich würde mich auch nicht mit meiner Schwester unterhalten wollen.

„Ja, klar, kein Problem." Das eine der beiden Mädchen – das links sitzt, von uns aus – hat uns geantwortet. Also, entweder ist das Ramona oder Rebecca. Wie gesagt, kein Plan, wer wie heißt.

„Cool. Danke", antworte ich wieder.

„Wollt ihr Sandwiches haben?", frage ich und halte meine volle – wirklich übervolle – Box hin.

„Nein, danke, wir haben schon gefrühstückt. Außerdem sind die Brote wahrscheinlich nicht vegan, oder?", fragt die Linke. Ein bisschen hochnäsig muss ich sagen. Das ist wohl der Grund, warum ich nie auf die Idee gekommen bin, mich mit ihr anzufreunden.

„Äh … Keine Ahnung. Was bedeutet denn vegan?", gucke ich etwas irritiert.

„Vegan bedeutet, dass etwas völlig ohne tierische Zusätze ist. Also ohne Sachen, die von Tieren kommen, oder aus Tieren gemacht werden. Das schließt übrigens auch Honig aus, denn der wird den Bienen weggenommen." Oh. Also essen sie fast nichts?!

„Was könnt ihr denn überhaupt dann noch essen? In fast allem ist doch Milch oder irgendwas drin." Lieber vorsichtig nachfragen, als direkt von der Picknick-Decke zu fliegen.

„Tja, mehr als du denkst. Unsere Mutter hat uns schon von klein auf beigebracht, viel Gemüse und Obst zu essen. Und sogar einige Süßigkeiten sind von Natur aus vegan. Zum Beispiel Oreo oder Mr. Tom. Die Franzbrötchen aus der Bäckerei oder auch die leckeren Apfeltaschen sind übrigens auch vegan. Also ist es einfacher, als ihr glaubt", sagt sie wieder, diesmal sogar ein bisschen netter.

Trotzdem nehme ich mir ein Käsesandwich und beiße rein. Eva bedient sich auch und sogar von anderen Decken kommen Mitesser.

„Mh, warum macht ihr das denn überhaupt? Ich meine, vegan leben." Ich habe zwar noch nie so wirklich darüber nachgedacht, weil es mich einfach nicht interessiert hat, aber jetzt bin ich schon neugierig, warum man denn auf so leckere Sachen verzichten möchte.

„Also, erstens ist es besser für die Umwelt. Die Produktion von Fleisch, besonders Rindfleisch, ist mit sehr viel CO_2-Ausstoß verbunden und das wollen wir einfach nicht unterstützen. Zweitens ist da noch die Tierhaltung, die echt unfair den Tieren gegenüber ist, weil die Tiere auf ganz engem Raum zusammenstehen müssen und sich gegenseitig auf die Füße treten. Die armen Tiere tun uns halt echt leid. Und man darf nicht vergessen, dass die Milch genauso schlecht produziert wird, wie das Fleisch und es den Tieren mindestens genauso schlecht geht, weil sie eigentlich bei ihren Kälbern sein wollen und ihnen die Milch geben wollen. Es gibt so viele Gründe dafür, aber die aufzuzählen, dauert Tage" redet sie sich richtig rein und wedelt mit den Händen vor ihrem Gesicht rum.

„Ah. Wusste ich gar nicht." Das muss ich echt zugeben, denn ich dachte immer, dass alles fair ist, aber anscheinend doch nicht. Also, mir war schon klar, dass für das Fleisch Tiere sterben, aber das mit dem CO_2 war mir gar nicht klar. Immerhin ist mir bekannt gewesen, dass CO_2 schlecht für die Umwelt ist und ich musste das nicht auch noch nachfragen.

„Ja, das ist ja das Problem! Die meisten Leute wissen überhaupt nicht, was so abgeht! Die Mehrheit denkt doch, dass alles in Ordnung ist, weil kein Sender der Welt mal die brutale Realität zeigt. Und die, die es wissen, versuchen es zu ignorieren. Die Industrie hat aber auch einen zu großen Einfluss auf alle, deshalb bekommen die einen drauf, die die Wahrheit sagen!", regt sich plötzlich das andere blonde Mädchen auf. Dass die so gut informiert sind und ich nicht, finde ich aber ein bisschen unfair. Na, aber das ist ja genau das, worüber sie gerade gesprochen hat.

„Ah, woher weißt du das denn?", schaltet sich auch Eva ein.

„Mama erzählt uns alles immer haarklein. Das ist richtig gut, damit wir wissen, was abgeht", triumphiert sie ein bisschen. Tja, da haben wir heute bei dem kleinen Ausflug in die Natur sogar noch etwas gelernt. Und so übel finde ich die beiden Mädchen auch gar nicht mehr. Also, jedenfalls jetzt. Mal sehen, wie es weitergeht.

Kapitel 11

Arsema

Hier in Libyen fühle ich mich wieder ein bisschen wie zu Hause – wir sind ja auch schon zwei Monate hier –, aber ich weiß ja jetzt, wie schnell es nicht mehr so sein kann. Im Sudan habe ich mich schließlich auch wohlgefühlt. So leben zu müssen, kann manchmal ein bisschen schade sein und vor allem natürlich traurig, aber es kann auch gut sein. So lernen wir, dass man nur sich, seine Familie sowie Wasser und Brot zum Leben braucht. Und selbstverständlich Kleider, also, die, die wir am Körper tragen.

Mama scheint immer noch manchmal ziemlich traurig zu sein. Ich würde sie gerne trösten, aber ich weiß nicht, wie. Wir verlieren einfach viel und es ist nicht klar, wie es weitergeht.

Heute hat sie morgens einfach angefangen zu weinen. Obwohl sie nicht gerne vor uns weint, aber trotzdem hat sie die Tränen nicht zurückhalten können. Wir wollten sie natürlich direkt trösten, aber da ist sie dann ganz plötzlich aus der Halle gegangen. Warum sie sich nicht mal trösten lassen will, weiß ich nicht. Aber vielleicht weiß sie es auch nicht.

Als wir dann hier alleine waren habe ich mir auf jeden Fall vorgenommen, mit ihr zu reden, wenn sie wiederkommt – wohin auch immer sie gegangen ist. Wenn sie traurig wegen Papa ist, können wir beide ja darüber reden und uns gegenseitig trösten. Das hilft bestimmt gut. Ich hab' da ja schon Erfahrung.

Hoffentlich kommt sie bald wieder. Was ist, wenn sie einfach gar nicht mehr wiederkommt? Vielleicht muss sie ja auch etwas Wichtiges machen. Zum Beispiel den Menschen, denen die Halle hier gehört, Geld geben. Für diesen Monat. Oder will sie einfach vor uns weglaufen? Aber das kann ich mir einfach nicht vorstellen! Sie ist doch unsere Mutter, da wird sie ja wohl eher mit uns reden, anstatt einfach wegzulaufen, oder?

Als ich sehe, dass die Tür des großen Raumes aufgeht, renne ich ganz schnell dort hin. Mama hat anscheinend Wasser geholt, mit den Eimern, die wir von zuhause mitgenommen haben. Ich helfe ihr mit den Eimern voller Wasser. Die sind echt schwer, aber wir brauchen nun mal echt viel Wasser am Tag.

„Hallo, Schatz! Danke, dass du mir hilfst", lächelt Soliana mich liebevoll an.

„Das ist doch klar, Mama. Ich helfe, wo ich kann." Ich lächele zurück und gehe weiter in die Halle hinein, in die Richtung meiner Brüder.

„Danke, echt. Aber erzähl mal. Wie war dein Tag bis jetzt?", fragt sie. Ich erzähle besser nicht, dass ich die ganze Zeit nur an sie gedacht habe und mir den Kopf darüber zerbrochen habe, warum sie plötzlich weint, aber sich nicht trösten lässt. Oder sollte ich es schon ansprechen? Nein, nicht jetzt.

„Danke, gut. Wir haben alle zusammen gespielt. Draußen und auch hier in der Halle sind ja noch andere Kinder, da hat es richtig Spaß gemacht. Erstmal haben wir Fangen und Verstecken gespielt und dann habe ich noch bei anderen

Leuten hier zugeguckt, wie sie ein Brettspiel spielen. Und eben haben wir draußen noch mit Steinen gespielt und Hüpfe-Kästchen gemalt ", lächele ich bei dem Gedanken an uns alle, spielend draußen.

„Dann ist ja gut. Vorsichtig, halt den Eimer gerade!", ruft sie gerade noch rechtzeitig, bevor mir etwas Wasser – Wasser ist sehr kostbar – aus dem Eimer laufen kann, weil ich beim Nach-Vorne-Beugen aus Versehen nicht mehr auf den Eimer geachtet habe, der dann auch in Schräglage gelangt ist. Endlich kommen wir bei den anderen an, die auch schon alle über das Wasser herfallen. Der weg zum Brunnen hier ist sehr weit. Man braucht eine Stunde hin und zurück. Außerdem haben wir hier keinen Esel, weil wir den auch zurückgelassen haben, natürlich.

„Mama, ich muss dich mal was fragen." Langsam dreht sie sich um und ich habe das Gefühl, dass sie ahnt, worauf ich hinauswill, obwohl ich noch keinen Mucks von mir gegeben habe.

„Ich weiß. Es ist schwer, dich jeden Tag mit um deine Geschwister zu sorgen und auf mich zu warten, wenn ich mal wieder Wasser holen muss, aber wir brauchen das eben zum Leben." Das war eigentlich, wie ihr wisst, nicht das, was ich sagen wollte, aber es stimmt auch. Jetzt verstehe ich, wie es ist, zu warten und sich auch manchmal Sorgen zu machen.

„Äh … Ich wollte eigentlich über etwas anderes reden, mit dir. Also, du hast schon irgendwie recht, aber darüber wollte ich mich nicht beschweren", stammele ich, ein wenig aus der Fassung gebracht.

„Oh, echt? Was wolltest du denn mit mir besprechen?", guckt sie mich verblüfft an und ich denke, auch Erleichterung zu sehen.

„Ich wollte dich fragen, was dich bedrückt. Warum hast du heute Morgen so plötzlich angefangen zu weinen und dich nicht einmal trösten lassen? Das machst du doch sonst nie!", frage ich eindringlich.

„Ach, es ist nichts. Ich habe einfach die Kontrolle verloren", behauptet sie, doch ich spüre, dass sie mir etwas verheimlicht. Sie dreht sich nämlich weg und will mir schon aus dem Weg gehen, als ich die sanft an der Schulter wieder zu mir drehe.

„Soliana, du kannst mir ruhig sagen, was los ist, ich bin sicher, es ist nicht schlimm. Wenn du Papa vermisst, dann sind wir schon zu zweit und ich denke sogar, dass wir schon zu fünft sind", nicke ich mit dem Kopf vorsichtig rüber zu den anderen, die alle kräftig mit Trinken beschäftigt sind.

„Ach, meine kluge, süße Arsema! Ich vermisse Papa echt sehr, aber das ist es auch nicht", entgegnet sie. Und jetzt bin ich verwirrt. Ich war mir so sicher.

„Was ist es denn dann?", frage ich und mache große Augen.

„Es ist schlimm, wirklich schlimm. Willst du es echt wissen?", sieht sie mir tief in die Augen.

„Ja, Mama, es kommt sowieso raus, also sag schon!", fordere ich sie auf, obwohl ich mir längst nicht mehr so sicher bin, wie ich tue. Wenn wir keine Unterstützung von ihrem Bruder mehr bekommen, kann ich das nicht verkraften. Wir bekommen doch dann gar kein Geld mehr, wenn wir es nicht von ihm bekommen.

„Es ist … Heute ist mir klar geworden … Also, auf dem Weg zum Brunnen, da … Ich meine, … Also gut: Wir können hier nicht länger leben. Die Polizei findet mich, wir sind auf diesem Kontinent nicht sicher. Das bedeutet auch, dass … Wir werden nie wieder nach Hause zurückkehren." Wow.

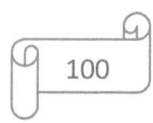

Damit habe ich nicht gerechnet. Ich dachte, dass wir hierbleiben können. Bis wir wieder zurückkönnen.

Das ist noch schlimmer, als das mit ihrem Bruder. Ich sehe Oma, Opa, Zula, Akia, Madihah und Delaila nie im Leben wieder? Das kann doch nicht wahr sein.

„Aber …? Echt? Kein Witz?", frage ich verzweifelt mit hoher Stimme.

„Nein, kein Witz, nie wieder", ist die Antwort und kurz darauf dreht sie sich ganz schnell weg. Ich sehe ihre Schultern beben. Warum ist sie denn so traurig, sie hat doch nur eine Freundin dort gehabt?

Oh! Ihre Eltern. Oma und Opa. Sie wird sie nie wiedersehen. Und ihre Freundin auch nicht. Und ihr Haus. Und ihren Geburtsort. Und ihr altes Leben. Genauso wie ich. Es ist für mich, als würde eine Welt für mich zusammenbrechen. Und in gewissem Sinne ist es ja auch so. Ich habe keine Verbindung zu meinem alten Leben und kann nicht mal fragen, wie es meinen Freunden, geschweige denn Oma und Opa, geht.

„Mama, komm her", ziehe ich sie an mich. Schon laufen auch meine Tränen ungehindert meine Wangen runter. Ich kann sie nicht mehr halten. Ich vergrabe meinen Kopf an ihrer Schulter und sie hält mich fest.

„Es ist nicht so schlimm … Wir schaffen das … Wir sind stark …", flüstert sie in meine Haare. Doch irgendwie habe ich das Gefühl, dass sie es selber nicht glaubt. Sie zittert und weint, wie ich. Es wird nie mehr so sein wie früher, wir sind verloren.

„Mama, versprich mir, dass du immer bei uns bleibst. Bitte! Ohne dich schaffen wir das nicht", flehe ich und sie nickt stumm. Sie hat einen Kloß im Hals, genauso wie ich. Die

Situation erschlägt uns beide. Den anderen das verkünden zu müssen, ist noch schlimmer. Dann ist es noch realer.

„Sagst du es den anderen?", frage ich leise und sehe sie mit meinen verweinten Augen an.

„Ich muss, oder?", fragt sie zurück.

„Ich schätze schon. Oder wir sagen erstmal nichts und sagen nur, dass wir weiter fliehen müssen, nach Norden."

„Nein, das geht nicht, wir können sie nicht in dem Glauben lassen, dass alles wieder so sein wird wie früher und, dass wir einfach bald wieder nach Hause gehen."

„Stimmt, du hast recht. Wenn sie es nicht wissen, werden sie sich auch gegen die weitere Reise sträuben, weil sie denken, dass wir zurückkommen werden." Es stimmt: Wenn wir ihnen nicht die Wahrheit sagen, wissen sie nicht was los ist. Außerdem würde mindestens Joel es eh herausfinden.

„Aber du hast auch recht: *Ich* muss es ihnen sagen! Du bist ihre Schwester und ich bin die Mutter, die für die Kinder sorgen muss", sieht sie mich entschlossen an.

Gemeinsam gehen wir zu ihnen und Mama spricht. Sie hören zu. Sie weinen. Auch vor meinen Augen verschwimmt die Welt ein weiteres Mal. Es ist schrecklich. Mewael schreit. Anbessa heult laut auf, wie ein Wolf bei Vollmond. Joel bleibt ruhig. Eine einzige Träne rollt über seine Wange.

„Wir müssen jetzt weggehen, uns auf den Weg zum Meer machen!", ruft Mama. Sie hat schon ein bisschen Brot in eine Tasche gepackt und die Eimer bereitgestellt.

„Ist das das einzige, was wir mitnehmen? Das ist zu wenig für alle, für die Zeit, die wir ans Meer brauchen. Wir brauchen wieder lange!", gebe ich zu bedenken, aber Mama nickt nur.

„Ja, das ist das einzige. Wir müssen gucken, dass wir von Hilfsorganisationen wieder Hilfe und vor allem Unterkünfte für die Nacht bekommen. Wir müssen uns auf Gott verlassen, dass er für uns sorgt und wir es schaffen", sagt sie und holt die anderen Kinder. Wir alle haben immer noch unsere Anziehsachen, die wir aus Eritrea mitgenommen haben. Mein Kleid ist schon ein bisschen kaputt und die Hosen von den Jungs sowieso.

Joel will aber nicht weitergehen. Er meinte, er will hierbleiben und alleine zurückgehen. Zurück zu Papa und Oma und Opa. Aber das geht nicht. Außerdem ist es nicht einmal sicher, dass Papa da noch irgendwo ist. Er ist bestimmt auch schon geflohen. Aber wer weiß das schon?

Nur wollte Joel das nicht wahrhaben. Er will noch mehr sein altes Leben zurück als ich. Obwohl er da arbeiten musste. Dort hat er dreizehn Jahre gelebt. Das ist seine Heimat. Irgendwie kann ich ihn verstehen. Aber wie ist es dann erst mit Mama? Sie hat noch viel länger da gelebt. Jetzt ist sie zwar erst neunundzwanzig Jahre alt, aber das ist trotzdem eine sehr lange Zeit. Unvorstellbar lang.

„Na los!", ruft Mama und wir setzen uns wieder in Bewegung. Es ist mild und trocken. Die Landschaft hier ist nicht so angenehm für Menschen. Wüste. Überall nur Sand und Kies. Ab und zu ein paar kleine Dörfer, aber sonst nichts, soweit das Auge reicht.

Wir haben ja gerade Februar und deshalb ist es zum Glück noch nicht so heiß, wie im Juli oder August, aber auch nicht mehr so kalt wie im Dezember. Nur wird es schon kalt in der Nacht, dass es warm bleibt, wollte ich damit jetzt nicht sagen.

Immerhin fallen die Temperaturen nicht mehr unter null. Es ist aber immer noch schweinekalt.

Und wir haben nichts. Wir sind darauf angewiesen, dass uns irgendwelche Leute hier für die Nacht aufnehmen, weil die Kälte in den Häusern ein bisschen besser zu ertragen ist.

Und wir sind dort vor den Tieren sicher. Wildhunde, Wüstenfüchse, Hyänen, Schakale und alles Mögliche laufen hier rum. Keiner ist nachts draußen sicher.

Gerade ist es zwar später Nachmittag, aber es wird langsam schon kälter.

„Mama, wann kommen wir endlich an ein Haus?", fragt Mewael, schon ein wenig weinerlich. Klar. Wir sind den ganzen Tag gelaufen, seit wir heute Morgen aufgewacht sind. Erst gut einen und einen halben Tag sind wir unterwegs, aber es fühlt sich an, wie ein ganzes Leben.

„Bald, mein Schatz, bald. Nur noch ein bisschen aushalten", versichert Soliana ihm.

„Okay", nimmt er wieder ihre Hand. Ich habe Anbessa an der Hand und Joel läuft – ja, er muss zeigen, dass er trotzig und stur ist – alleine neben uns her.

Wir alle sehnen uns langsam nach einem Schlafplatz, einem Haus, irgendwas! Essen, Wasser! Unsere Ration ist schon längst aufgebraucht und bei den Leuten, bei denen wir letzte Nacht geschlafen haben, haben wir kein Essen bekommen. Sie hatten selber kaum etwas.

Wir haben einen Bärenhunger. Alle von uns. Auch Joel, nur würde er es nie zugeben.

Da! Ich sehe ein Haus, das könnte uns doch Unterschlupf gewähren, oder? Bitte, lieber Gott! Es muss einfach so sein, wir haben so gekämpft, die letzten Tage.

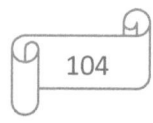

Ja, sie nehmen uns auf! Hurra! Endlich Schutz und Geborgenheit! Danke, danke, danke, Gott! Ich liebe dich! Wir bekommen sogar Essen! Danke! Ich bin einfach nur glücklich! Alle anderen (dem zufriedenen Schmatzen nach) auch.

Wir müssen zwar auf Decken auf dem Boden schlafen, aber ich bin überglücklich. Danke!

Kapitel 12

Rosalie-Marie

Zwei Monate später

Ich glaube, ich habe mich verliebt. Ich meine, ich kenne mich echt nicht aus. Bisher fand ich Jungs immer so blöd. Also nicht wirklich richtig schlecht, aber ich habe mich halt nie dafür interessiert, was sie denken oder so.

Jetzt ist mir aber der eine Junge aus meiner Klasse neu aufgefallen. Ich meine, es ist schwer zu beschreiben. Irgendwie war er ja schon immer in meiner Klasse, aber jetzt erst nehme ich ihn wahr.

Sein Name ist Ben. Er hat kurze Haare, braun natürlich. An den Seiten seines Kopfes und hinten an seinem Kopf sehr kurz und oben auf seinem Kopf nur relativ kurz, ungefähr zwei Finger lang. Außerdem trägt er eine Brille. Ein dünnes Drahtgestell. Blau. Genau wie seine Augen. Obwohl die eher dunkelblau sind, aber sehr schön. Und sein Körper ist nicht zu dünn, aber auch nicht zu dick. Das ist mir letztens erst aufgefallen.

Sein Lächeln ist der Hammer. Er zeigt immer gleich die Zähne, aber das sieht so süß aus. Sein Mund ist auch ziemlich groß und er scheint echt gut in der Schule zu sein. Immer wenn wir eine Arbeit wiederbekommen, strahlt er, wenn er die Note liest und die Lehrer klopfen ihm auf die Schulter, wie man das eben macht, wenn jemand etwas Gutes gemacht hat.

Deshalb freue ich mich auch schon sehr auf morgen. Da ist nämlich wieder Montag und dann sehe ich ihn endlich wieder. Irgendwas zu ihm zu sagen, traue ich mich aber noch nicht. Das fände er doch bestimmt lächerlich, oder? Ich meine, er wird ja wohl kaum das Gleiche über mich denken, wie ich über ihn, oder?

Jedenfalls ist es gerade früh am Morgen und ich kann nicht mehr schlafen. Ich hatte einen Alptraum. Ich habe geträumt, dass ich ein ganz leckeren Schokokuchen vor mir stehen hatte und dann hat meine Mutter ihn sich mit meiner Schwester geteilt. Ich konnte nichts dagegen tun und musste einfach zugucken, wie die beiden ihn aufessen! Dann haben sie noch ganz fiese Sachen zu mir gesagt und sich einfach verkrümelt, sodass ich alleine war. Und dann bin ich aufgewacht.

Seit ich dann auf der Uhr gesehen habe, dass wir schon sechs Uhr dreißig haben, konnte ich mich nicht mehr hinlegen. Ich bin einfach wach geblieben und habe mich hierher ins Wohnzimmer gesetzt, weil ich jetzt hier am Fernseher *H$_2$O – plötzlich Meerjungfrau* gucken kann. Diese Serie ist so cool, ich wünschte, ich könnte auch eine Meerjungfrau sein und im Meer schwimmen, jeden Tag. Und dazu noch so eine coole Kraft haben.

Wir haben momentan schon wieder neun Uhr. Ich habe jetzt auch schon drei Folgen geguckt. Aber das ist so spannend. Außerdem schläft der Rest von meiner Familie eh noch. Da kann ich auch nicht zurück in unser Zimmer gehen, sonst wecke ich noch Leo.

Also gucke ich weiter, bis jemand kommt.

Oh, Moment! Da kommt schon einer … Wer …?

„Rosa, was machst du denn so früh schon hier?", fragt mich Mia.

„Psst! Siehst du doch, ich gucke gerade H_2O! Und es ist echt spannend. Willst du mitgucken?", klopfe ich neben mir aufs Sofa. Sie akzeptiert die Einladung und setzt sich dazu.

„Seit wann bist du denn schon wach?", fragt sie.

„Pssst! Ich verpasse noch alles!", fauche ich in ihre Richtung.

„Okay, okay, ist ja schon gut." Sie ist bestimmt schon ganz fertig. Angezogen ist sie auf jeden Fall – im Gegensatz zu mir. Ich habe noch meinen Schlafanzug an. Dass Mama und Papa kommen, kann ich gerade zwar gar nicht gebrauchen, aber es passiert.

„Hallo?! Sofort den Fernseher aus!", ruft Mama schon, ohne Rücksicht auf den noch schlafenden Leo. Papa geht dicht hinter ihr auf das Wohnzimmer zu und kann sie gerade noch davon abhalten, mir die Fernbedienung aus der Hand zu reißen, indem er ihre Hände sanft, aber bestimmt festhält.

„Nein, Richard, das geht so nicht! Sie können doch nicht den ganzen Tag hier nur vor dem Fernseher rumliegen", regt sie sich auf.

„Das stimmt, aber das werden sie ja auch nicht tun", redet Papa ruhig auf sie ein. Endlich verteidigt er uns. Sonst nimmt er nur Leo in Schutz.

„Wir gehen nämlich jetzt alle gemeinsam in die Gemeinde. Mein wichtiges Meeting konnte ich noch verschieben und kann das morgen machen, wenn ich sowieso mal wieder in mein Büro fahre und nicht von Zuhause arbeite", strahlt er Karoline an und ihr Zorn weicht einem ausgelassenen Grinsen.

„Super, das hat ja ewig nicht geklappt!", strahlt sie. Aber was denkt sich Papa dabei? Wir wollten gerade schön weiter

Fernsehen gucken – mindestens noch bis zwölf – und dann kommt er mit so einem Familien-Unternehmen um die Ecke? Sonst interessiert ihn das doch auch nicht, ob und wann wir was als Familie machen.

„Also müssen wir jetzt trotzdem den Fernseher ausmachen?", frage ich mit gequältem Gesicht.

„Ja, natürlich. Der schaltet sich ja nicht von selbst aus, oder?", fragt er zurück und geht bestens gelaunt in die Küche, um mit Mama zu frühstücken.

„Na toll", murre ich und drücke den roten Knopf zum Ausschalten. Dann will ich aber wenigstens noch ordentlich frühstücken!

„Wartet auf mich! Ich komme doch schon", rufe ich noch aus dem Wohnzimmer, damit sie noch nicht ohne mich anfangen zu frühstücken. Das wäre nämlich obermegafies.

„Dann beeil dich doch!", kam Papas – immer noch gut gelaunte – Antwort aus der Küche. Wenn jemand zu gute Laune hat, kann einem das aber schon auf die Nerven gehen, finde ich.

„Bin doch schon da", sage ich und setzte mich auf meinen Stammplatz. Es ist eine ungeschriebene Regel, dass ich an unserem rechteckigen Tisch mit sechs Plätzen immer auf dem Platz dem Kopfende zum Fenster näher sitze.

Also, es gibt ja zwei Plätze am Kopfende: einen näher am Fenster und einen näher zur Wand (die an das Wohnzimmer angrenzt). An den beiden längeren Seiten vom Tisch sind jeweils zwei Plätze und Mia will immer näher an der Wandseite sitzen, also sitze ich näher am Fenster.

Der Platz am Kopfende zum Fenster hin ist aber immer leer, weil die Sitzfläche da als Ablage für Jacken genommen wird.

Am anderen Kopfende sitzt der Herr des Hauses, also Leo, wenn es nach Richard geht. Und mir gegenüber sitzt Karoline, während Papa in der Nähe von Leo sitzen will.

„Warum essen wir schon wieder Schwarzbrot?", beklagt sich Leo, der gerade eben unauffällig dazugekommen ist.

„Huch, wo kommst du denn her?", wundere ich mich.

„Na, woher wohl? Aus unserem Zimmer natürlich! Mama hat mich mit ihrem Geschrei geweckt. Das finde ich übrigens nicht so nett!", starrt er Mama an. Sie entschuldigt sich und bietet ihm eine Scheibe Toast an. Als eine Art Friedensangebot.

„Ah, geht doch, danke", greift er grinsend in den Brotkorb, wo genau noch eine Scheibe Toast drin liegt, die Leos Gesicht zufolge schon eiskalt geworden ist – er mag es lieber, wenn das Toast noch warm ist, damit die Schokolade darauf besser schmelzen kann.

„Ihh!", ruft er schon und lässt es übertrieben auf sein Brettchen fallen.

„Was?", fragt Mama.

„Ja, es ist absolut kalt!", blickt er ihr empört entgegen. Wie ich es gesagt habe.

„Aber das ist doch nicht schlimm", stellt Karoline fest. Und da hat sie absolut recht.

„Doch, dann schmilzt meine Schokolade darauf nicht!" Wie zum Beweis drückt er seine Schokolade auf das Brot und nichts passiert – außer dass er so feste drückt, dass er ein Loch im Toast hat.

„Na super! Das ist alles nur passiert, weil das Brot schon kalt ist", beschwert er sich wieder, aber ich würde mal sagen: Selbst schuld!

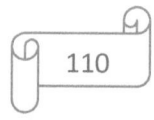

„Jetzt beschwer dich nicht, sondern iss! Wir gehen sonst gleich ohne dich in die Gemeinde!", droht Mama. In Leos Fall wäre das aber eher eine Belohnung, wenn er nicht in die Gemeinde müsste, weil er das nicht mag. Er findet es langweilig.

„Na, dann geht doch. Ich halte euch nicht auf", kommentiert er Karolines Drohung.

„Nein, wir wollen alle zusammen gehen, du kommst auf jeden Fall mit", sagt sie betont.

„Okay, dann halt. Aber nur, wenn du mir jetzt noch ein warmes Toastbrot machst", begutachtet er sein zerrissenes Toastbrot. Die Schokolade, die er da drauf essen will, ist übrigens einfach von einer normalen Tafel Schokolade und deshalb doppelt dick.

„Wenn du drauf bestehst, mache ich dir noch zwei rein, okay? Aber dann musst du auch eins herzhaft essen, ja?"

„Na, dann halt …", murmelt Leo vor sich hin und beißt abwechselnd von der Schokolade und abwechselnd vom kaputten Brot ab.

Da fällt mir auf, dass wir schon viertel vor zehn haben und ich mich auch mal fertig machen müsste, wenn ich mit den anderen zu zehn Uhr dreißig in der Gemeinde sein will. Auch wenn wir es nicht weit haben, gehen wir nämlich immer schon etwas früher los, weil wir noch die anderen Leute da begrüßen und uns mit ihnen unterhalten. Außerdem wollen wir halbwegs gute Plätze haben.

Schnell stopfe ich mir noch ein Toastbrot in den Mund.

„Ich geh dann schon mal hoch und mache mich fertig, okay?", blicke ich in die Runde.

„Ja, mach das. Hauptsache du bist fertig, wenn wir gehen wollen", sagt Papa.

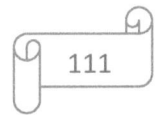

„Gut, ich wasche mir noch die Haare, okay?", frage ich noch, als ich schon an der Tür zum Flur stehe und gerade gehen will.

„Dafür haben wir doch nicht mehr genug Zeit. Um viertel nach gehen wir, spätestens!", gibt Mama streng zu bedenken. Und zwar mit einem ziemlich unfreundlichen Unterton. So nett und fröhlich Papa heute auch drauf ist, umso miesgelaunter ist Mama heute drauf. Ganz zu meinem Nachteil. Leider!

„Aber Mama! Da will ich mir einmal von mir aus die Haare waschen und schon machst du mir einen Strich durch die Rechnung?!", beklage ich mich.

„Du kannst gerne nach der Gemeinde duschen. Das finde ich ja toll, dass du endlich mal von selber auf die Idee kommst, zu duschen", freut sich Mama – zu früh.

„Nee, da hab' ich dann auch keinen Bock drauf. Nur Haare waschen ist heute drin. Und das auch nur jetzt, heute nach der Gemeinde hab' ich nämlich wieder keinen Bock da drauf", nörgele ich.

„Du hast aber keine andere Wahl! Wann hast du eigentlich das letzte Mal geduscht?", zweifelt sie an meiner Körperhygiene.

„Das ist nicht fair!", rufe ich und stürme hoch in mein Zimmer. Dann wasche ich mir halt nicht die Haare. Wenn Madame meint, wir hätten keine Zeit. Und, dass sie mich fragt, wann ich das letzte Mal geduscht habe, ist auch nicht fair! Das weiß ich nämlich selber nicht. Vielleicht vor einer oder zwei Wochen. Keine Ahnung, ich führe doch nicht Buch darüber! Was erwartet sie eigentlich?

Egal, ich kämme mir jetzt nur meine Haare, dann gehe ich nochmal aufs Klo und ich putze mir extra nicht meine Zähne.

Das findet Mama nämlich dann besonders schlimm. Und dann habe ich mein Ziel erreicht.

Also los! Wo ist denn schon wieder meine Bürste hin? Eigentlich sollte sie hier liegen, auf meinem Nachttisch. Aber vielleicht habe ich sie ja wieder im Bad vergessen, das kommt ja schonmal vor.

Kurzerhand gehe ich nachschauen und sehe nichts. Keine Bürste in Sicht. Weit und breit nur Fliesen und nichts als Dosen, Töpfchen und Schminkzeug von meiner Schwester und mir. Wo kann sie nur sein?

Schnell laufe ich runter in die Küche und was springt mir da ins Auge? Genau! Meine Bürste. Sie liegt da rum, als wäre nichts geschehen. Auf dem Küchentisch, wie kommt sie da nur hin? Ich war das garantiert nicht!

„Na, Rosalie, hast du deine Bürste gesucht? Die hast du doch gestern noch hierhin gelegt und behauptet, du würdest sie morgen ohne Probleme finden", meint Karoline fies.

„Aber das stimmt nicht! Ihr habt sie bestimmt aus meinem Zimmer genommen, als ich geschlafen habe und dann habt ihr sie hier versteckt!" Während ich rede, merke ich natürlich auch, dass das keinen Sinn ergibt und runzele die Stirn.

„Du merkst aber schon, dass es keinen Grund für uns gibt, deine Bürste zu verstecken, oder?", wirft Mia ein.

„Na ja, ihr mögt mich halt nicht und wollt mir das Leben einfach unnötig schwer machen", steigere ich mich – zugegeben – etwas hinein.

„Nein, wir alle haben dich ganz dolle lieb, aber du wolltest gestern Abend mit uns wetten, dass du heute deine Bürste nicht suchen musst. Wie es scheint hast du die Wette verloren", lächelt Papa mich liebevoll an. Und ich weiß, dass er recht hat. Allmählich erinnere ich mich an diese blöde

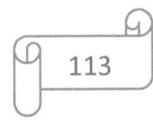

Wette. Menno! Warum mache ich auch immer so einen Mist? Das kann doch nicht angehen.

„Okay, ihr habt ja recht, ich erinnere mich!", sage ich ein bisschen wütend, es zugeben zu müssen. Aber ich renne immerhin nicht wutentbrannt in mein Zimmer.

„Hey, meine kleine Schwester wird vernünftig! Du hast heute noch keinen getreten oder geschlagen, weil du deine Bürste nicht findest", lobt mich Mia. Und das bringt das Fass zum Überlaufen – im guten Sinne. Dieser eine kleine Tropfen.

„Ich hab' euch auch lieb!", rufe ich ganz laut und laufe zu jedem einzeln hin, um ihn zu umarmen – auch wenn Leo sich wehrt. Jetzt bin ich endgültig nicht mehr wütend und weich geworden.

Zufrieden mit – fast – allem gehen wir dann einige Minuten später zusammen in die Gemeinde. Und es ist mal wieder großartig langweilig. Aber die Kinderstunde und die Lieder sind dafür der Hammer – ach was! Der ganze Werkzeugkasten!

Kapitel 13

Arsema

Wieder zwei lange Monate später kommen wir ans Meer. Es ist so schön. Also, die Situation auf keinen Fall, aber das Meer.

Wir haben nämlich in diesen zwei Monaten fast nur gehungert und genug Wasser hatten wir auch nicht, deshalb ist es schön, mal wieder etwas so Schönes zu sehen. Das waren bisher – glaube ich – die schlimmsten Monate meines Lebens.

Immerhin sind wir jetzt da. Ich hätte es keinen einzigen Tag mehr ausgehalten, ohne Wasser oder Brot. Ist ja auch klar. In der Schule früher – ach, das waren noch schöne Zeiten, da war das Leben noch in Ordnung – haben wir gelernt, dass ein Mensch nicht länger als drei Tage ohne Wasser und drei Wochen oder so ohne Essen überlebt. Und es stimmt. Bis jetzt haben wir aber Gott sei Dank überlebt. Da bin ich sehr froh.

Außerdem muss mindestens Mewael überleben, denn sein Name bedeutet „langes Leben". Wenn er es nicht schafft, wer dann?

Mama hat übrigens gesagt, dass der Weg fast gleich lang war – vom Sudan bis nach Libyen und von Libyen bis ans Meer –, aber jetzt haben wir viel länger gebraucht. Ich denke, der Grund war, dass wir alle ständig Hunger und Durst hatten und, dass wir einfach in der ungeschützten Wüste nicht so schnell vorankommen, wie in anderen Teilen der Welt, wo ein bisschen mehr Schatten und Bäume sind.

Jetzt gerade ruhen wir uns jedenfalls erstmal aus. Gerade heute sind wir hier am Meer angekommen und daher sind wir alle sehr müde. Mama hat uns nämlich zu einem Endspurt angespornt, deshalb sind wir die letzten Meter – als der Duft vom Meer uns schon entgegengeschlagen ist – fast gelaufen. So sehr wollten wir endlich ankommen.

Aber unsere Reise ist noch lange nicht vorbei, das hat Mama und klipp und klar gesagt.

Wir müssen jetzt mit dem Boot rüber nach Italien – das wird nochmal teuer und gefährlich –, dann nehmen wir verschiedene Bahnen oder Züge und dann kommen wir endlich nach Deutschland.

Soliana hat nämlich entschieden, dass wir dahingehen. Sie hat von Freunden davon gehört, dass in Deutschland alle Leute nett sind, uns gerne aufnehmen und, dass es da vor allem sehr sicher ist. So sicher, wie wir noch nie waren.

Das hat Mama dann auch wieder ein bisschen aufgemuntert, weil sie sich jetzt sagt, dass wir dann wenigstens sicher sind und, dass die Leute uns dort sicher mögen werden. Wenn sie weiß, dass sie es für uns tut, kann sie es besser verkraften, ihre Familie (Eltern und Freunde) in Eritrea zurückzulassen.

Die anderen schlafen alle tief und fest. Nur Mama sitzt auf einem Felsen in der Sonne und guckt auf das weite Meer hinaus. Was sie sich wohl anguckt? Da gibt es doch gar nicht viel zu sehen.

„Hallo, Mama. Was machst du da? Willst du dich nicht ausruhen? Schlaf doch auch noch ein bisschen", gehe ich zu ihr hin. Ihr Rücken ist zu mir gedreht und als sie sich zu mir dreht, sehe ich, dass ihr Gesicht ganz nass ist. War sie baden? Nein.

„Warum weinst du denn? Macht dich das Meer so traurig?", frage ich, auch ein bisschen, um nicht gleich mitweinen zu müssen. Wenn ich jetzt schon den wahren Grund aussprechen würde, könne auch ich meine Tränen nicht mehr an mich halten.

„Es …", wischt sie sich mit ihrem Gewand die Tränen weg. „Es ist nichts", schnieft sie. Doch ich weiß längst, was hier vorgeht.

„Ich weiß, dass du sie vermisst. Das tue ich auch. Aber es ist nicht für immer", versuche ich, sie zu trösten.

Nach kurzem schweigen sagt sie:

„Das ist so süß von dir. Aber … Ich denke …", stottert sie.

„Wir können doch sicher eines Tages zurückkommen und sie alle besuchen, oder was denkst du?", frage ich ängstlich.

„Bestimmt. Ich denke nur, dass ich … Dass ich vielleicht … nicht mehr dabei sein werde." Nun ist es raus. Das ist also ihre Sorge. Loslassen zu müssen, für immer. Ich kann nichts dazu sagen. Plötzlich ist es als ob meine ganzen Worte weg sind. Ich möchte reden, doch ich kann nicht. Ich weiß kein einziges Wort mehr. Mein Gedächtnis ist leer.

„Du hast Angst, dass du vorher stirbst?", frage ich dann schließlich, einfach nur, um die Stille zu durchbrechen.

„Ja", kommt es dann fast lautlos von ihr. Das Meer rauscht und die Wellen schäumen. Plötzlich wünsche ich mir, ich könnte mit ihnen davonschwimmen und nie mehr wiederkommen. Alles zurücklassen. Den Schmerz, das Leid, die Trauer. Einfach alles.

„Aber warum?", frage ich dann. Ist Mama etwa krank? Warum denkt sie, dass sie es nicht mehr erleben wird, wenn wir in ein paar Jahren endlich unsere Familie und Freunde wieder besuchen können?

„Ich denke, ich habe eine schlimme Krankheit", flüstert sie, doch ich denke, ich habe mich verhört. Das ist unmöglich.

„Was?", bringe ich nur noch hervor und in meinem Hals ist so ein schrecklich dicker Klumpen.

„Vielleicht habe ich Krebs. Blutkrebs", vertraut sie mir an. Doch in dem Moment wünsche ich mich einfach weg. Ich hätte bei den anderen liegenbleiben sollen. Und schlafen. Genau! Das ist alles nur ein furchtbarer Traum. Das stimmt alles gar nicht. Ich bin nicht bei Vernunft. Schnell kneife ich mich selber in die Wange.

Schwitzend wache ich auf. Ich habe echt geweint. Lautlos sind mir Tränen über die Wangen gelaufen. Ich muss ganz schnell zu Mama. Mich versichern, dass es ihr gut geht, dass es nur ein ganz fieser Traum war. Bitte, Gott, es darf nicht sein, dass dieser Traum wahr ist.

Nachdem ich festgestellt habe, dass Mama auf dem gleichen Felsen sitzt, wie in meinem Traum, schüttelt es mich, Angst überkommt mich und ich zittere am ganzen Leib. Ich muss zu ihr gehen und prüfen, ob sie in Ordnung ist, aber ich kann mich nicht bewegen. Meine Angst ist zu groß. Was, wenn es doch wahr ist?

„Mama! Ist alles in Ordnung?", rufe ich. Sie dreht sich um und ihr Gesicht … ist trocken. Keine Spur von Trauer oder Tränen. Alles ist gut.

Ich renne so schnell, wie ich kann, um die wenigen Meter zwischen uns zu überbrücken.

„Was ist denn?", fragt sie verdutzt. Ich falle ihr einfach nur um den Hals, überglücklich, sie nicht traurig zu sehen.

„Ach, nichts. Du bist gesund und ich hab' dich so dolle lieb!",
rufe ich voller Freude.

„Aber was ist denn in dich gefahren, dass du mir das jetzt so
sagst? Ich hab' dich zwar auch sehr dolle lieb, aber was ist
denn los?", lacht sie und kippt fast mit mir vom Felsen, weil
ich sie so stürmisch umarme.

„Ich hatte einen schrecklichen Alptraum. Du hast geweint und
gesagt, dass du nicht mehr lange lebst, weil du Krebs hast.
Dann bin ich aber zum Glück aufgewacht und es geht dir
gut!", rufe ich gegen die rauschenden Wellen an.

„Aber Schatz! Das ist ja furchtbar, was du geträumt hast. Gut,
dass es nur ein Traum war. Und jetzt geh und weck die
anderen. Ich habe uns nämlich schon ein Taxi nach Italien
besorgt. Ein Boot, das und mitnehmen wird. Aber für Essen
und Trinken müssen wir selbst sorgen, deshalb werde ich
jetzt bei dem Markt dort hinten schnell was holen, okay?
Wartet ihr solange hier?", lächelt sie mich fröhlich an.

„Klar, Mama, alles, was du willst!", rufe ich und laufe
strahlend zurück zu den anderen. Ein bisschen stürmisch
schüttele ich meine Brüder wach. Sie müssen sich erstmal
orientieren, doch die Zeit lasse ich ihnen nicht.

„Leute, Mama geht es gut!", rufe ich überglücklich. Aber
meine Geschwister gucken mich nur an, als ob ich jetzt völlig
irre geworden wäre. Oh, stimmt ja! Sie wissen ja auch nichts
von meinem Alptraum …

„Ich hatte da nur diesen einen Traum. Na ja, es ist jedenfalls
alles gut. Wir sollen kurz hier warten, Mama holt uns nur
schnell ein bisschen was zu Essen für die Fahrt nach Italien,
weil wir auf dem Boot, das sie schon organisiert hat, nichts
kriegen", kläre ich mal die Situation.

„Ach so. Okay. Aber warum hast du uns jetzt schon geweckt, wenn wir doch noch hätten schlafen können, während Mama auf dem Markt ist?", fragt Joel ein bisschen mürrisch.

„Ich war einfach so glücklich, dass mein Traum nicht wahr ist … Außerdem kommt sie doch in ein paar Minuten schon, das lohnt sich doch nicht mehr wirklich, oder?", frage ich zurück.

„Na ja, schon, es zählt jede Minute Schlaf. Nach der Wanderung, die wir gemacht haben und bei dem langen Weg, der noch vor uns liegt …", gibt er dann zu bedenken.

„Ja, da könntest du recht haben, aber jetzt seid ihr ja schon wach, da bringt diese Diskussion auch nicht mehr viel, oder? Da hinten kommt Mama schon! Das ging schnell." Mit vollbeladenen Händen kommt sie uns entgegen und wir helfen ihr tragen, als wir Richtung Boot laufen. Es ist kleiner, als ich gedacht habe. Eine richtige Nussschale. Und dann stehen da noch so viele Menschen um uns rum, die wahrscheinlich auch alle auf dieses kleine Boot wollen.

Wo wir hier so in der Sonne stehen und darauf warten, dass wir endlich aufs Boot können, fällt mir auf, dass ich sehr schwitze. Wirklich sehr. Mein warmes Gewand mit drei Lagen ist nicht so vorteilhaft, wenn es darum geht, nicht zu schwitzen. Außerdem würde ich echt gerne mal wieder baden gehen. Einfach ganz gemütlich im Meer baden oder noch besser: Mit normalem Wasser duschen! Meine Haare sind schon ganz verfilzt und mein Körper riecht nicht mehr ganz so gut, wie noch vor ein paar Wochen.

Allen Leuten um mich herum geht es genauso. Das mache ich daran fest, dass sie alle sich von Zeit zu Zeit über die Stirn wischen, um die Schweißperlen abzuwischen. Es ist zwar insgesamt nicht ganz so heiß hier, aber diese Sonne ist hier besonders stark. Und das spüren wir alle am eigenen Leib.

Meine armen kleinen Geschwister spüren es noch massiver, als Joel, meine Mutter, oder ich. Sie sind schon kurz davor, los zu weinen. Sie haben auch fast keinen Sonnenschutz. Mama hält schon die oberste Schicht von ihrem Gewand über das Gesicht von Mewael. Ich helfe ihr und mache das Gleiche über dem Gesicht von Anbessa.

Dann endlich können wir aufs Boot. Aber im Schneckentempo. Wir stehen zum Glück etwas weiter vorne, so kommen wir sicher noch drauf. Man weiß ja nie, vielleicht kommen einige nicht mehr drauf, aber wir sind das dann nicht. Hinter uns stehen ungefähr genauso viele wie vor uns. Also werden wir es wohl schaffen.

Langsam rücken wir vor. Das Boot schaukelt schon beträchtlich im Hafen und wirkt irgendwie nicht ganz so stabil. Schon mindestens fünfzig Leute sind vor uns auf das Boot gegangen. Dann endlich setzten wir einen Fuß auf das Ding auf dem Wasser. Ein Mann – vermutlich auch der, der versucht, das Ding sicher rüber zu bringen – hilft uns beim Einsteigen und hält uns an der Hand fest. Mit einem Bein steht er auf dem Boot und mit dem Anderen auf dem Steg, wo das Boot anliegt.

Als ich meinen Fuß auf das eine Brett des Bootes stelle, wackele ich sehr und verliere fast das Gleichgewicht. Glücklicherweise hält der Mann noch meine Hand fest, sonst wäre ich seitlich runtergefallen. Ich ziehe zögernd und unsicher meinen zweiten Fuß nach und – Oh Wunder! – ich stehe tatsächlich auf dem Deck des Bootes. Es fühlt sich schon gar nicht mehr so unsicher an, als ich dann mit beiden Beinen dort stehe.

Mama hat mich vorgeschickt, damit ich dann Mewael nehmen kann. Und das tue ich auch. Ich nehme ihn vorsichtig mit beiden Händen, aber ich trage ihn nicht, ich halte ihn nur zusätzlich fest. Der Mann stabilisiert noch den kleinen Körper von meinem Bruder und schon ist er auch auf dem Boot. Dann folgt Anbessa, dem ich auch noch ein bisschen helfe und zum Schluss kommt Joel und hilft Mama rüber.

Sie scheint auch ein bisschen wackelig zu stehen, aber schafft es dann doch ohne Probleme.

Wir alle gehen dann weiter nach vorne, um den Menschen nach uns noch genügend Platz zu geben. Jetzt schon ist das Teil aber schon gut gefüllt. Wenn ich einschätzen müsste, wie viele Menschen hier noch draufpassen, würde ich sagen noch sehr wenige. Vielleicht noch eine Familie.

Doch ich werde überrascht. Alle Menschen, die auf dem Steg und noch weiter weg auf dieses Boot gewartet haben, kommen an Deck. Jetzt ist es schön kuschelig, fast ein bisschen gemütlich, wenn wir nicht hier wären, um zu fliehen und wenn das Boot nicht aufs offene Meer rausschwimmen würde. Das darf ich mir gar nicht klar machen, sonst kriege ich Panik.

Es legt ab! Wie aufregend – und gruselig! Jetzt gibt es kein zurück mehr, wir sind auf dem Weg nach Norden und zwar endgültig. Der kleine Motor des Bootes muss ganze Arbeit leisten.

Ich hoffe, wir kommen heute noch an. Mama hat nie erwähnt, wie lange das dauern würde. Aber vielleicht weiß sie es selber nicht. Der Mann weiß es bestimmt, aber den frage ich nicht. Ich habe sowieso keine Möglichkeit, irgendwie zu ihm zu kommen, denn hier sind überall Leute. Alle versperren den Weg.

Als uns die Beine müde werden, setzen wir uns hin. Zuerst nur wir, aber dann tun es uns die anderen Menschen hier langsam gleich. Sie haben auch keine andere Möglichkeit, als einfach zu warten, bis wir ankommen. Und es zieht sich. Nur zu warten, ohne irgendetwas zu machen, außer zu atmen und das Meer zu sehen, kann echt langweilig sein. Wir alle hoffen, dass es schnell vorübergeht. Und, dass wir schnell wieder festen Boden unter den Füßen haben. Hier auf diesem kleinen Motorboot mitten auf dem Meer fühlt sich keiner so wirklich sicher, glaube ich. Ihre Gesichter sind alle nicht so besonders entspannt, soweit ich das erkennen kann.

Kapitel 14

Rosalie-Marie

Heute ist schon wieder Montag. Früher war das immer mein Hass-Tag. Aber seit ich Ben so toll finde, ist es gar nicht mehr so schlimm, in die Schule zu gehen. Klar, das frühe Aufstehen an einem Montag *kann* einem gar nicht leichtfallen, aber es ist mir trotzdem noch nie leichter gefallen. Denn nach diesem extrem langen Wochenende bin ich froh, mal wieder andere Gesichter zu sehen, als nur meine Familie. Gut, ich habe gestern zwar auch andere Kinder und generell auch andere Leute in der Gemeinde gesehen, aber das zählt nicht. Nicht so, wie Ben zählt. Oder Eva.

Jedenfalls bin ich deshalb heute schon von alleine um viertel nach sechs aufgewacht. Dann bin ich direkt – okay, gut, *fast* direkt – ins Bad gegangen und jetzt bin ich schon fertig. Wir haben jetzt sieben Uhr und ich bin schon picobello angezogen, gewaschen und sogar meine restlichen Hausaufgaben, die noch anstanden (nur noch eine winzige Aufgabe in Mathe), habe ich noch gemacht.

Früher aufzustehen hat irgendwie schon was. Aber trotzdem ist es irgendwie unnötig gewesen, weil ich jetzt ja nur noch hier rumsitze und darauf warte, endlich losgehen zu können. Ich möchte ja auch nicht sehr viel zu früh an der Schule sein, sondern einfach nur nicht zu spät.

Die anderen sind natürlich auch schon wach und machen sich in aller Hektik fertig. Auch wenn Mama und Mia noch bis halb acht Zeit haben, tun sie so, als würde ihr Bus jede Minute fahren. Aber das ist, meiner Meinung nach, Aufregung an der falschen Stelle.

Wenn man nur noch ein paar Minuten Zeit hat, dann ist es sinnvoll, in aller Eile durchs Haus zu hetzen. Aber jetzt? Ich weiß nicht.

Jedenfalls bin ich heute echt guter Dinge. Also, ich hatte zwar noch nicht die anstehende Doppelstunde Sport, aber allein die Aussicht darauf lässt mich manchmal – eigentlich immer außer heute – schaudern. Und, dass wir danach Mathe und Deutsch haben, finde ich auch gar nicht so schlimm. Wenn es so ist, verliebt zu sein, möchte ich bitte immer verliebt sein!

Aber ich habe schon von anderen gehört, dass man das wohl nicht erzwingen kann, es passiert einfach. Manchmal ist es nur ein spontaner Blickkontakt und manchmal muss man erst mal realisieren, dass man verliebt ist. Mama hat mal – ganz gegen meinen Willen – mit mir darüber geredet. Aber mal ehrlich: Mit der Mutter über Liebe oder das Verliebt-sein zu reden, ist doch immer peinlich, oder? Ich gehe Gesprächen dieser Art am Liebsten aus dem Weg. Nur scheint Mama das einfach nicht zu verstehen. Sie versucht auch immer, mir irgendwie den weiblichen Körper zu erklären, aber ich bin doch erst elf Jahre alt, da muss ich nun wirklich noch nichts über solche Sachen wissen, oder?

Ich meine, irgendwie finde ich es ja schon ein bisschen interessant, ja fast aufregend, aber trotzdem will ich das einfach nicht mit meiner Mutter besprechen. Mit Eva oder Lara schon eher. Aber die interessieren sich noch nicht wirklich dafür. Eva hat mir zwar auch erzählt, dass sie schon verliebt ist, aber sie hat sonst nicht wirklich darüber mit mir geredet.

Bei Übernachtungspartys kommen wir immer am meisten darauf zu sprechen. Bei der Übernachtungsparty zu meinem zehnten Geburtstag waren Lara und Eva auch schon verliebt, aber ich bin erst jetzt so richtig verliebt. In der Grundschule fand ich Jungs auch schon manchmal cool, oder so, aber ich war noch nie wirklich verliebt.

Jetzt hat sich alles geändert.

Wir haben schon halb acht und prompt wird Mia pünktlich fertig. Wir verlassen schweigend nebeneinander das Haus und machen uns auf den Weg zur Schule. Die ist auch gar nicht weit weg. Da müssen wir nur zweimal links abbiegen, einmal rechts und wieder zweimal links und schon sind wir da. Gut, die Straßen, die wir laufen müssen, bis wir abbiegen müssen, sind etwas länger, aber es geht. Heute jedenfalls. Sonst finde ich es immer sterbenslangweilig, hier lang zu laufen, aber heute bin ich so gut gelaunt, dass ich denke, dass mich nichts mehr traurig oder mürrisch machen kann. Sogar das ewiggleiche Schweigen mit meiner Schwester macht mir nichts aus.

Eigentlich muss ich zugeben, dass sie nicht schweigt. Sie versucht sogar immer, ein Gespräch anzufangen, aber ich interessiere mich einfach nicht dafür mit ihr über ihren Kram zu reden. Wenn sie auch mal mir zuhören würde, wäre ich ihr echt dankbar, aber stattdessen will sie nur ihren Kram loswerden. Und dann schlussfolgert sie immer gleich, dass ich mich für nichts interessiere und einfach kein Gespräch führen kann und so weiter. Dabei höre ich einfach nicht gerne ihren Monologen über sich selbst zu. Punkt. Aus. Ende.

Eine halbe, ruhige Ewigkeit später kommen wir an der Schule an und die strahlende Eva begrüßt mich bereits. Warum strahlt sie denn so? Ich dachte, ich bin verliebt, nicht sie. Oder muss sie mir etwas erzählen?

„Hi, Eva, warum bist du denn so glücklich heute? Es steht doch Sport an!", lache ich.

„Ach, nur so. Ich muss dir gleich mal was erzählen ...", flüstert sie vielsagend und ich weiß sofort, dass sie nicht eher mit der Neuigkeit rausrücken wird. Solange meine Schwester noch in der Nähe ist, sowieso nicht.

„Okay, ich gehe dann schon mal rein. Ich muss ja noch zum Fach ...", sagt meine Schwester dann, als hätte sie meine Gedanken gelesen.

„Ist klar. Wir treffen uns dann nachher wieder hier, oder? Du hast heute keine Extrakurse, stimmt's?", frage ich und sie nickt nur im Sinne von: Ja, wir treffen uns nachher wieder hier und ja, es stimmt. So langsam hab' ich nämlich raus, wie sie denkt.

Und schon ist sie verschwunden. Endlich gehe auch ich mit Eva rein und wir unterhalten uns schon mal, als wir auf dem Weg zur Sporthalle sind. Glücklicherweise habe ich auch heute wieder an meine Sportsachen gedacht. Aber Eva anscheinend nicht so ganz.

„Ähm, du, Rosa, hast du vielleicht zwei Sporthosen? Meine Lieblingshose war in der Wäsche und da habe ich in der Eile vergessen eine Ersatzhose einzupacken", fragt sie zerknirscht, aber ich habe leider keine zwei Hosen dabei. Ich bin ja schon froh, dass ich überhaupt eine Hose für mich eingepackt habe.

„Nee, tut mir leid, aber ich habe nur die eine für mich. Lass doch einfach deine Jeans an. Das fällt dem ollen Herrn Hahn bestimmt gar nicht auf. Du hast ja heute auch so eine Skinny Jeans im Leggings-Look an, das passt schon", versuche ich, sie zu beruhigen. Mit Erfolg.

„Ah, stimmt, du hast recht. Einmal ist keinmal, oder?", lacht sie. Dass sie die Situation so gelassen nimmt, sieht ihr gar nicht so ähnlich. Also, klar, manchmal ist sie besser gelaunt als andere Male, aber heute ist sie doch übertrieben gut gelaunt.

„Ja, siehst du", lächele ich ihr zu.

„Aber was sind denn jetzt die Neuigkeiten, die du mir unbedingt erzählen wolltest? Du bist doch nicht nur so gut gelaunt, oder?", schiebe ich hinterher.

„Nein, du hast recht. Am Wochenende ist was passiert. Du weißt doch, dass wir diese Klassengruppe auf WhatsApp haben, oder? Klar weißt du das, du bist ja auch drin, oder?" Es ist zwar eigentlich eine rhetorische Frage, aber ich nicke trotzdem zur Bestätigung.

„Ja und jetzt am Wochenende hat mich tatsächlich der Junge, in den ich verliebt bin, angeschrieben", bringt sie ganz leise und verlegen raus.

„Ach so, und wer ist es aktuell?", frage ich.

„Das kann ich dir nicht sagen. Also im Moment schreibe ich noch mit ihm … Und ja, ich hoffe, dass er das Gleiche für mich empfindet, wie ich für ihn … Ich sage dir, wenn ich mehr weiß, okay?", sagt sie, fast ein bisschen zerknirscht.

„Oh ja! Das ist ja super aufregend! Du musst mir unbedingt Bescheid sagen, wenn ihr zusammen seid, okay?!", rufe ich.

„Psst! Ja, mache ich. Ich ruf sofort an, wenn was passiert, okay?", kichert sie. Die anderen aus unserer Klasse trudeln auch langsam ein, daher hält sie sich den Finger vor den Mund und bedeutet mir, dass ich leise sein soll.

„Okay, aber wirklich sofort, ja?", versichere ich mich.

„Ja, ja, ja. Vertrau mir", sagt sie noch, bevor unser Sportlehrer um die Ecke kommt und uns mit zu den Umkleiden nimmt.

Die Zeit zum Umziehen ist immer viel zu knapp. Vor allem, wenn man noch mit der Freundin quatschen will. Das ist doch ungerecht! Ich meine, wer hat sich das ausgedacht?

Bestimmt ein Mann, die verstehen das doch gar nicht. Das ist ein wichtiger Austausch vom neusten Geschehen. Das braucht man wirklich!

Aber egal. Selbst wenn wir mehr Zeit hätten, würde dieser blöde Herr Hahn immer noch was zu meckern finden. Da bin ich mir aber hundertprozentig sicher.

Als erstes spielen wir – wie immer – Zombieball zum Aufwärmen, hat Herr Hahn angekündigt. Ich habe schon so eine Ahnung, dass das mal wieder mächtig langweilig wird. Wir werden fast nie beachtet von den Jungs. Die werfen sich nur gegenseitig ab. Und manchmal machen die sogar Teams, obwohl das bei diesem Spiel ja gar nicht erlaubt ist. Als wir dann anfangen zu spielen, bemerke ich aber einen Unterschied zu sonst. Heute ist irgendetwas anders. Ich kann noch nicht genau sagen, was. Aber irgendwie müssen wir trotzdem die ganze Zeit fliehen vor dem Ball. Und mit „wir" meine ich natürlich Eva und mich.

Dann wird sie plötzlich abgeworfen. Von Ben. Er hat sich doch sonst nie für uns interessiert. Vielleicht hat sich seine Einstellung geändert und er findet mich jetzt doch ganz okay?! Er guckt in meine Richtung! Oha, kann das bitte für immer so bleiben, denke ich gerade, als er sich schon wieder umgedreht hat und mit großen Schritten in die andere Richtung läuft. Weg von uns. Weg von mir. Schade!

Warum hat er denn die Gelegenheit nicht genutzt und mich auch abgeworfen? Warum nur Eva? Bin ich ihm zu wertvoll? Mag er mich zu sehr und würde mich deshalb nie abwerfen? Ich weiß es nicht.

Warum ist auch alles so kompliziert? Ich wünschte, ich könnte wissen, was er gerade denkt. Und auch was Eva denkt. Dann wüsste ich, in wen sie verliebt ist und wer sie anscheinend auch gut findet. Sonst würde man einen doch nicht anschreiben, wenn man ihn (oder sie) nicht auch gut findet, oder?

Es ist eine Quälerei. Den ganzen Tag lang muss ich dabei zusehen, wie Eva verträumt in der Gegend rum guckt und ich weiß nicht einmal, an wen sie gerade denkt.

Um mich abzulenken, denke ich auch an jemanden. An Ben natürlich. Sein ganzer Name ist übrigens Benedikt. Aber wir alle nennen ihn nur Ben. Das will er auch selbst so. Er sieht so süß aus. Ich meine, wirklich süß. Nicht so süß, wie ein Kuscheltier oder ein Hamster. Nein, so süß, wie ein netter Junge halt.

Seine blauen Augen sind so intensiv, dass ich ihn lieber nicht die ganze Zeit anstarre. Außerdem merkt er es so auch eher. Das will ich ja irgendwie vermeiden. Wenn er nicht so über mich denkt, wie ich über ihn, wäre es ja mega peinlich, wenn ich quasi zugebe, dass ich in ihn verliebt bin, aber er nicht in mich verliebt ist und mich dann endgültig für verrückt hält.

Noch in Mathe und Deutsch träumen wir vor uns hin, bis uns der Religionslehrer wieder aus unseren Tagträumen reißt.

„Und, Rosalie, kennst du die Antwort?", fragt er mich hinterhältig. Er weiß doch genau, dass ich mich gerade mit wichtigeren Sachen beschäftige. Zum Beispiel Bens Hobbies.

„Äh … Ja, natürlich." Eine glasklare Lüge. Und alle starren mich an. Nur Ben nicht, so weit ich das in meinem Schock erkennen kann.

„Na, dann?! Keiner hält dich auf. Teile uns doch bitte mit, wann Mohammad geboren ist. Der islamische Prophet", fordert er mich auf. Aber ich habe nun mal kein Interesse an diesem Glauben. Ich glaube an Gott und nicht an diesen Mohammad. Ist ja okay, wenn andere daran glauben, aber mich interessiert es nicht. Jedenfalls nicht jetzt. Es kann ja auch cool sein, etwas über einen anderen Glauben zu erfahren und vielleicht Gemeinsamkeiten und Unterschiede zu sehen und zu verstehen. Aber nicht jetzt! Ich habe deutlich wichtigere Sachen zu tun! Doch das versteht dieser blöde Lehrer natürlich nicht. Der ist bestimmt schon als Erwachsener auf die Welt gekommen. Ich bin auf jeden Fall schon wieder knallrot. Wie eine viel zu reife Tomate.

„Äh … Vielleicht so um das Jahr Null?!", rate ich. Es kann doch sein, dass der Glaube von den Muslimen zur gleichen Zeit wie von den Christen den Ursprung hat, oder?

„Tja, das hast du dir ja gut gemerkt", lobt er mich und ich atme schon auf. Das war wohl zufällig richtig.

„… Aber das ist leider falsch!", ergänzt er. Ups! Mist! Na ja, dann sagen Sie es doch besser! Sie wissen ja immer alles besser! Der blöde Lehrer! Jetzt lachen doch alle über mich, denke ich und schließe zerknirscht die Augen. Als ich sie wieder öffne, lacht allerdings keiner. Alle gucken gespannt den Lehrer an, der die richtige Antwort an die Tafel schreibt.

„Also gut, dass ich dich drangenommen habe, Rosalie. Denn das ist ein häufig gemachter Fehler. Viele Menschen glauben, dass die Religionen ihren Ursprung zur gleichen Zeit haben, aber das ist falsch. Der sogenannte Religionsstifter Mohammad oder auch Mohammed wurde nämlich ungefähr fünfhundertsiebzig Jahre nach Christus geboren", belehrt er uns gerade.

Das ist zugegebenermaßen ja schon interessant, aber halt nicht interessanter als Ben. Er ist nämlich um Meilen süßer und hübscher als unser Lehrer, dem ich nicht so gerne zuhöre, weil seine Stimme ein bisschen zu hoch ist und somit absolut nervtötend auftritt.

Nach dieser schwierigen Stunde haben wir auch schon
Schulschluss. Also schon ist gut: Wir hatten jetzt mit
Mittagspause neun Stunden.

Auf dem Rückweg frage ich Eva nochmal, ob sie mir jetzt
genaueres über den, in den sie verliebt ist, sagen möchte.
Sie antwortet zögernd:

„Mmh. Du wirst wohl nicht eher ruhe geben, wenn du den
Namen nicht kennst, oder?", fragt sie.

„Da hast du allerdings recht", grinse ich.

„Komm schon! Freundinnen erzählen sich doch alles!",
bettele ich noch.

„Na gut …", gibt sie nach. Endlich!

„Es ist Ben." Ich nicke. Mit einem dicken Kloß im Hals. Ich
hätte mir besser nicht gewünscht, die Gedanken von Eva und
Ben zu kennen.

Kapitel 15

Arsema

Wir sind immer noch unterwegs. Aneinander gequetscht wie irgendwelche Sardinen in der Dose. So viele Menschen hier auf dem Boot. So viel Wasser um uns herum und noch kein Land in Sicht.

Mama sagt, wir brauchen keine Angst zu haben, aber trotzdem habe ich Angst, dass wir nicht ankommen. Angst, dass die ganzen Menschen hier plötzlich Panik bekommen und dann kippt das Boot um. Wir können nicht schwimmen. Wir haben auch keine Rettungswesten bekommen. Dafür hat das Geld nicht gereicht. Mama musste schon ganz viel Geld bezahlen, um mit uns überhaupt auf das Boot hier zu kommen. Das meiste von dem Geld ist auch noch geliehen – von Mamas Bruder.

Manche Leute hier haben Rettungswesten, aber die meisten haben dafür anscheinend auch nicht genug Geld gehabt. Schon einen ganzen Tag sind wir hier aneinander gequetscht. Gestern Vormittag sind wir losgefahren und jetzt sind wir immer noch unterwegs. Unsere Vorräte sind schon fast aufgebraucht. Ein bisschen Wasser haben wir noch, aber Essen haben wir nicht mehr.

Hier auf dem kleinen Transportmittel sind viele, denen es genauso geht, wie uns. Eigentlich alle, wir sitzen ja alle im selben Boot. Aber wörtlich. Jedenfalls sitzt hier neben uns ein netter Junge. Ich denke, er ist in meinem Alter, aber wir haben noch nicht miteinander geredet, deshalb weiß ich es nicht. Meine Brüder scheinen sich auch gut mit ihm zu verstehen, aber ich traue mich nicht, mit ihm zu sprechen. Ich weiß nicht, was das für ein Gefühl ist, aber ich fühle immer eine Wärme in meinem Bauch, wenn ich ihn angucke. Das hatte ich noch nie. Ich meine, Jungs waren für mich immer alle wie meine Brüder, aber jetzt fühle ich mich so komisch diesem Jungen gegenüber.

Er heißt wohl Tarek. So viel habe ich mitbekommen, als sie mit ihm geredet haben – meine Geschwister, meine ich. Aber sonst war ich so abgelenkt von seinem hübschen Gesicht. Er hat ganz lange Wimpern und volle Lippen. Außerdem hat er ein spitzes Kinn und kurze, geschorene Haare, die mich ein bisschen an die Haare meiner Brüder erinnern.

Ich weiß es ja nicht, aber ich glaube, ich habe mich verliebt. Auch das noch! Das kann ich jetzt wirklich nicht gebrauchen. Wir haben doch genug Probleme. Unser Leben ist gerade in Gefahr und ich denke jetzt gerade das erste Mal anders über Jungs?! Na toll! Ich muss es einfach vergessen. Wenn wir bald im Zug nach Deutschland sitzen, interessiert er mich eh nicht mehr.

Aber jetzt gerade habe ich großen Hunger. Mein Magen knurrt so sehr, dass ich denke, dass alle auf diesen wenigen Quadratmetern um mich herum ihn hören.

„Hier, willst du?", fragt genau dieser eine Junge, den ich vor einer Sekunde noch vergessen wollte.

„Tarek? So heißt du doch, oder?", frage ich zurück.

„Ja, das stimmt. Und wie heißt du, hungriges Mädchen?", grinst er.

„Ich heiße Arsema. Ich musste mit meiner Familie unsere Heimat verlassen. Mit meinen Brüdern und meiner Mutter. Und du?" Es wundert mich schon ein bisschen, dass ich plötzlich so gerade Worte aus mir rausbekomme, weil in meinem Innern ein Chaos herrscht. Aber ganz massiv. Ich habe Schmetterlinge im Bauch und dann schlägt mein Magen auch noch Purzelbäume.

Es ist irgendwie aufregend, aber irgendwie auch wie eine Krankheit. Genau! Ich fühle mich ein bisschen Seekrank. Aber ich weiß, dass es das nicht ist. Dafür fühlt sich mein Kopf viel zu heiß an und ich glaube, ich bin auch rot.

„Ich bin nur mit meiner großen Schwester hier. Und wir müssen fliehen, weil wir verfolgt werden, deshalb darf keiner wissen, dass ich hier bin", flüstert er etwas leiser. Und ich dachte schon, dass es seine Freundin wäre, die er da dabeihat.

„Ah, wir auch, mehr oder weniger. Und danke, ich nehme gerne was von deinem Brot", antworte ich auf seine erste Frage an mich.

„Bitte, ich helfe gerne, wenn ich kann", lächelt er.

„Danke, aber du hast doch selbst kaum noch was zu essen! Hast du keinen Hunger?", frage ich mitfühlend.

„Ach, das geht schon. Ein bisschen hat meine Schwester noch. Und weil wir ja vermutlich noch einen ganzen Tag hier aushalten müssen, gebe ich dir lieber was. Wenn du jetzt schon Hunger hast ist das wohl nicht so gut, oder?", bricht er mir etwas ab und ich nehme es sehr dankend an.

„Wir fahren echt noch einen ganzen Tag?", stelle ich mehr oder weniger sehr traurig fest.

„Ja, das hat meine Schwester zumindest behauptet", hebt er ratlos die Schultern. Das halte ich echt nicht mehr aus, glaube ich. Ich meine, noch vierundzwanzig Stunden ohne Essen und mit nur noch sehr wenig Trinken könnte es knapp werden … Ich bin auch ratlos. Hoffentlich überleben wir das. Und wenn nicht, möchte ich nicht als einzige übrigbleiben. Als einzige Überlebende übrig zu bleiben, ist noch schlimmer, als umzukommen. Glaube ich jedenfalls. Das haben auch Oma und Opa immer gesagt. Viel Erfahrung darin habe ich ja noch nicht, aber sie anscheinend schon.

„Und wohin wollt ihr dann, wenn ihr im Norden seid?", frage ich nach.

„Wir bleiben in Italien, glaube ich. Da kommen wir schon ganz gut durch, denke ich, weil wir ein bisschen Italienisch können", sagt er stolz.

„Aha, wo habt ihr das denn gelernt?", wundere ich mich.

„Nicht wo, sondern von wem, ist die Frage."

„Äh, ja, und von wem habt ihr das nun gelernt?", wiederhole ich meine Frage präziser.

„Von unseren Großeltern. Die sprechen noch italienisch. Wir kommen ja aus Äthiopien und das war früher mal ein Teil von Italien. Also eine Kolonie. Die Italiener haben Äthiopien und auch Eritrea und noch ein paar Staaten einfach erobert und an sich gerissen. Aber das hat ja auch gute Seiten, denn jetzt können wir schon ein bisschen Italienisch", lächelt er wieder.

„Echt? Das wusste ich gar nicht. Also, meine Oma und Opa haben nichts davon erzählt." Das ist doch ein wichtiger Punkt in der Geschichte von unserem Land. Warum haben wir in der Schule nichts darüber erfahren?

„Ja, wirklich. Wie alt sind denn deine Großeltern? Meine sind nämlich wirklich alt und deshalb haben sie das noch so ein bisschen miterlebt. Neunzehnhunderteinundvierzig war das zu Ende. Da waren wir dann keine Kolonie mehr. Also müssen deine Oma und Opa schon ein bisschen älter sein", erklärt er mir.

„Ach so. Meine Oma und mein Opa sind bestimmt nicht älter als siebzig. Dann haben sie es vielleicht mal gehört, aber nicht mehr so miterlebt und erst recht kein Italienisch mehr gelernt." Schade, eigentlich ein bisschen traurig, dass wir diese Sprache nicht können. Gerade jetzt wäre uns dadurch vielleicht einiges leichter gefallen.

Wenn wir dann nach Deutschland fahren, müssen wir ja auch noch Deutsch lernen. Vielleicht ist das ja so ähnlich wie Italienisch. Hier im Sudan und in Libyen sprechen die Leute ja auch so ähnlich wie bei uns in Eritrea.

„Tja, dann habt ihr wohl nicht so einen Vorteil wie wir. Aber es war nett, mit dir zu plaudern und ich wünsche euch natürlich trotzdem viel Glück und Erfolg. Wohin genau wollt ihr denn eigentlich? Das konnte ich gerade noch gar nicht fragen", fällt es ihm wieder ein.

„Ich weiß nicht, ob ich dir das sagen darf", sage ich unsicher.

„Ach, komm schon. Ich hab' dir doch auch gesagt, wohin wir unterwegs sind, also ist es nur fair, auch zu sagen, wohin ihr wollt." Was ist, wenn er uns verrät? Das würde Mama mir nie verzeihen. Aber er ist doch ein netter Mensch, würde er sowas wirklich tun? Wenn er gezwungen wird, vielleicht schon. Was soll ich nur machen, Gott?

„Also … Wir wollen auf jeden Fall ein bisschen weiter weg", berichte ich vage.

„Aha. Und wohin genau?", fragt er. Ein bisschen zu aufdringlich, für meinen Geschmack. Aber da kommt mir eine Idee. So muss ich weder lügen, noch die Wahrheit sagen.

„Ich weiß nicht, wo das Land liegt. Auf jeden Fall irgendwo im Norden. Wenn du es genauer wissen willst, kannst du ja meine Mama fragen", biete ich an.

„Ach, okay. Nee, so wichtig ist es auch wieder nicht", behauptet er. Wer weiß, was passiert wäre, wenn ich es ihm gesagt hätte. Besser, das gar nicht rauszufinden. Danke, Gott, dass du mir wieder geholfen hast. Auf dich ist Verlass.

„Okay, gut. War auch schön, mit dir zu reden" Plötzlich habe ich schon wieder so ein warmes Gefühl im Bauch und irgendwie scheint mir das Blut in die Wangen zu laufen.

„Okay, viel Glück euch und passt auf euch auf", wünscht er mir. Wie komme ich zu der Ehre?

„Danke, euch natürlich auch", sage ich und drehe mich dann wieder um. So viel Platz ist da gar nicht und ich rumpele deshalb ein bisschen gegen Joel, der das gar nicht mal so witzig findet.

„Hey, was soll das denn? Pass doch auf!", sagt er angespannt und fletscht die Zähne. Der braucht sich gar nicht so aufzuführen, wie der Anführer. Blöder Bruder!

„Tschuldigung! War doch keine Absicht. Du musst dich jetzt auch nicht so aufspielen!", entgegne ich mit wütendem Blick.

„Ach, du willst mir was vorschreiben, kleine Schwester?", baut er sich vor mir auf. Doch gerade im richtigen Moment kommt Mama dazwischen und beruhigt ihn wieder ein bisschen.

„Joel, wir alle sind gerade ein bisschen hungrig, aber deshalb müssen wir uns doch nicht angreifen. Es ist nicht mehr lange. Halte durch!"

„Aber der Junge da hat gesagt, es dauert noch einen ganzen Tag!", ruft Mewael, der anscheinend unser Gespräch mitgehört hat.

„Ach was. Das stimmt nicht! Beruhigt euch und ruht euch noch ein bisschen aus! Wir brauchen viel Energie, wenn wir endlich angekommen sind", beschwichtigt Mama ihn. Ich glaube Tarek aber. Als ob der irgendeinen Unsinn erzählt! Trotzdem versuche ich, irgendwie im Sitzen zu schlafen und Mama nicht auch noch in den Rücken zu fallen. Es muss irgendwie gehen.

Die anderen scheinen sich dann doch auch überzeugen zu lassen. Denn ich sehe und höre dann nur noch zufriedene Geräusche, die vom Schlafen kommen.

Als ich am Morgen aufwache ist etwas anders. Irgendwas in meinem Sichtfeld kommt mir anders vor als sonst.

Und jetzt fällt mir auch auf, was es ist! Es ist endlich Land in Sicht! Endlich! Das wurde aber auch Zeit. Wenn es auch nur ein kleiner Zipfel am Horizont ist, es bedeutet, dass wir bald schon wieder Land betretet können. Danke, Gott! Tausend dank!

Ich muss ganz schnell Mama wecken!

„Los, aufstehen! Schnell! Da ist Land zu sehen!", flüstere ich, weil ich nicht will, dass die anderen auch schon wach werden. Währenddessen schüttele ich leicht Mamas Schulter.

„Was? Wir sind da?", fragt Mama noch ein bisschen verschlafen.

„Nein, noch nicht, aber fast!", flüstere ich wieder.

„Ach so. Gut. Dann schlaf auch noch was, bis wir wirklich da sind", murmelt sie und ihr fallen wieder die Augen zu. Alle auf diesem Boot schlafen voller Müdigkeit, nur ich bin zu aufgedreht. Was, wenn wir jetzt wirklich bald da sind und ich es einfach verpasse?! Das kann doch auch nicht die Lösung sein! Es dauert bestimmt nicht mehr lange, dann lohnt es sich doch fast nicht, jetzt nochmal einzuschlafen.

Immerhin können wir aber auf diesem Boot überhaupt sitzen. Mama hat gemeint, dass wir uns bewusst sein müssen, wie gut es uns hier geht. Trotz unserer generellen Lage. Es gibt wohl auch ganz viele Boote, wo die Menschen stehen müssen. Da haben sie keine Möglichkeit, sich mal zu setzten, oder sogar zu legen, wie hier die kleineren Kinder. Stellt euch das mal vor! Nicht mal setzen für zwei ganze Tage! Ich meine, es kann natürlich auch sein, dass nicht jede Reise hier zwei Tage dauert. Von anderen Orten kann es vielleicht auch nur etwas mehr als ein Tag sein, aber trotzdem ist das ja sehr viel, wenn man nur stehen muss.

Vor allem haben wir ja sonst schon kaum eine Beschäftigung. Das heißt, dass wir durchgehend unseren Hunger spüren und uns nicht mal hinsetzten könnten, wenn wir auf so einem anderen Boot wären.

Da haben wir echt Glück im Unglück. Ich meine, es ist sicher auch kein Glück, hier mitten im Meer auf einem Boot zu sitzen, kein Essen zu haben und eingequetscht zu sein. Jedenfalls nicht das, was man unter herkömmlichem Glück versteht, oder?

Vielleicht ist es auch in gewisser Weise Glück. Unser Gefährt ist bisher noch nicht umgekippt und wir leben alle noch. Vielleicht lernen wir dadurch, Dinge mehr zu schätzen. Obwohl es echt scheiße ist, durchgehend an unser leckeres Injera oder den leckeren Reis mit Soße oder diese Eintöpfe zu denken. Nichts davon können wir jetzt haben. Alles ist unerreichbar, zumindest gerade in diesem Moment.

Das erste, was ich esse, wenn wir wieder an Land sind ist – glaube ich aber – einfach nur Brot. Das ist das, was mir Kraft gibt und auch wirklich den Magen füllt.

Wenn ich hier so viel über Essen nachdenke, läuft mir das Wasser im Munde zusammen. Mein Magen knurrt schon wieder ganz laut und mein trockener Mund kratzt das letzte Bisschen Spucke zusammen, um sich auf das Essen vorzubereiten, an das ich denke. Aber nichts da! Das wird leider nichts.

Zwei knappe Stunden später haben wir echt den italienischen Hafen erreicht! Hier sind so viele Menschen, mehr als überall wo ich bisher war! Das erste, was mir auffällt ist, dass hier alle Menschen irgendwie viel geschäftiger rumlaufen und alle in höchster Eile zu sein scheinen. Wieso nur? Sie müssen doch nicht fliehen und haben alles, was der Mensch zum Leben braucht.

Außerdem reden sie so ein komisches, unverständliches Kauderwelsch. Das soll Italienisch sein? Ich habe mir das irgendwie … anders vorgestellt. Also, na ja, es scheint nicht so leicht zu sprechen zu sein.

Der Mann, der das Boot gelenkt hat, hat es schon am Steg befestigt und hilft uns allen, einzeln auszusteigen. Gerade jetzt wackelt es wieder besonders. Alle wollen natürlich so schnell wie möglich festen Boden unter den Füßen haben. Es wackelt aber immer mehr. Und wir sind ja relativ in der Mitte. Das dauert also noch etwas, bis wir dann

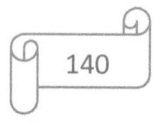

drankommen. Die anderen Leute scheinen Panik zu bekommen. Sie scheinen Angst zu haben, nicht mehr dranzukommen. Und es schwappt langsam schon Wasser ins Boot, weil es so stark wackelt. Das kann doch nicht sein, dass jetzt noch kurz vor knapp noch etwas schiefgeht! Bitte, Gott, beschütze uns!

Immer mehr Menschen gehen gleichzeitig auf den Steg. Der Mann, der ihnen helfen will, wird schon gar nicht mehr beachtet.

Doch plötzlich scheint Gott mein kurzes Gebet erhört zu haben. Denn der Mann, der zur Seite geschubst wurde, macht plötzlich mit lauter Stimme klar:

„Hey! Alle ruhig sein! Ihr kommt alle an Land, aber bewahrt Ruhe! Keiner wird auf dem Boot zurückgelassen! Bewahrt Ruhe!" Schlagartig hören alle Menschen auf, sich zu bewegen und erstarren. Dieser kleine Mann hat so laut gerufen, dass auch ich mich erschrocken habe.

Glücklicherweise hört auch das Boot auf, sich zu bewegen und wir kommen doch noch sicher an Land. Danke, Gott!

Kapitel 16

Rosalie-Marie

Diese Nachricht war ein Schock für mich. Meine Freundin ist in den gleichen Jungen verliebt, wie ich. Und dann scheint er auch noch mehr Interesse an ihr als an mir zu haben. Wenn er sie angeschrieben hat, werde ich wohl kaum noch eine Chance haben.

Nachdem ich diesen Satz aus Evas Mund gehört habe, renne ich nach Hause. So schnell ich kann. Ich sage nicht einmal mehr Tschüss. Mein einziger Gedanke ist: Weg von hier, und zwar schnell!

Zuhause angekommen streife ich im Laufen meine Schuhe ab, schmeiße meine Tasche in die Ecke und beeile mich, in mein Zimmer zu kommen. Auf der Treppe nehme ich zwei Stufen auf einmal und in meinem Zimmer schließe ich die Tür hinter mir, um dagegen zu sinken. Ich ziehe die Beine an und lege meinen Kopf auf meine Arme, die ich auf meine Knie gelegt habe.

Jetzt ist genau die richtige Zeit für ein bisschen Selbstmitleid. Mir passieren aber auch ständig solche Sachen! Nie habe ich mal Glück. Immer bekommen die anderen was mir zusteht. Ich meine, ich bin zwar noch nicht lange in ihn verliebt, aber ich kann mir nicht vorstellen, dass ich irgendwann nicht mehr in ihn verliebt bin.

Ich steigere mich so rein, dass mir Tränen die Wangen runterkullern. Anfangs nur wenige, aber es werden immer mehr. Es ist nicht mehr aufzuhalten. Der Damm ist gebrochen. Schniefend schleppe ich mich auf mein Bett, um mir ein Taschentuch von meinem Nachttischchen zu nehmen. Lautstark putze ich mir die Nase. All meinen Frust aus den letzten Wochen, sogar Monaten, lasse ich jetzt endlich raus. Ich brauchte eine Gelegenheit, einen Anlass, um endlich meine aufgestauten Tränen herauszulassen. Ich ziehe die Nase hoch und wische mir die letzte Träne aus dem Augenwinkel.

Jetzt habe ich mich ausgeweint. Mehr kommt da nicht, hoffe ich.

Prompt klopft es an der Tür. Mit noch leicht brüchiger Stimme rufe ich: „Herein!" und die Tür öffnet sich einen Spalt breit.

„Hallo, Schatz! Ich habe gehört, dass du deine Nase hochgezogen hast und ganz laut schluchzt. Da habe ich mich natürlich direkt gefragt, was los ist", sagt meine aufmerksame Mutter bedauernd. Etwas zu aufmerksam für meinen Geschmack. Wenn ich weine und solche Mädchen-Probleme habe, möchte ich am liebsten allein sein. Am ehesten würde ich noch meine Freundin oder vielleicht sogar meine Schwester erdulden, aber doch nicht meine Mutter. Sie sagt zwar immer, dass sie mich versteht, weil sie ja auch mal jung war und so, aber irgendwie habe ich das Gefühl, dass das nicht stimmt. Ich kann sie mir einfach nicht vorstellen, wie sie weint, weil sie Liebeskummer hat und die Probleme hat, die ich jetzt habe.

Mama war und ist für mich immer erwachsen! Genauso wie Papa. Auch wenn ich Kinderfotos sehe, kann ich mir einfach nicht vorstellen, dass dieser erwachsene und große Mensch auch mal in meinem Alter war.

„Es ist nichts", sage ich so bestimmt wie möglich, damit sie einfach wieder geht, doch ihr scheinen bereits die ganzen gebrauchten Taschentücher auf meinem Bett aufgefallen zu sein.

„Ach komm, das stimmt doch nicht. Ich kenne dich. Besser als du dich selbst. Und ich merke, wenn du unglücklich bist

… Außerdem liegen da so viele Taschentücher, bitte sag mir, was los ist", sagt sie mit ruhiger Stimme.

„Okay, du hast recht." Ich muss einfach einlenken, sonst gibt sie sich nie zufrieden.

„Na komm, erzähl mir, was du auf dem Herzen hast. Ich verstehe dich doch, ich war schließlich auch mal in deinem Alter", kommt sie rein, schließt die Tür hinter sich und setzt sich auf die Bettkante. Vorher tastet sie ab, wo meine Füße sind, damit sie sich nicht auf mich setzt. Ich habe mich nämlich unter der Bettdecke verkrochen.

„Das stimmt doch nicht", murmele ich.

„Was sagst du?", fragt sie.

„Na, dass du mal in meinem Alter warst, kann ich mir einfach nicht vorstellen. Du lügst bestimmt", kann ich mir ein kleines Grinsen nicht verkneifen.

„Ach was, das kannst du dir nicht vorstellen?! Na klar war ich so alt wie du. Und ich weiß noch, dass ich es da auch nicht immer einfach fand. Mit meinen Eltern, die ständig genervt haben, mit meinen Geschwistern, die nie auf mich gehört haben und natürlich die Freunde, bei denen einfach alles besser war, als bei mir", erzählt sie. Ihr müsst nämlich wissen, dass meine Mama zwei kleinere Geschwister hat und deshalb als Älteste immer am meisten herausgefordert wurde. Da habe ich es besser. Manchmal gehöre ich zu den Großen und halte mich an meine Schwester und manchmal kann ich einfach noch die Vorteile des Klein-seins ausnutzen und mache Quatsch mit Leo.

„Echt? Hattest du auch Liebeskummer?", frage ich und gucke sie mit großen Augen an.

„Natürlich!", lacht sie.

„Und wann warst du das erste Mal verliebt?", frage ich vorsichtig. Vielleicht will sie ja nicht darüber reden.

„Oh, das ist auch schon lange her. Aber ich kann dir sagen: Es war bestimmt noch nicht Papa. Man braucht immer

erstmal ein paar Anläufe, um den Richtigen zu finden. Also …
Lass mich überlegen. Das war bei mir bestimmt noch in der
Grundschule. Ich glaube, dass da einmal so ein ganz toller
Typ war, mit dem ich unbedingt zusammen sein wollte,
obwohl ich ja nicht einmal zehn Jahre alt war … Ja, das muss
so gewesen sein. Und danach war ich natürlich ständig in
Jungs aus meiner Klasse verliebt. Aber irgendwie kam es bei
mir erst in der achten Klasse dazu, dass ich mich getraut
habe, zu sagen, was ich fühle und, dass meine Liebe
erwidert wurde … Das ist also bei dir los, was? Du hast
Liebeskummer?", fragt sie zaghaft.

„Ja, du hast voll ins Schwarze getroffen", gebe ich dann zu.
Vielleicht kann ich mit ihr ja doch offen reden.

„Und wer ist es?"

„Einer aus meiner Klasse. Er heißt Ben. Also eigentlich
Benedikt. Aber wir alle nennen ihn nur Ben und er will das
auch so", fange ich an zu erzählen.

„Aha. Und der mag dich nicht?", fragt sie wieder.

„Nein, also, weiß ich nicht. Aber das ist nur ein weiteres
Problem. Das Hauptproblem ist doch, dass Eva auch in ihn
verliebt ist! Und das macht uns zu direkten Feinden. Ich kann
doch jetzt nie wieder normal mit ihr reden, weil ich immer
daran denken muss, dass sie wahrscheinlich bald mit dem
Jungen zusammenkommt, den ich doch so toll finde."
Erschrocken schlage ich mir die Hände vor den Mund. So viel
wollte ich gar nicht erzählen.

„Ist schon okay. Ich sage doch nichts weiter. Das bleibt unter
uns." Da bin ich beruhigt.

„Aber das ist ja echt blöd. Es war zwar bei mir früher nie so,
aber trotzdem kann ich dich verstehen. Allerdings wird das
auch bald vorbeigehen und je schneller du dich mit Eva
wieder verträgst, desto eher kannst du dich neu verlieben",
rät sie mir.

„Aber ich will mich nicht neu verlieben!", rufe ich ein bisschen zu laut.

„Ach, das muss doch auch nicht von jetzt auf gleich geschehen. Wichtig ist nur, dass euch so ein Junge nicht auseinanderbringen kann. Außerdem hält es ja auch vielleicht nicht ewig, wenn die beiden zusammenkommen. Viele junge Lieben scheitern doch wieder. Also hast du in der Zukunft vielleicht doch noch eine Chance, wenn du dich nicht neu verlieben willst", gibt sie zu bedenken. Und sie hat recht. Vielleicht versteht sie mich doch besser, als ich dachte.

„Oh, du hast recht. Aber Eva weiß überhaupt nicht, warum ich weggelaufen bin", fällt mir gerade ein. Ich habe kein weiteres Wort zu ihr gesagt … Das sollte ich vielleicht echt nachholen.

„Warum das denn nicht?", guckt sie mich entsetzt an.

„Hattest du Angst, ihr zu sagen, warum du schnell nach Hause musst?", vermutet sie.

„Ja, schon. Und ich habe kein Wort mehr rausbekommen, weil ich so geschockt war. Da bin ich einfach nur noch gerannt."

„Oh, dann geh am besten mal ganz schnell zu ihr und sprich dich aus. Sonst kann das ja nicht mehr gut enden."

„Sicher? Ich meine … Mir fällt es nicht so leicht, darüber zu reden", sage ich ein bisschen kleinlaut.

„Ach komm, wenn du es geschafft hast, mit mir darüber zu reden, dann schaffst du es wohl auch mit deiner besten Freundin darüber zu reden, oder? Auch wenn sie selbst involviert ist, solltest du das schaffen. Ich kenne dich so gut, dass ich sagen kann, dass du ein starkes Mädchen bist. Also schaffst du das schon", redet sie mir gut zu. Ich glaube tatsächlich, dass sie recht hat. Ich schaffe das schon. Und wenn ich es ihr nicht wenigstens erkläre, kann ich es gleich mit unserer Freundschaft vergessen.

„Also gut. Ich mache es. Ich schaff' das." Mir selbst Mut zureden ist auch manchmal nicht schlecht.

„Siehst du? Du schaffst das. Du bist doch mein Mädchen", nimmt sie mich in den Arm und ich erwidere ihre Umarmung.

„Okay. Dann gehe ich am besten jetzt gleich, oder?", frage ich ein bisschen ängstlich.

„Ja, das wird wohl am besten sein", tätschelt sie mir leicht über den Kopf.

Ein paar Minuten – okay, eine halbe Stunde – später stehe ich vor der Tür von Eva und meine Finger schweben über dem Klingelknopf. Ich ringe noch mit mir selbst, ob ich ihn wirklich drücken soll, oder nicht.

Dann, als ich gerade den Entschluss fasse, wieder umzudrehen, öffnet sich plötzlich die Tür und Evas Mutter lächelt mich an.

„Rosa? Bist du es wirklich? Dich hab' ich ja schon lange nicht mehr gesehen", ruft sie ungläubig und freudig. Schon steht auch Eva im Flur hinter ihr.

„Hallo. Ich wollte eigentlich gerade gehen", drehe ich mich schon fast wieder um. Doch da kommt sie einen Schritt aus der Tür und ruft:

„Nicht doch! Komm doch erstmal rein und setz dich! Wir haben gerade Kaffee und Kuchen gemacht!"

Eigentlich mag ich ja genau das an Evas Mutter: Dass sie so freundlich ist. Aber trotzdem kommt es nicht oft vor, dass sie mich einlädt. Wieso also ausgerechnet heute?

„Ähm, okay, dann komme ich mal rein", gebe ich zögerlich nach, weil ich weiß, dass es sonst schon sehr unhöflich und vor allem verdächtig wäre.

„Wunderbar. Dann könnt ihr ja nochmal kurz in Evas Zimmer gehen und ich rufe euch gleich, wenn der Tee für euch fertig ist und der Kuchen ein bisschen abgekühlt ist, okay? Du trinkst doch immer noch gerne Kamillentee, oder?", fragt sie und mir ist, als ob ich gefoltert werde. Ich muss alleine mit Eva in ihr Zimmer gehen? Dann habe ich doch keine andere Wahl.

„Ja, stimmt, danke", quäle ich mir ein Lächeln auf die Lippen.

Meine Freundin wohn in einem schicken, kleinen Häuschen, das bei mir in der Nähe liegt. Das Haus hat drei Etagen und ist eher schmal gebaut. Ganz unten, im Erdgeschoss, kommt man erstmal in den Flur. Wenn man dann eine Etage höher geht, läuft man direkt auf die Küche zu und auf den kleinen Bereich zum Sitzen mit dem Esstisch. Noch eine Etage höher sind dann die Zimmer von ihr und ihrem Bruder und ganz oben bin ich fast nie. Da ist Sperrzone für Gäste, denn da ist das Schlafzimmer der Eltern.

Hintereinander gehen wir die schmale Treppe hoch, nachdem ich mir meine Schuhe schon ausgezogen habe und im Flur abgestellt habe.

Oben angekommen – der Weg ist echt mühsam – gehen wir direkt in ihr Zimmer und sie schließt die Tür hinter sich. Jetzt gibt es kein Entkommen mehr.

„Also, wolltest du heute herkommen, um mir zu reden?", fragt sie direkt – in einem scharfen Tonfall.

„Ja. Eigentlich schon", gebe ich zu.

„Na also. Und warum hast du dann behauptet, dass du schon wieder wegwillst, als meine Mutter dich begrüßt hat?", fragt sie misstrauisch.

„Ich … Ach, du hast recht. Ich bin zu feige! Ich wollte ja mit dir reden, aber dann hat mich der Mut verlassen", murmele ich traurig.

„Immerhin gibst du es zu."

„Willst du wirklich wissen, warum ich heute einfach weggelaufen bin?", frage ich nach.

„Ja. Das ist es doch, was mich die ganze Zeit quält: Ich weiß nicht, was mit dir los ist", bricht sie heraus.

„Okay. Also, ich … Als du gesagt hast, dass … Ich meine, dass du dich verliebt hast, da dachte ich ja nichts Böses oder so …", stammele ich herum.

„Aber …?", guckt sie mich herausfordernd an.

„Aber ich bin auch in Ben verliebt. Und als ich dann gehört habe, dass er dich sogar angeschrieben hat und an die Blicke gedacht habe, die ihr euch den ganzen Tag über zugeworfen habt, da konnte ich einfach nicht mehr!" So! Jetzt ist es raus! Die ganze unschöne Wahrheit: Ich bin eifersüchtig, und wie!

„Ach, so ist das", guckt sie den Boden an, der auf einmal sehr interessant zu sein scheint, weil ich ihn auch anstarre.

„Ja und? Was sagst du? Sind wir trotzdem noch Freundinnen?", hake ich nach.

„Ja, klar! Das auf jeden Fall … Ich meine nur, was wir jetzt wohl machen. Wenn ich tatsächlich mit ihm zusammenkomme, wirst du dann sehr traurig sein?", fragt sie mich.

„Weiß ich nicht. Ich war ja jetzt schon sehr traurig. Könntest du nicht vielleicht in einen anderen verliebt sein?", frage ich, doch ich weiß die Antwort schon. Ich kann mich schließlich auch nicht auf Knopfdruck um-verlieben.

„Nein, das kann ich nicht. Und du? Ich meine, kannst du das?", fragt sie zurück.

„Nein", entgegne ich traurig. Es wäre alles viel einfacher, wenn das möglich wäre.

„Und jetzt? Was machen wir jetzt? Soll keiner ihn bekommen? Das wäre nur fair", schlägt sie vor.

„Nein, das ist auch nicht gut. Wenn er auch in dich verliebt ist, sollt ihr zusammen glücklich sein. Also ist es okay für mich. Ich komme schon klar", sage ich tonlos.

„Danke. Das bedeutet mir sehr viel", flüstert sie.

„Ich kann ja verstehen, dass du ihn gut findest. Das tue ich ja schließlich auch", gebe ich zu und lächele ein bisschen.

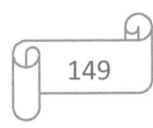

„Tja", lächelt sie und nimmt mich in die Arme.

„Jetzt gehen wir aber erstmal Kuchen essen und Tee trinken, okay?", nuschelt sie in mein Haar.

„Okay", antworte ich genauso unverständlich und wir gehen gemeinsam runter. Auch wenn ich jetzt keinen Anspruch auf Ben habe, will ich trotzdem, dass Eva glücklich ist. Das macht doch eine Freundin zur *besten* Freundin, oder?

Kapitel 17

Arsema

Endlich heile in Italien angekommen, suchen wir zuerst einmal eine Unterkunft für die Nacht. Mama ruft Verwandte an. Eigentlich Freunde, Bekannte. Und sie sagen uns tatsächlich den Weg, damit wir zu ihnen können. Danke, Gott! Vor allem Mama muss sich entspannen können. Sie hatte die schwerste Last zu tragen, weil sie auf uns aufpassen musste. Oder besser gesagt: Sie muss die ganze Zeit auf uns aufpassen. Klar, sie bekommt teilweise Hilfe von Joel oder mir, aber im Großen und Ganzen muss sie doch alles im Auge behalten.

Glücklicherweise ist das Haus von den Bekannten direkt hier am Hafen. Nicht weit weg von dem Steg, wo wir angelegt haben.

Unsere Bekannten geben uns auch Essen. Es ist zu lecker! Ich bin so überglücklich über dieses Essen – auch wenn ich im Moment sogar Insekten oder Ähnliches essen würde – und deshalb lange ich ordentlich zu. Meine Geschwister tun es mir gleich.

Jeder kann sich so viel nehmen, wie er möchte. Das ist das Gute daran, dass wir bei Bekannten sind. Zwar müssen wir nachher auf dem Boden schlafen, aber das ist ja auch klar! Sie haben schließlich auch nicht unbegrenzt Platz für jeden. Ich nehme mir auch noch zwei Mal nach. Diese zweitägige Reise ohne vernünftiges Essen hat mich so aushungern lassen, dass ich mich gerade wie im Himmel fühle.

Danke, Gott, dass es uns so gut geht. Ich liebe dich, bete ich gerade – zwar mehr oder weniger während, anstatt vor dem

Essen, aber egal –, weil mir auffällt, dass ich mich dafür wirklich bedanken kann.

Auch Mama isst, mit dankbarem Ausdruck im Gesicht, den Reis, den wir hier bekommen. Sie scheint das erste Mal seit Tagen wieder entspannt zu sein. Auch dafür danke ich Gott, denn, dass man keine seelischen Schmerzen hat, ist mindestens genauso wichtig, wie, dass man keine körperlichen Schmerzen hat.

Aber was auch wichtig ist, ist, dass wir endlich wieder Wasser trinken können. Wir mussten einen ganzen Tag ohne auch nur einen Tropfen Wasser auskommen! Wir waren zwar auf dem Meer, aber bekanntlich bringen einem die Milliarden Liter Wasser, von denen man da umgeben ist, wenig. Zum Trinken ist es absolut unbrauchbares Wasser. Leider! Es wäre so gut gewesen, wenn wir wenigstens hätten ein bisschen davon trinken können. Das Gemeine ist nämlich: Je länger man aufs Wasser – also aufs Meer – rausguckt, desto mehr Durst bekommt man. Oder ich zumindest.

Mama hat aber gesagt, dass man, wenn man sich vom schönen Anblick des Wassers dazu verleiten lässt, es zu trinken, im schlimmsten Fall sogar daran sterben kann. Sie meinte, dass das ganze Salz nicht gut für den Körper ist. Und so wie das schmeckt, muss das einfach schädlich sein. Total ekelhaft! Und leider weiß ich, wovon ich rede, weil ich selber es probiert habe, weil ich so Durst hatte, aber darauf kann ich verzichten. Ich habe alles sofort wieder ausgespuckt.

Hier bei unseren Freunden gibt es ein Wohnzimmer und eine Küche, aber auch noch zwei andere Zimmer. In einem Zimmer ist ein Bett und in dem anderen ist eine Toilette. Noch nie habe ich in einem Haus eine Toilette gesehen. Eigentlich habe ich überhaupt noch nie eine Toilette gesehen. Sogar im Sudan sind wir immer in den Wald hinter dem Haus gegangen. Da hatten wir ja noch nicht einmal eine Küche oder so.

Aber ich habe gemerkt, dass wir hier – nicht bei unseren Freunden – komisch angeguckt werden. Draußen sehen die meisten Leute nicht so aus wie wir. Sie haben fast keine Farbe. Das finde ich komisch, aber sie scheinen *uns* komisch zu finden. Das kann ich gar nicht verstehen. Zum Glück sind hier im Haus noch normale Leute, die normal mit uns umgehen. Also, ja, unsere Freunde sehen auch so aus wie wir. Außerdem können sie Italienisch. Das spricht man ja hier, hat zumindest Tarek behauptet.

Viel sprechen kann ich aber noch nicht, doch zum Glück müssen wir ja auch nichts können. Dafür haben wir unsere Freunde, die uns gerne helfen. Nur „Guten Tag" kann ich schon sagen. Das heißt nämlich „buon giorno" auf Italienisch. Verstehen kann ich natürlich auch nicht viel. Ich meine, wir sind gerade heute erst hier angekommen. Das wäre ja fast absurd, wenn ich etwas mehr könnte.

Tarek und seine Schwester habe ich auch nochmal gesehen, aber sie sind nur an uns vorbei gegangen. Sie scheinen es echt schwer zu haben, so ganz alleine. Ohne Mutter und auch folglich ohne Geld. Sich so alleine durchschlagen zu müssen, würde ich keinem wünschen. Eigentlich hätte ich sie beide auch gerne eingeladen, aber ich kann sie ja nicht einfach in ein Haus einladen, das nicht mal mir (oder uns) gehört …

Deshalb bin ich so froh, dass Mama noch bei uns ist. Wenn ich alles alleine machen müsste, oder Joel für uns sorgen müsste, wäre ich bestimmt nicht halb so sicher, dass alles gutgeht. Mal ganz abgesehen davon, dass mich der Schmerz auffressen würde, wenn Mama uns verlassen müsste – oder wir sie verlassen müssten.

Die beiden armen Geschwister. Das meiste bleibt bestimmt auch an der – offensichtlich – großen Schwester hängen, die ich irgendwie gut verstehen kann.

Als sie eben an mir vorbeigekommen sind, war das traurige und erschöpfte, aber gleichzeitig verzweifelte Gesicht von seiner Schwester nicht zu übersehen.

Mir tun solche anderen Leute immer furchtbar leid, die so leiden müssen. Mädchen, die schon viel zu früh zu viel Verantwortung tragen müssen, auch. Ich kann nämlich echt gut verstehen, dass sie selber noch Kind sein wollen und so. Die Schwester von Tarek ist bestimmt höchstens zwei oder drei Jahre älter, da will sie doch auch noch Kind sein, oder? Es kann auch sein, dass ihr das gefällt, sich jetzt schon wie eine richtige Mutter zu fühlen. Man kann es natürlich nie genau wissen, aber es sieht nicht so aus. Ich weiß jedenfalls nur, dass ich froh bin, noch ein Kind zu sein. Und, dass Mama immer alles Schwierige regelt. Da bin ich auch ein bisschen stolz auf sie. Muss ich zugeben.

So langsam neigt sich das Essen dem Ende zu und ich werde auch langsam satt. Aber ich habe immer noch Durst. Und wie. Deshalb schenke ich mir nochmal ein. Hier haben sie richtig schöne Gläser. Mit eiskaltem Wasser.

In meiner Situation hätte ich es auch getrunken, wenn es einfach nur warm gewesen wäre, aber so ist es natürlich noch besser.

Mir fällt gerade auch mal so auf, wie dreckig meine Klamotten sind. Klar, dass zwei Monate durch die Fast-Wüste ihre Spuren hinterlassen. Einige Risse hat mein schönes Kleid auch. Die Anziehsachen können wir bestimmt hier auch wechseln, oder? Ich hoffe es. Sonst müssen wir morgen noch neue holen oder unsere hier reparieren und waschen lassen. Wenn wir ein Geschäft finden, das das macht. Bei uns Zuhause im Dorf wäre das bestimmt gegangen. Da gab es die Näherinnen, die das echt gut konnten. Aber hier? Ich kenne mich nicht aus. Und wir haben heute auch noch nicht besonders viel von der Stadt hier gesehen, oder zumindest nicht wirklich wahrgenommen, in unserem Trance-Zustand.

Wir hatten so Hunger und vor allem Durst, dass wir einfach nur bis zu unseren Bekannten geschlafwandelt sind.

Nach dem Essen will Mama bestimmt direkt hierbleiben und sich ausruhen, oder? Ich würde gerne etwas schlafen, aber wenn wir morgen direkt weiterfahren, hätte ich schon gerne saubere Sachen. Ich frage gleich mal nach.

„Mama, was machen wir gleich nach dem Essen? Willst du erstmal schlafen? Oder können wir hier in der Stadt mal nach einem kleinen Laden gucken, wo wir unsere Sachen repariert und gewaschen bekommen können?", frage ich, nachdem ich meinen nachgefüllten Becher ausgetrunken habe.

„Ja, wir können mal fragen, ob die Familie sich hier auskennt. Die wissen bestimmt, wo man am besten seine Sachen repariert und gewaschen bekommen kann. Wir bleiben ja auch lang genug, da kann alles auf jeden Fall repariert und gewaschen werden. Also, wisst ihr vielleicht, wo ein guter Laden ist, für solche Reinigungen oder Reparaturen?", richtet sie sich dann an unsere Freunde. Oh, nicht wie ich gedacht habe. Wir bleiben länger hier? Na ja, auch gut.

„Ja, wir kennen einen guten Laden. Da arbeiten Freunde von uns. Die machen euch das bestimmt für wenig Geld. Es dauert bei so vielen Kleidungsstücken aber ein bisschen. Fünf Tage bestimmt", antwortet der eine Mann

„Okay, super. Dankeschön", bedankt sich Mama.

„Die sind echt sehr zuverlässig", fügt der Mann noch hinzu. Da haben wir echt sehr viel Glück. Nicht viele Leute, die aus unserem Land fliehen, haben so eine gute Hilfe. Beziehungsweise glaube ich, dass Gott uns durch unsere Bekannten hier hilft. Das kann doch kein Zufall sein, dass es uns so gutgeht. Er hat bestimmt noch einen Plan mit mir oder meiner Mutter oder meinen Geschwistern. Und mein Vater? Ich hoffe, wir sehen ihn wieder!

„Was heißt ,zuverlässig'?", fragt Mewael.

„Das heißt, dass man sich auf denjenigen verlassen kann. Ich weiß zum Beispiel immer genau, dass mein Bruder mir Geld überweist, wenn ich es brauche. Also kann ich mich auf ihn verlassen", entgegnet Mama liebevoll.

„Ach so. Bekommen wir ab jetzt auch wieder zuverlässig Essen?", fragt er weiter. Mit seiner süßen, kindlichen Stimme.

„Ja, mein Schatz, ich hoffe es." Sie gibt ihm einen Kuss auf die Stirn.

„Da bin ich aber froh drüber. Ich hatte nämlich viel zuverlässigen Hunger, immer wenn wir durch den Sand gelaufen sind und als wir auf dem Boot waren", fügt Mewael hinzu und wir alle müssen dolle über den süßen, falschen Gebrauch von dem soeben erklärten Wort lachen. Er guckt auch noch so süß dabei und versteht gar nicht, was hier los ist.

„Warum lacht ihr denn alle?", wundert er sich laut.

„Ach, nur, weil du das Wort ein bisschen falsch benutzt hast. Normalerweise ist ‚zuverlässig' immer etwas Gutes, aber Hunger ist ja nichts Gutes", erkläre ich. Die anderen stimmen mir zu, aber Mewael versteht es immer noch nicht.

Manche Dinge werden einem erst später klar.

„Ich bin satt, können wir gehen?", fragt Anbessa.

„Aber sieh doch! Es haben noch nicht alle aufgegessen! Du bleibst bitte hier, bis alle aufgegessen haben, okay? Es dauert auch nicht mehr lange, aber was kannst du auch anderes tun? Du kannst ja nicht alleine in die Stadt gehen. Außerdem kennst du den Weg zu dem Laden doch gar nicht", schiebt sich Mama noch einen Bissen in den Mund. Sie sieht immer noch so glücklich aus und man hört nur ein zufriedenes „Mhhhh".

Das freut mich so sehr, weil Mama die letzte Zeit so oft traurig war, weil sie Papa vermisst und natürlich auch alle anderen aus dem Dorf. Bei uns im Dorf kannte jeder jeden – also fast – und deshalb fiel es uns noch schwerer, es zu verlassen. Aber das kann man sich ja denken, oder? Ich meine, es ist immer schwer, Bekannte zu verlassen. Sogar Makena und Jamila fehlen mir. Obwohl ich mich mit den beiden nie so wirklich anfreunden konnte und sie manchmal echt gemein waren.

Wenn ich sogar meine Feinde vermisse, mache ich aber alles richtig, denke ich. Denn im Grunde ist jeder Mensch tief im Innersten gut und wenn man das sehen kann, ist man einen großen Schritt weitergekommen.

Außerdem sagt Jesus doch in der Bergpredigt, dass man seine Feinde lieben soll. Das habe ich mal gelesen, als ich in der Kirche in einer Bibel geblättert habe. Wir haben beim Kindergottesdienst nämlich mal angefangen, die Bergpredigt zu lesen, aber nicht so weit. Und da habe ich, als es ein anderes Mal sehr langweilig war, in der einen Bibel gelesen. Und ich finde es so schön, was Jesus sagt. Er hat recht, finde ich.

Diese Predigt ist etwas ganz Besonderes. Das haben sie uns auch schon gesagt.

Nachdem nun endlich alle (auch ich) aufgegessen haben, erklärt uns wieder der Mann dieser Familie uns den Weg zu dem kleinen Laden.

„Wenn ihr aus unserem Haus rausgeht, einfach immer nach rechts abbiegen, bis ihr ein Schild seht, auf dem steht ,sartoria'. Da geht ihr dann rein. Sagt einfach, ihr seid Freunde von Abiel, okay? Dann machen die euch schon den Freundschaftspreis", zwinkert der Mann, der anscheinend Abiel heißt, uns zu.

Gemeinsam gehen wir dann in Richtung Stadtzentrum. Zum Glück hat Abiel den Weg echt gut beschrieben. Da bin ich froh drüber, denn ich laufe eh schon nicht gerne und dann bin ich auch noch so müde – also, eigentlich wir alle. Der lange Schulweg früher war ja schon immer sehr nervig. Und trotzdem. Was würde ich jetzt dafür geben, einfach wieder normal zur Schule zu gehen? Wenn es sein muss, auch diesen blöden, langen Weg. Irgendwie hat es doch etwas gehabt. Ich meine, es war irgendwie schön, durch meine Heimat zu laufen und keine größeren Probleme zu haben, als die Hausaufgaben, die mal wieder so schwer waren.

Ich vermisse wirklich die alten Zeiten. Wie sich das anhört! Als wäre ich uralt. Aber das bin ich nicht! Ich vermisse es nur, wie es früher war.

In der Straße angekommen, die er uns beschrieben hat, entdecken wir auch direkt den einzigen Laden hier, wo Stoff im Schaufenster hängt. Und da steht auch das drüber, worauf wir achten sollen.

Als wir den Laden betreten, bimmelt eine kleine Glocke und schon kommt eine quirlige Frau angelaufen, die auch so aussieht wie wir, und uns fröhlich anlächelt.

„Buon giorno!", trällert sie schon.

„Äh, hallo! Wir würden gerne unsere Anziehsachen sauber machen lassen und ändern lassen, bitte. Wir sind Freunde von Abiel", stottert Mama ein wenig, nicht sicher, ob sie uns versteht.

„Ah, ihr sprecht Tigrinja? Cool. Mache ich. Kostet auch nur zehn Euro, okay? Habt ihr denn Wechselsachen, die ihr nehmen könnt, wenn ich jetzt eure wasche und nähe?"

„Nein, haben wir nicht. Als wir aus unserer Stadt raus sind, haben wir nur für jeden die Anziehsachen genommen, die er am Körper getragen hat." Ein bisschen zerknirscht sieht Mama schon aus.

„Oh, ihr musstet fliehen? Dann nehmt euch einfach was von den Sachen hier. Ihr Mädchen jeder ein Kleid und ihr kleinen Jungs jeder Hose und Oberteil", lädt sie uns freundlich ein.

„Danke sehr, vielen Dank."

Jeder nimmt sich was, während die Frau uns noch ein bisschen begutachtet. Und ich sie.

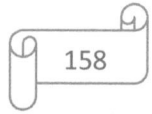

Sie hat am rechten Handgelenk super viele Armbänder. Dann trägt sie einen weiten wehenden Rock, der echt bunt ist und aussieht wie aus Stoffresten zusammengenäht. Und zudem hat sie noch echt schöne geflochtene Zöpfe. Fast so schön wie wir bei unseren Festen.

„Wir haben jetzt alle was. Wo können wir uns umziehen?", spricht Mama für uns alle.

„Hier hinten. Hinter dem Vorhang hier."

Alle zusammen ziehen wir uns um. Die Klamotten reichen wir unter dem Vorhang zu ihr rüber.

Dann hören wir nur ihre Schreie, weil sie so geschockt ist, wie unsere Klamotten aussehen. Aber sie macht nur Spaß. Danach lacht sie ganz laut mit ihrer tiefen Stimme.

Und schon kommen wir mit unseren neuen Sachen hinter dem Vorhang her.

„Seht ihr? Das ist doch schon besser! In fünf Tagen ist das alles hier fertig, dann könnt ihr es wieder abholen, okay? Und die Anziehsachen hier gebt ihr dann einfach wieder ab, okay? Ist doch wohl klar, dass ihr mir hier nicht nackig rumlaufen müsst! Nur zehn Euro für die Reparaturen und das Waschen hätte ich gerne, ja?"

„Oh, klar! Hier. Fünfzehn Euro. Quasi geschenkt können wir das doch nicht annehmen!", hält ihr Mama freundlich die zwei Scheine hin.

„Ach, danke. Machts gut und bis in fünf Tagen, ja?", winkt sie zum Abschied.

„Bis dann!", rufen wir und verlassen zufrieden den Laden.

Kapitel 18

Rosalie-Marie

Das Versöhnen mit Eva hat richtig gutgetan. Seit dem Nachmittag gestern geht es mir schon viel besser. Jetzt bin ich nämlich beruhigt, weil ich weiß, dass wir auf jeden Fall Freundinnen bleiben, egal, was passiert.

Ja, ich würde mir schon wünschen, dass ich interessanter bin, für Ben, aber wenn sie auch in ihn verliebt ist und er sie besser findet, kann ich da wohl wenig machen.

Gott würde auch nicht wollen, dass ich irgendetwas böses tue. Außerdem, was kann ich schon tun? Ich könnte versuchen, ihn auf mich aufmerksam zu machen. Aber andererseits hätte ich hinterher bestimmt auch kein gutes Gewissen, wenn ich weiß, dass meine Freundin meinetwegen leidet.

Na ja, wieder andererseits leide ich ja auch ihretwegen. Also was ist nun richtig und was falsch? Sie könnte doch auch verzichten.

Heute in der Schule war es für mich nämlich mal wieder eine einzige Quälerei! Ich hasse die Schule ja so oder so, aber heute war es noch schlimmer! Ich musste die ganze Zeit zusehen, wie Ben und Eva sich verliebte Blicke zuwerfen! Würg! Ich finde es so blöd, dass ich zurückstecken muss! Aber ehrlich! Klar, gestern habe ich noch gedacht, dass es dazugehört, für eine gute Freundin, auch mal zurückzustecken, aber jetzt merke ich erst, wie schwer das ist. Ich meine, meine eigenen Gefühle sind doch genauso wichtig, oder? Gott, was sagst du dazu? Findest du, dass ich mich zu sehr anstelle und gerne auch mal ein bisschen einstecken könnte, oder bist du meiner Meinung und verstehst, dass ich hier nicht so einfach zurückstecken kann? Wieso ist es so schwer, nicht mehr in den Fast-Freund der Freundin verliebt zu sein? Das kann doch nicht angehen! Gott, du musst mir helfen, bitte! Oder mach bitte – was echt noch besser wäre – einfach, dass Ben sich nicht mehr für Eva, sondern für mich interessiert. Dann musst du aber auch Evas Gefühle für ihn abstellen, okay? Versteht sich ja von selbst!

Gott, ich weiß echt nicht, was ich tun soll! Du musst jetzt einfach mal was tun, okay? Aber bitte schnell! Ich meine, irgendwie bist du mir ja schon was schuldig. Ich habe dich noch nie gesehen und du hilfst mir sonst ja auch nicht sonderlich weiter, deshalb kannst du jetzt auch ruhig mal was machen! Und ich finde auch, dass du mir mal wenigstens deine Stimme zeigen – Ha ha! – könntest. Die fände ich nämlich mal cool zu hören. Wenn ich dich schon nicht sehen kann, will ich dich wenigstens mal hören. Oder zumindest deine Taten spüren! Bitte, Gott, hilf mir doch ein einziges Mal! Wofür glaube ich denn sonst an dich?

Und dann kommt auch noch Mama um die Ecke und verlangt von mir, dass ich meine blöden Hausaufgaben mache! Das ist nun echt zu viel! Gott, kannst du nicht einfach meine Hausaufgaben wegzaubern? Du bist doch allmächtig und so. Kannst du mir nicht da wenigstens helfen? Komm schon, das wäre echt so cool, wenn ich als einzige aus der Klasse keine Aufgaben mehr hätte. Dann könnte ich allen anderen noch schön dabei zugucken, wie sie an den Matheaufgaben verzweifeln.

Aber nein, stattdessen muss ich selber an den Aufgaben verzweifeln und habe nicht mal in der Liebe Glück. Ja, ich weiß, dass du eh denkst, dass ich zu jung bin, aber vielleicht weiß ich ja trotzdem schon, was ich will und vor allem wen ich will! Du kannst doch gar nicht wissen, ob das mit uns nicht doch funktionieren würde, Gott!

Na, dann muss ich mich jetzt wohl mal an die Aufgaben setzten. Und wir haben nicht mal einen Taschenrechner! Das ist so schwer!

Und dann gibt's ja natürlich noch Deutsch. Woher soll ich denn wissen, wann man ein blödes Komma setzt und wann nicht? Ich bin doch nicht der Duden! Ich kenne die richtigen Artikel (also meistens) – und das reicht! Ich will doch eh nicht Deutschlehrerin werden, also brauche ich nicht mehr!

Da gibt's dann auch noch so unnötige Fächer wie Englisch! Will ich etwa nach England? Nein! Also brauche ich das auch nicht! Ja, ich sehe ja ein, dass es vielleicht schon gut ist, vielleicht ein bisschen über die deutsche Sprache zu wissen, aber doch nicht Englisch! Mein Problem ist sowieso, dass ich keinen Bock habe, irgendwelche Vokabeln zu lernen! Das ist einfach nicht mein Ding!

Meine Schwester ist natürlich einfach nur toll! Die hat seit der ersten Klasse Englisch – wie ich – und dann hat sie noch Französisch. Außerdem hat sie mir schon gesagt – besser gesagt, sie hat vor der ganzen Familie schon richtig damit geprahlt –, dass sie in der achten Klasse noch Spanisch nehmen will und eigentlich möchte sie sogar Italienisch-Kurse nehmen. Ja, klar! Wieso nicht? Ich bin die schlechte Schwester, die nichts kann und Mia kann alles! In der Schule – auf einem *Gymnasium* – ist sie perfekt und ragt heraus, hat superviele Freunde, ist super hübsch und schlank und kann dann auch noch extrem viele Sprachen sprechen. Nicht zu vergessen, dass sie noch eine Millionen Hobbies hat, die sie alle super kann!

Tanzen, Singen, Klavier spielen und was weiß ich noch alles! Und nein, sie geht nicht normal tanzen! Sie macht natürlich Standardtanz. Wahrscheinlich, um schon mal für ihre super perfekte Hochzeit zu üben! Denn einen Freund hat sie natürlich auch schon. Der ist super cool und in der Stufe über ihr. Eigentlich ist er das Gegenteil von ihr, weil er kein Streber ist und auch eher nicht so gut für die Schule lernt. Ihm fliegt es aber auch ein bisschen zu, denn trotzdem – obwohl er kaum lernt – schreibt er noch halbwegs angenehme Noten. Es wundert mich echt, wie sie den abkriegen konnte. So ein cooler Typ interessiert sich für so eine Streberin? Das wäre mir neu.

Egal! Ich bin mir sicher, dass Gott doch mal was für mich tut und macht, dass Ben sich in mich verliebt und Eva sich entliebt. Die beiden glücklich über den Schulhof schlendern zu sehen, würde ich nicht aushalten.

Oder ich muss den Kontakt zu Eva doch abbrechen? Ich habe ja noch Lara. Aber wenn ich den Kontakt abbrechen würde, müsste ich schon offiziell nicht mehr mit ihr befreundet sein, weil „sich einfach nicht mehr melden" in dem Fall nicht geht. Wie denn auch? Wir gehen in die gleiche Klasse.

Wenn ich Glück habe, interessiert sie sich in ein paar Tagen eh nicht mehr für mich und hat nur noch Augen für diesen Ben. Meinen Ben! Er ist mein Seelenverwandter und wir sind füreinander bestimmt, aber keiner weiß das. Nur ich. Und das ist unfair.

Einen Tag später haben wir schon wieder Sport. Aber nur eine Einzelstunde. Trotzdem hat Herr Hahn es irgendwie hinbekommen, dass wir Hochsprung machen können. In der Zeit, in der die Mädchen sich noch umgezogen haben, hat er die Jungs dazu genötigt, die Matten aufzubauen und die Stangen für die kleine Hürde aufzubauen.

Als wir nämlich in der Halle ankommen, ist alles schon paletti. „So, als erstes nehmen wir hier so ein Seil, das wir an den beiden Stangen an den Seiten der großen Matte befestigen, damit sich keiner verletzt", erklärt er die erste Übung.

„Ihr müsst dann in einer Kurve Anlauf nehmen und dann in etwa so über die Stange, die im Moment noch ein Seil ist, springen", zeigt er, indem er sich schräg nach hinten lehnt und so tut, als würde er abspringen.

„Stellt euch bitte in zwei Schlangen auf! Also eine Schlange stellt sich hier rechts auf und die andere da links, damit ihr abwechselnd von beiden Seiten laufen und springen könnt, okay?", fragt er, doch – wie erwartet – antwortet keiner. Deshalb nickt er nur stumm vor sich hin und stellt sich neben die (von uns aus) rechte Stange.

Ich stelle mich extra in die rechte Schlange, weil Eva schon in der Linken steht. Ich will mich nicht mit ihr unterhalten, was sie anscheinend auch nicht sonderlich stört. Sie ist nämlich schon wieder dabei, Ben anzuschmachten, der vor ihr steht. Es fällt mir schwer, nicht auszurasten. Oder wenigstens in Tränen auszubrechen. Meine Güte! Muss sie es denn so offensichtlich machen? Das nervt echt!

Aber Achtung! Ich bin schon die zweite in meiner Reihe. Während ich – innerlich – vor Wut geschäumt habe, sind die anderen schon munter losgesprungen.

Jetzt bin ich die erste. Gleich werde ich springen müssen. Oh-oh. Das Seil hängt zwar gar nicht hoch, aber trotzdem habe ich Angst. Was ist, wenn mich alle auslachen, wenn ich über dieses niedrige Seil falle? Das wäre doch total peinlich! Nachdem der eine Junge von der anderen Seite gesprungen ist und wieder von der Matte runtergegangen ist, nehme ich Anlauf. In einem schönen runden Bogen. Dann komme ich dem Seil immer näher, aber was ist das? Im Augenwinkel sehe ich, wie aus der Schlange von Eva irgendein Junge auf mich zugelaufen kommt. Oder warte! Doch nicht! Er biegt wieder ab. Aber das hat mich so verunsichert, dass ich mich umdrehe und –

Ich falle. Meine Beine haben keine Chance mehr, den Boden zu verlassen. Ich bin schon zu nah am Seil. Und prompt falle

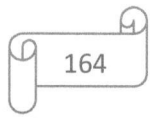

ich mitten auf das dreißig Zentimeter hohe Seil. Ich reiße auch ausversehen noch die eine Stange um, an der das Seil befestigt ist. Das Seil ist nämlich nicht von dieser Stange abgegangen und so musste die Stange ja mit umfallen. Toll! Genau wie ich es geahnt habe. Total peinlich!

Alle lachen schon. Und am lautesten der Junge, der mich aus der Fassung gebracht hat. Doch ich sehe jetzt, dass es nicht irgendein Junge war, sondern Ben! Natürlich!

Jetzt kann ich die Tränen nicht mehr zurückhalten. Beschämt laufe ich so schnell wie ich kann aus der Halle und lehne mich mit dem Rücken an die Wand vor der Umkleide. Meine Wangen werden Nass. So nass wie nach einem Schwimmbadbesuch.

Es ist einfach alles zu viel. Ich kann Ben anscheinend nicht haben und dann zeigt er auch noch offensichtlich, dass er mich nicht mag. Eva ist eigentlich offiziell mit mir versöhnt, aber inoffiziell gönne ich es ihr ja doch nicht. Und zu guter Letzt lachen auch noch alle über mich! Was könnte schlimmer sein, als vor der ganzen Klasse über so ein blödes paar Zentimeter hoch hängendes Seil zu fallen? Genau, nichts!

Da sehe ich plötzlich, wie die Tür sich langsam aufschiebt und ein mir sehr bekannter Kopf sich in mein Blickfeld schiebt.

„Rosa?", fragt Eva vorsichtig. Anscheinend hat sie doch gemerkt, dass ich trotzdem ein bisschen verletzt bin. Oder sie ist nur mitfühlend, weil ich weine. Mittlerweile bin ich an der Wand hinuntergesunken und sitze auf dem dreckigen Boden der Schule. Ich habe kein Taschentuch und die Tränen laufen immer noch.

„Was ist? Willst du nicht noch ein bisschen Ben anschmachten?", frage ich motzig. Auf sie habe ich nun wirklich keine Lust.

„Was ist denn nur mit dir los? Ich dachte, wir hätten uns am Montag vertragen?!", entgegnet sie.

„Ja. Aber kannst du mich nicht verstehen?", frage ich schluchzend.

„Was meinst du? Ich weiß nicht, was los ist, mit dir", sagt sie verzweifelt.

„Ach komm! Das sieht doch `n blinder mit `m Krückstock, oder?", spreche ich wieder mit etwas festerer Stimme, weil jetzt die Wut überhand nimmt.

„Nein, was meinst du? Du hast doch gesagt, dass du es okay findest, wenn wir zusammenkommen und, dass du damit leben kannst, oder doch nicht?"

„Um ehrlich zu sein, wusste ich nicht, wie schwer es sein würde, euch zuzusehen, wie glücklich ihr miteinander seid! Zufrieden? Ja, ich weiß, dass ich als beste Freundin besser sein sollte, aber das bin ich nicht, okay? Mir tut es weh, euch so zu sehen!", rufe ich und meine Stimme hallt von den Wänden ab, während Eva mich mit großen Augen anguckt und keinen Mucks von sich gibt.

„Du willst also doch nicht, dass wir zusammenkommen?", fragt sie doch nach ein paar Minuten.

„Nein, will ich nicht! Kannst du das nicht verstehen?", rufe ich immer noch aufgebracht.

„Aber warum hast du das denn nicht schon am Montag gesagt, oder gestern? Ich habe noch weiter mit ihm geschrieben und wir meinten beide, dass wir noch zu jung sind, um in einer Beziehung zu sein, also haben wir uns geeinigt, Freunde zu sein", erklärt sie. Und plötzlich bin ich still. Meine Wut verpufft und meine Trauer löst sich in Rauch auf.

„Aber … Aber … Echt?", ist das einzige, was mir einfällt.

„Ja, glaub mir, es fällt mir auch nicht leicht, aber es ist das einzig Vernünftige. Vielleicht können wir es in der zehnten Klasse nochmal versuchen, aber jetzt ist es noch zu früh für eine richtige Beziehung." Dass sie so vernünftig ist, kann ich mir gar nicht vorstellen, aber sie hat recht. Auch wenn ich nicht so vernünftig gewesen wäre, ist so eine Beziehung zum Scheitern verurteilt. Auch wenn wir in dem Alter leider schon verliebt sind. Warum sind wir verliebt, wenn es uns nichts bringt? Das ist doch blöd!

„Das heißt, keiner bekommt ihn?!", schlussfolgere ich.

„Ja. Sonst können wir keine Freundinnen mehr sein. Und das nur wegen einer Beziehung, die eh nicht hält? Nein, danke!", lächelt sie.

„Danke. Wir können also Freundinnen bleiben?", lächele ich zurück.

„Ja!", nimmt sie mich in die Arme.

„Aber jetzt brauchst du erstmal ein Taschentuch, oder?", fragt sie lachend, nachdem sie den Fleck sieht, den ich auf ihrer Schulter mit meinem Gesicht hinterlassen habe.

„Ja", lache ich auch.

Schnell huscht sie in die Umkleide, die mal wieder nicht abgeschlossen ist, und kramt in ihrem Schulrucksack.

Triumphierend kommt sie zurück, mit einer ganzen Packung in der Hand.

Dankend nehme ich sie an und schnäuze in eines der Taschentücher. Direkt danach nehme ich ein zweites, weil meine Nase jetzt erst so richtig in Fahrt ist. Eva schaut mir belustigt dabei zu. Anscheinend bin ich sehr unterhaltsam.

„Geht's wieder?", fragt sie aufmunternd. Und ich bin dankbar dafür, dass ich sie habe.

„Ja, ich denke schon", schniefe ich ein letztes Mal. Da hat Gott mir anscheinend jetzt doch geholfen, oder? Ich will damit sagen, dass es doch kein Zufall ist, dass Ben und Eva sich geeinigt haben, nur Freunde zu sein, oder?

Du bist also doch für mich da, Gott? Schön zu wissen. Ich bin dir sehr dankbar dafür.

„Dann lass uns wieder reingehen, okay?", hilft sie mir hoch.

„Ja, die andern denken bestimmt sonst was!", sage ich.

„Ja, die andern denken, dass ich ins Klo gefallen bin! Ich hab'
nämlich gesagt, dass ich nur schnell aufs Klo muss", lacht
sie.

„Hast du das echt gesagt?", frage ich.

„Nee, aber das wäre lustig, oder?", lacht sie.

„Es haben doch alle gemerkt, dass du rausgelaufen bist. Ich
habe schon gesagt, dass ich dich trösten gehe", legt sie ihren
Arm um mich und ich bin wieder sehr froh, sie und Gott zu
haben.

Kapitel 19

Arsema

Eine Woche später (mit den reparierten Sachen am Leib) machen wir uns auf. Zum Bahnhof, der hier in der Nähe ist. Abiel kommt mit uns mit, weil er genau weiß, wo hier in der Nähe ein Bahnhof ist. Wir alleine kämen ja gar nicht zurecht. Vor allem, weil auch noch alle hier Italienisch sprechen. Da wären wir ja vollends aufgeschmissen, wenn wir von Abiel keine Hilfe bekämen.

Von dem Haus von den Bekannten zum Bahnhof sind es auch nur drei Minuten zu Fuß. Dort angekommen, nehmen wir die erste Bahn, die fährt. Mama erkundigt sich gerade noch, welche Bahn in den Norden fährt, aber eigentlich können wir so gut wie jede Bahn nehmen, weil wir quasi am südlichsten Punkt von Italien sind und nach Süden also nur mit dem Boot fahren könnten. Aber dahin wollen wir ja wohl kaum zurück.

Wir gehen also auf den einzigen Bahnsteig und sehen leider, dass der Zug erst um neun Uhr einundvierzig kommt. Wir haben gerade einmal neun Uhr drei. Oh, nein! Ich muss mich verbessern: Wir haben neun Uhr vier. Soeben ist die Zahl der digitalen Uhr hier über unseren Köpfen von drei auf vier gesprungen.

Übrigens, wir haben uns sehr rechtzeitig aufgemacht. Jeder hat noch etwas Kleines zu essen bekommen, wieder von dieser viel zu freundlichen Familie, und jetzt setzen sich die anderen schon auf eine Bank, die hier auf dem Bahnsteig steht.

Immerhin haben wir so noch Zeit, Tickets zu holen. Leider blicken wir nicht durch das System durch.

Es gibt einen elektrischen Automaten, wo man anscheinend die Ticket-Preisklasse aussuchen kann, aber wir wissen weder, welche Klasse wir brauchen, noch, wie man das auswählt. Alles ist auf Italienisch. Wie sollen wir da auch nur etwas verstehen? Und man kann auch nicht Tigrinja oder wenigstens Arabisch auswählen.

Glücklicherweise haben wir Abiel dabei, denn der kann mittlerweile auch italienisch. So lange, wie der schon hier in Italien lebt, muss er ja zurechtkommen. Diese Tickets reichen also bis Deutschland. Perfekt!

„Dankeschön, dass du uns so gut geholfen hast. Ohne dich, ach was, ohne *euch* wären wir aufgeschmissen gewesen!", bedankt sich Mama.

„Ach, ist doch kein Problem. Für euch, meine Freunde, mache ich das doch gerne! Hoffentlich sehen wir uns dann bald mal wieder, oder? Machts gut. Tschüss!", verabschiedet er sich.

„Ja, hoffen wir auch. Tschüss!"

Meine Mutter lächelt und drückt die Tickets fest an sich. Die dürfen wir nicht verlieren, auf gar keinen Fall.

Abiel winkt uns noch, als wir in den Zug einsteigen. Der ist nämlich schon da, weil es doch ein bisschen länger gedauert hat, die Tickets auszudrucken und alles. Wir winken zurück und ich bin so froh, dass wir so eine tolle Hilfe hatten.

Ich habe einen Fensterplatz. Mewael sitzt neben mir, auf Mamas Schoß, mir gegenüber hat sich Anbessa hingesetzt und Joel hat sich neben ihn fallen lassen.

Umsteigen müssen wir das nächste Mal nach fünfzehn Stationen. Das hat Mama schon rausgefunden.

Während der langen Fahrt schlafe ich einfach ein. Der Wagen schaukelt und ruckelt so schön, dass ich es richtig gemütlich finde. Die Sitze sind auch so weich, wie ich es

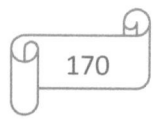

noch nie in meinem Leben gefühlt habe. Selbst das Sofa bei uns Zuhause in Eritrea waren nicht so weich.

Die anderen scheinen es auch zu genießen, denn, bevor ich meine Augen schließe, sehe ich, dass sie ebenfalls alle schon ihre Augen fest geschlossen haben.

Sogar Mama hat ihre kleine Tasche mit dem Portmonee fest an sich geklammert, zu mir hin auf dem Sitz, und ihren Kopf gegen die Kopflehne gelehnt, mit geschlossenen Augen. Hoffentlich wachen wir pünktlich zum Zug-Wechsel auf. Wenn Mama die Ansagen mit den Bahnhöfen verpassen würde, wären wir ein bisschen in der Klemme. Das wäre nun echt nicht vorteilhaft, aber immerhin ist es noch über eine Stunde. So gut kann Mama doch gar nicht schlafen, dass sie es verpasst. Wobei die Sitze hier echt sehr verlockend sind. Widerstand ist zwecklos.

Eine Stunde und elf Minuten später weckt mich irgendeine Stimme nicht gerade sanft. Als ich gerade noch rausbekommen will, wer mich da so rücksichtslos aus dem Schlaf reißt, spüre ich schon eine Hand, die meinen Arm packt und mich aus der Bahn zerrt.

Wer wagt es, mich so rabiat anzupacken? Mama! Das war ja klar. Warum nur?

„Was ist denn los?", frage ich verschlafen.

„Du hast so fest geschlafen, dass ich dich ein bisschen fester wecken musste. Wir hätten sonst womöglich einfach unsere Station zum Umsteigen verpasst. Und das willst du doch auch nicht, oder?", fragt sie im Laufen zurück. Schnell stolpere ich hinter ihr und meinen Brüdern die Treppe zur Bahnhofshalle runter.

Hier sind so viele Menschen, dass ich schnell noch Mamas Kleid-Zipfel greife, bevor sie in der Menge verschwinden kann.

„Also los! Wir müssen da wieder hoch!", gibt sie uns die Anweisung.

Die anderen sind genauso träge wie ich, auch wenn sie anscheinend schon ein bisschen länger wach sind als ich.

„Warte, Mama, kannst du nicht ein bisschen langsamer laufen, ich bin noch so müde!", schleppe ich mich die Stufen hoch. Bei ihrem Tempo sind wir in null Komma nichts umgestiegen. In einen IC. Das steht zumindest da außen dran. Da müssen wir jetzt sechs Haltestellen fahren, aber das dauert trotzdem sehr lange. Vier und halb Stunden, hat Mama schon angekündigt.

Die Sitze hier sind sogar noch bequemer! Das habe ich nicht für möglich gehalten, aber es ist anscheinend doch möglich. Die Rückenlehnen hier sind noch viel höher und haben ein ausgesprochen weiches Kopfteil zum Anlehnen.

Genau wie meine Geschwister, bin ich schon nach ein paar Minuten eingeschlafen. Man kann nie genug Schlaf bekommen. Vor allem nicht bei so super coolen Sitzen, bei denen man fast einschläft, wenn man sie nur anguckt.

Doch Mama schlägt sich wacker! Sie hält beide Augen offen und beobachtet die vorbeirasende Landschaft.

Hier sind ab und zu mal Häuser, aber dennoch viel Grünfläche. Außerdem kann man auch manchmal Tiere sehen. In den Städten kann man vor lauter Häusern kaum was sehen, aber zum Glück fahren wir nicht durch so viele Städte.

Ich träume von Zuhause. Von meinen Freundinnen. Wie es ihnen gerade wohl so geht?! In meinem Traum ist alles okay. Wir spielen lachend fangen auf der Wiese neben unserem Haus. Das ist so schön. Ich spüre den Wind in meinen Haaren und das Gras unter meinen nackten Füßen. Mein Kleid flattert im Wind und wir alle genießen es, dass man heute den warmen Tag durch den Wind ein bisschen besser aushält.

Papa kommt nach Hause. Er umarmt uns auf der Wiese. Alle nacheinander. Meine Brüder. Meine Freundinnen begrüßt er mit einem Lächeln und einem Winken. Sie lächeln zurück. Dann nimmt er uns mit ins Haus und vor dem Haus verabschiede ich mich von meinen Freundinnen.

Im Haus gibt es ein großes Buffet und wir alle nehmen uns reichlich. Meine Oma und Opa sind da. Und Tarek. Wie kommt das denn? Na, egal. Ist ja schön.

So schön, dass ich gar nicht wahrhaben möchte, dass mich jemand aus der Realität an der Schulter schüttelt.

„Arsema! Aufwachen! Da ist einer, der uns was zum Essen anbietet. Such dir was aus! Wir haben schon seit Stunden nichts mehr gegessen. Hier, nimm einfach die Karte und zeig auf das, was du haben willst!", weist sie mich an. Und es stimmt! Ich habe seit heute Morgen nichts mehr gegessen. Wir haben schon fast zwei Uhr. Mein Magen knurrt jedenfalls passend laut dazu.

Zögerlich nehme ich die Karte entgegen, die mir der Mitarbeiter entgegenstreckt. Da sind vielleicht leckere Sachen! Ich entscheide mich für ein Wasser – ich habe so Durst! – und ein „Sandwich" – was auch immer das ist, das Bild sieht lecker aus.

Die anderen suchen sich auch etwas aus und der Mann gibt jedem nach und nach, was er bestellt hat. Auf dem dünnen Wagen, den er vor sich herschiebt, hat er nämlich das ganze Zeug schon drauf. Das ist vielleicht praktisch. Da müssen wir gar nicht lange warten.

Was ich ganz vergessen habe, zu erzählen, ist, dass hier in unserem Viererplatz in der Mitte ein kleiner Tisch steht. Da können wir die ganzen Sachen drauflegen und dann essen und trinken. Auch sehr praktisch. Nur für Mama ist es wohl ein bisschen eng, weil Mewael ja auf ihrem Schoß sitzen muss.

Aber sie kann ihren Kaffee trotzdem beruhigt und ungestört trinken, weil Mewael gar nicht wach geworden ist – jedenfalls *noch* nicht. Und das finden wir alle gut, denn dann kann uns keiner auf die Nerven gehen. Auch wenn er manchmal süß sein kann, ist er doch in gar nicht so seltenen Fällen sehr nervig.

Dieses „Sandwich" muss ich mir merken, denn das ist echt gut. Es schmeckt zwar ein bisschen anders als unser supergutes Sauerteigbrot, aber es scheint auch eine Art Brot zu sein. Und dazu noch sehr lecker belegt. Meins ist mit Schinken, Käse und Tomaten. Es dauert deshalb auch nicht lange, bis ich es verschlungen habe.

Bei der sechsten Haltestelle müssen wir wieder umsteigen, aber auch das geht schnell. Mit diesem Zug müssen wir jetzt genau fünf Haltestellen fahren. Es dauert trotzdem fast vier Stunden und wir haben mittlerweile schon Nachmittag. Immerhin sind die Sitze wieder gemütlich. Dieses Mal gucke ich auch aus dem Fenster, wie Mama. Die anderen können aber immer noch schlafen. Warum auch immer.

Abends kommen wir dann bei der fünften Haltestelle an. Es ist schon halb neun. Gemütlich gehen wir rüber in einen Laden, wo man essen kann, glaube ich. Da überbrücken wir die Wartezeit. Es sind fast drei Stunden, die wir auf den Zug, der dann endlich die Grenze zu Deutschland überquert, warten müssen.

Aber irgendwie haben wir es ausgehalten. Wir haben auch die darauffolgende Bahnfahrt ausgehalten. Durch die Nacht haben wir alle geschlafen. Jetzt, um sechs Uhr fünfundfünfzig, sind wir schon in Deutschland. Und ich bin so aufgeregt. Zum Glück hat es gut geklappt, über die Grenze zu kommen. Mama hat uns dieses Mal auch sanft aufgeweckt, weil der Zug hier eh bei der Endstation ist. Wir verlassen den Zug noch schlaftrunken und wechseln wieder den Zug. So oft umzusteigen, ist ziemlich anstrengend. Aber wir haben halt eine sehr lange Strecke zu bewältigen. Da geht es nicht anders.

Glücklicherweise kommt die „S-Bahn" – so heißt es hier – sehr pünktlich. Und da brauchen wir auch nicht so lange mit zu fahren, denn es ist nur eine kleine Station, die genau eine Minute dauert. Wir bekommen gar keinen Sitzplatz für diese kurze Zeit.

Am „München Hbf." nehmen wir dann aber einen ICE, der für unsere neun Haltestellen genau vier und halb Stunden braucht.

Um zwölf Uhr fünfundzwanzig kommen wir am Bahnhof in Frankfurt an. Hier sind noch mehr Menschen, als in Italien an den Bahnhöfen! Wir passen auf, dass wir alle zusammenbleiben und orientieren uns erstmal. Denn das ist unser nächstes Problem: Wo sollen wir jetzt hin?

Doch Mama scheint einen Plan zu haben, denn sie steigt mit uns in einen Zug ein, der nach Burbach fährt.

Dort angekommen, sehen wir sofort das große Zeltlager vor unseren Augen. Unübersehbar neben dem Bahnhof ist ein riesiges Lager.

Wir gehen dorthin. Mama voran.

Als wir den Platz betreten, kommen direkt Menschen auf uns zugelaufen.

„Hallo, tragen Sie bitte ihre Namen und Geburtsdatum hier ein. Und wo sie herkommen, ja?", hält uns eine Frau einen Zettel hin.

Mama scheint das irgendwie zu verstehen und kritzelt mit dem Kuli, den uns die Frau gibt, unsere Namen dort hin. Und daten. Aber auf Tigrinja. Zum Glück gibt es hier einen Übersetzer, der das dann auf Deutsch aufschreiben kann. Und so sind wir also jetzt hierhergekommen. Einen ganzen Monat wollen wir hierbleiben und es ist echt schön. Wir bekommen genug zu essen, sind glücklich und können mit den Kindern hier spielen, auf dieser Wiese. Die ist noch viel saftiger und grüner als bei uns in Eritrea. Das muss ich zugeben. Wunderschön.

Kapitel 20

Rosalie-Marie

Ungefähr einen Monat später

Heute haben wir Sonntag. Ich will ausschlafen. Aber meine Mutter sieht das anscheinend anders. Leider! Sie stürmt um acht Uhr dreißig in das Zimmer von meinem Bruder und mir und weckt uns. Wir sind beide gleich müde und empört darüber, wie blöd unsere Mutter ist.

Ja, ich mag Gott. Aber jeden Sonntag in die Gemeinde zu gehen, kann lästig sein. Und zwar sehr! Natürlich finde ich es schade, dass ich dadurch auch öfters nicht gehe, aber dann soll die Kirche mal später beginnen!

Wenn Mama nicht als Anführerin immer – jedenfalls oft – auf der Matte stände, wären wir alle wesentlich unmotivierter.

Heute ist das beste Beispiel dafür. Wir alle schnarchen noch und sie steht schon gebürstet, gewaschen und angezogen im Flur.

Maulend stehen wir anderen auf und sogar Papa lässt sich dazu bewegen mitzukommen. Das finde ich wiederum toll! Denn für ihn braucht es normalerweise immer einen schriftlichen Überzeugungs-Brief von Mama, sonst interessiert ihn dieses Ritual herzlich wenig.

Gemeinsam schaffen wir es – mit einem ganz geringen Frühstück vorher – rechtzeitig zur Gemeinde.

Mama hat mal wieder darauf bestanden, dass wir sehr rechtzeitig dort hingehen, denn wir sind ungefähr zehn Minuten zu früh. Nichtsdestotrotz setzen wir uns schon mal hin und lauschen den Song-Proben des Musikteams.

Die Lieder sind echt immer das Schönste am Gottesdienst. Wenn wir dann in die Kinderstunde entlassen werden, finde ich das natürlich auch immer spitze, aber da müssen wir manchmal auch so ein paar Sachen mit Texten oder so machen. Wenn wir basteln, liebe ich es aber! Basteln mag ich echt gerne. Das muss ich ja mal anmerken.

„Hallo und herzlich willkommen zu diesem Gottesdienst heute! Wir haben vorab schon ein paar Informationen für euch, denn es gibt ein paar echt brisante Neuigkeiten. Äh … Kannst du mal den Infozettel mit allen Terminen an die Wand werfen, Marcel?", ertönt es aus den Lautsprechern, nachdem das Musikteam schon das erste richtige Lied gespielt hat, das keine Probe mehr war.

„Ah, super, danke. Also, natürlich gibt es die allwöchentlichen Hauskreise, Gebetsabende und den Gottesdienst nächsten Sonntag, aber es gibt auch neue Termine. Wie ihr schon mitlesen könnt, gibt es einen Termin, der sich ‚Wohnungsumbau' nennt. Damit ist sind die Räumlichkeiten über uns gemeint, die wir eigentlich immer zum Kindergottesdienst und JuGo benutzen. Genau diese Räumlichkeiten werden wir aber jetzt sozusagen abgeben. Die Tanja kann euch aber noch ein bisschen mehr darüber erzählen. Kommst du mal auf die Bühne?", spricht der Prediger von heute weiter.

„Ja, also, ich habe eine Anfrage von dem einen Flüchtlingscamp in Burbach bekommen. Die wollten nämlich wissen, ob wir auch ein paar Flüchtlinge aufnehmen könnten. So als Gemeinde haben wir natürlich auch die Räume dafür, also habe ich zugesagt. Das ist ein großer Schritt für uns, weil wir so echte Solidarität zeigen und damit auch der Gemeinde Burbach helfen, die nämlich mittlerweile nicht mehr weiß, wo sie all die Flüchtlinge einquartieren soll. Also ja … Nächste Woche Dienstag werde ich dann das erste Treffen mit den Flüchtlingen, die zu uns kommen werden, haben und dafür habe ich extra mein Französisch Wörterbuch und mein Englisch Wörterbuch schon rausgeholt. Falls sie etwas anderes sprechen als ... Tigrinja. Genau, so heißt die Sprache, die sie in Eritrea gelernt haben. Da kommen sie nämlich her und es ist wirklich, der Beschreibung nach, eine ganz liebe Familie mit drei Jungs, einem Mädchen und einer Mutter. Der Vater ist nicht bei ihnen, aber vielleicht lässt sich das bald ja auch noch organisieren. Die Mutter ist gerade um die dreißig Jahre alt und der älteste Sohn von ihr ist gerade fünfzehn. Die Tochter ist zwölf Jahre alt und ihr jüngerer Bruder ist gerade neun Jahre alt. Das jüngste Kind ist sechs Jahre alt und sie sind alle wirklich sehr freundlich, habe ich gehört. Also, habt keine Angst, auf sie zuzugehen, auch wenn sie vielleicht nicht alles verstehen, was ihr sagt. Traut euch einfach und helft ihnen, sich hier einzuleben, okay? Das wäre echt gut. Außerdem freuen wir uns natürlich über Hilfe beim Umbau. Am Mittwoch um siebzehn Uhr ist der erste Termin und Donnerstag und Freitag um dieselbe Zeit haben wir nochmal Termine gemacht. Wir wissen selbst nicht, wie lange das dauern wird, aber wir sind sehr optimistisch, vor allem, weil wir eigentlich hauptsächlich Möbel abbauen und raustragen und dementsprechend dann auch nur neue Möbel aufbauen müssen. Weder Streichen, noch Wände einreißen ist angesagt. Dafür haben wir schon Leute bezahlt, damit dort oben wirklich ein richtiges Bad inklusive Waschmaschine ist. Und Dusche natürlich." Ich dachte schon, ihre lange Rede hört nie auf.

Aber krass! Da bekommen wir echt richtig echte Flüchtlinge! Cool! Mal gucken, wie die so drauf sind.

Das Mädchen hat bestimmt so tolle Locken. Ich hätte auch gerne etwas interessantere Haare als meine Spaghetti. Aber gut, das kann man einfach nicht ändern.

„Danke, Tanja! Genau, wir hoffen natürlich auf tatkräftige Unterstützung von den Männern hier in der Runde. Aber auch die Frauen sind natürlich gerne eingeladen, zu helfen. Wir brauchen ja schließlich auch was leckeres zum Essen bei der schweren Arbeit", lacht er über seinen eigenen Witz. Ich finde das nicht lustig. Warum sollten Männer nicht selber Essen machen können? Egal.

„Über alles Weitere informieren wir euch dann nächstes Wochenende, wenn die Wohnung hoffentlich schon bezugsfertig und die Flüchtlinge schon drin sind. Für nächsten Samstag ist nämlich der Einzug geplant, oder?", richtet er sich nochmal an Tanja, die mittlerweile wieder im Publikum sitzt. Sie nickt kräftig und der Prediger fährt mit den anderen – wesentlich unwichtigeren – Terminen fort.

Das mit den neuen Leuten finde ich echt super cool und ich freue mich schon auf nächste Woche Sonntag. Da können wir sie dann zum ersten Mal sehen, hoffe ich!

Wenn sie dann eingezogen sind, können wir sie vielleicht auch mal in der umgebauten Wohnung besuchen.

Das wird bestimmt komisch. Dann denke ich immer daran, wie die Räume noch aussahen, als wir immer die Kinderstunde da drin hatten.

Mal gucken, wie das alles wird. Ich bin schon super aufgeregt.

„Jetzt kommen dann noch ein paar Lieder vom Musikteam", kündigt der Mann vorne noch an. Und schon laufen die Musiker alle wieder auf die Bühne.

Am liebsten mag ich die Lieder, die man schon so kennt, weil man da dann richtig gut mitsingen kann. Ich kann zwar lesen, aber die Texte, die an die Wand geworfen werden, kann ich nicht so gut sehen, weil ziemlich oft jemand größeres vor mir sitzt. Also jemand, der größer ist als ich.

Anschließend – nach den schönen Liedern – geht dann wieder der Mann ans Rednerpult. Kommen wir jetzt gar nicht mehr in den Kindergottesdienst? Das ist doch sterbenslangweilig, hier bei der Predigt zuzuhören. Bitte, Gott, mach, dass wir noch in den Kindergottesdienst können, bete ich noch schnell. Wenn mir Gott hier nicht zuhört, wo denn dann?

„Ach ja. Bevor ich's vergesse: Die Kinder dürfen jetzt in den Kindergottesdienst gehen."

Puh! Da hat Gott mir ja echt geholfen. Ich bin mir wieder sehr sicher, dass er bei mir ist und mich beschützt. Zum Beispiel vor langweiligen Predigten. Das ist doch lieb. Echt wie ein guter Freund, der mich versteht.

Ich muss ja auch mal sehen, was er heute schon wieder für mich getan hat: Er hat mir vielleicht eine neue Freundin geschenkt. Wenn das Mädchen in meinem Alter echt so freundlich ist, wie ich es im Moment erwarte und denke, dann werden wir bestimmt schnell gute Freundinnen. Aber, ob das wirklich geschehen wird, weiß nur Gott.

In der Kinderstunde lernen wir heute irgendwas über Mose. Der hat wohl irgendwie das Meer geteilt oder so. Aber was viel interessanter ist: In einem Wasserbecken zeigt der Sonntagsschulen Leiter heute, dass das eigentlich gar nicht geht. Er hat ein Playmobil-Männchen dabei und das Männchen kann das Meer nicht teilen. Aber das ist doch auch klar! Das ist ja kein echter Mensch! Und Gott ist schon gar nicht mit diesem Männchen.

Jedenfalls ist mir jetzt bewusst, was für Wunder und wahre Naturspektakel Gott schon damals vollbracht und geleitet hat! Das war mir gar nicht so klar.

Nach dem Experiment machen wir noch ein kleines Quiz über Mose und dafür bekommen wir am Ende Milch-Mäuse.

Mini Schokoriegel mit Milchcreme-Füllung. Richtig cool! Die schmecken so lecker!

Aber als ich die esse, muss ich darüber nachdenken, was Ramona und Rebecca mal erzählt haben. Dass Milch von Tieren trinken nicht gut ist, weil die Kälber eigentlich die Milch bekommen sollten. Und, dass es den Tieren so schlecht geht. Plötzlich schmeckt die Milch-Maus nicht mehr so gut.

Ich frage mich, warum Gott es zulässt, dass so viel Leid auf der Welt möglich ist. Dass die Tiere getötet und ausgenutzt werden. Warum kann er das nicht einfach verbieten? Wenn nicht er die Macht dazu hat, wer dann? Er könnte doch einfach verbieten, dass Menschen das machen! Oder noch besser: Er bringt sie erst gar nicht auf die Idee!

„Ähm, ich habe mal eine Frage", melde ich mich vorsichtig zu Wort. Alle mampfen genüsslich ihre Schokolade und scheinen mich nicht zu beachten, aber der Leiter schon. Er schaut von seiner Schokolade auf und sagt:

„Natürlich, nur zu!" Aufmunternd nickt er mir zu.

„Also, wenn Gott doch sieht, was wir Menschen mit der Erde und den Tieren machen, warum kann er dann nicht einfach machen, dass wir alle damit aufhören müssen? Warum kann er das nicht befehlen? Und warum gibt es noch Kriege, wenn Gott doch sieht, wie doof das ist?", frage ich einfach tief aus meinem Herzen heraus. Ich verstehe es echt nicht und wollte wenigstens einmal in meinem Leben diese Frage gestellt haben.

„Puh, das ist eine schwere Frage! Aber ich schätze, dass Gott uns den freien Willen geschenkt hat und daher einfach nur darauf hofft, dass die meisten Menschen doch das Richtige tun. Gerade weil wir den freien Willen haben, kann er uns zu nichts mehr zwingen. Ich denke das zumindest so."

Ah, okay. Das klingt logisch.

„Aber warum lässt er uns mit Krankheiten leiden? Er sieht doch, dass wir leiden, oder? Warum hilft er uns nicht?", frage ich wieder, weil mein Wissensdurst noch nicht gestillt ist.

„Oh, das siehst du da aber ein bisschen falsch. Er hilft uns! Und wie. Durch andere Menschen, die uns helfen, aber auch dadurch, dass wir das sogenannte Glück im Unglück haben", kommt die Antwort. Aus der Perspektive habe ich es noch gar nicht betrachtet. Irgendwie dachte ich immer, dass Gott uns nicht wirklich hilft. Den Schmerz lässt er ja nicht verschwinden. Aber anscheinend hilft er anders, als ich dachte.

„Ah, okay."

„Mehr kann ich aber wirklich auch nicht dazu sagen. Das muss vielleicht auch jeder ein bisschen für sich entscheiden, wie er das sehen will. Außerdem kann ich auch nicht mal so eben die weitaus größten Fragen der Welt in ein paar Sätzen beantworten, mal abgesehen davon, dass ich die Antwort vielleicht gar nicht ganz kenne", fügt er noch hinzu.

„Ja, kann ich verstehen. Ich frage mal meine Eltern deswegen, die haben ja ein bisschen mehr Zeit, mir das zu erklären", sage ich dann noch.

„Mach das ruhig! Ich bin sicher, dass die das genauso gut oder sogar besser erklären können. Und fragen kostet ja nichts", zwinkert er mir zu.

„Ja, das denke ich auch", lächele ich.

„Etwas wissen zu wollen, ist nie verkehrt. Außerdem erklären dir deine Eltern bestimmt gerne die Welt." Ja, das denke ich auch in gewisser Weise.

„Okay, dann mache ich das gleich", sage ich.

„Ihr könnt jetzt auch schon gehen. Der Gottesdienst müsste vorbei sein. Also, noch einen schönen Sonntag euch allen. Und hoffentlich bis nächste Woche", verabschiedet er sich.

„Ja, bis nächste Woche", sage ich voller Vorfreude.

„Tschüss!", ruft er uns nochmal hinterher, als alle Kinder inklusive mir und meinem Bruder – meine Schwester geht schon in den Jugendgottesdienst – schon freudig durch die Tür stürmen und die Treppe runterlaufen. Die Räume über dem Saal für den Gottesdienst *sind* ja noch nicht ganz umgebaut. Also waren wir für den Kindergottesdienst heute ein letztes Mal da.

Meine Schwester war im Raum nebenan. Da war nämlich wieder Bibelstunde für die älteren. Die Teenager.

Sie kommt auch – etwas langsamer als wir – gerade aus dem Raum, als wir schon im Hausflur sind.

„Und, wie war es bei dir? Also, ich möchte ja nicht angeben, aber ihr habt bestimmt keinen Versuch mit Playmobil-Männchen und Wasser gemacht und danach Süßes bekommen, oder?", frage ich. Ihr Unterricht war bestimmt wie der echte Unterricht. Voll lahm! Fast wie Phillip Lahm! Ha ha. Meine Witze sind doch immer die Besten, oder?

„Tja, nein, das haben wir zufällig nicht gemacht. Aber dafür haben wir heute gelernt, dass man seine Feinde lieben soll. Also liebe ich dich jetzt!", knufft sie mir spielerisch in die Seite.

„Ha ha, sehr lustig!", sage ich ironisch.

„Nee, meine ich doch nicht ernst. Brauchst gar nicht so eine Schnute zu ziehen!", lacht sie.

„Ich bin jetzt beleidigt, nur, dass du es weißt. Also sprich mich besser nicht an!", gifte ich. Aber auch nur halbernst. Wie kann man auch ernst bleiben, bei der komischen Lache von meiner Schwester?!

„Aber es war echt interessant, weil wir die Bibel auch ein bisschen realitätsnaher gelesen und immer konkret mit unserem Leben verglichen haben", labert sie. Ich hab' schon ab „interessant" abgeschaltet.

„Ach wirklich", tue ich interessiert.

„Ja. Das ist echt spannend", wiederholt sie.

„Ja, gut, dann können wir ja jetzt nach Hause. Nur noch Mama und Papa finden und Schwups! Schon kann ich ein bisschen an mein Hand- äh, ich meine natürlich, Hausaufgaben machen", räuspere ich mich, weil mir einfällt, dass meine Schwester ja manchmal gar nicht auf meiner Seite ist.

„Das hast du auch dringend nötig. Das mit den Hausaufgaben, meine ich", sagt sie ein bisschen misstrauisch.

„Äh, ja ... Guck mal! Da sind Mama und Papa!", lenke ich ein bisschen ab, weil wir schon unten sind und ich Mama und Papa gerade an einem Stehtisch entdeckt habe. Zum Glück haben sie keinen Kaffee vor sich stehen, sonst könnten wir hier die nächste Stunde nicht weg.

„Mama, Papa, wollen wir gehen? Auf dem Weg können wir euch auch erzählen, was wir in der Sonntagsschule gemacht haben", komme ich begeistert als Zweite an, denn Leo ist schon vorgelaufen und Mia trottet hinter mir her.

„Okay, dann lasst uns mal gehen. Nehmt nur noch eure Jacken mit", weist Mama uns an.

„Ja, klar", hechte ich schon zur Garderobe.

Schließlich verabschieden wir uns von allen und verlassen die Gemeinde. Gott ist immer bei mir, habe ich heute gelernt, und er wird mir immer helfen, ich muss nur lernen, es sehen zu können.

Kapitel 21

Arsema

Drei Wochen später haben wir die Nachricht bekommen, dass wir nach Bergisch Gladbach fahren werden. Wir haben schon die Info bekommen, dass wir die Fahrt nicht selbst bezahlen müssen. Bis zu diesem einen kleineren Ort neben Köln dauert es nämlich immerhin eine Stunde von hier aus. Das ist das Einzige, was wir bis jetzt wissen. Aber glücklicherweise sind hier die Menschen – zumindest die, die hier arbeiten – sehr nett. Die gucken uns auch nicht so komisch an.

Wenn wir aber durch die Stadt laufen, gucken uns die Leute ständig an. Und das Schlimme ist: Ich kann mir nicht vorstellen, warum sie das tun! Ist es, weil sie direkt merken, dass wir neu sind? Weil wir nicht so gut Deutsch sprechen – also eigentlich fast gar nicht? Oder einfach nur, weil wir eine andere Hautfarbe haben? Aber andererseits gucken wir die ganzen Menschen hier ja auch nicht komisch an, nur weil sie ein bisschen heller sind, als wir. Ich verstehe es einfach nicht. Umso glücklicher bin ich, dass immerhin die Leute in diesem Camp nett zu uns sind und uns ganz normal und freundlich behandeln. Was wäre nur, wenn wirklich *alle* uns so komisch angucken würden?

Hoffentlich sind die Menschen, die uns dann in einer Woche aufnehmen, auch so nett wie die Menschen hier. Wenn nicht, weiß ich echt nicht, was ich tun soll. Ich will doch neue Freundinnen finden. Was ist, wenn die Mädchen dort alle schon so erzogen sind, dass sie mich nicht mögen, obwohl sie noch kein einziges Mal mit mir geredet haben?

Vielleicht mache ich mir auch zu viele Gedanken?! Ich hoffe es. Wenn meine Befürchtungen stimmen, halte ich es nicht aus. Ich will gemocht werden. Und ich will, dass meine Familie gemocht wird.

Nur noch eine Woche und ich werde es erfahren. Wie wir alle mit der Situation umgehen. Ich bin gespannt und habe jetzt schon Angst. Dazu kommt ja noch, dass ich fast nichts verstehe, von dem, was die Leute hier so reden. Was ist, wenn ich keine Freundin finde, weil ich nicht verstehe, was sie redet? Kann es wirklich nur an der Sprache scheitern? Das will ich mir gar nicht vorstellen.

Heute hat Mama entschieden, dass wir die Zeit noch nutzen sollen, solange wir hier sind, wo noch ein bisschen mehr Leben ist.

Sie meinte, dass in dem Ort, wo wir bald hinkommen, kaum Geschäfte sind und kaum Sachen, die man machen kann. Aber woher sie das wissen will, ist mir auch nicht klar. Dennoch beschließen wir, dass wir uns mal ein bisschen neue Kleidung holen. Erstmal brauchen wir natürlich die Währung, die sie hier haben. Aus Italien haben wir noch ein paar Euros, aber wir brauchen schon ein bisschen mehr. Wobei es mir so vorkommt, als wäre alles hier sehr günstig. Denn ein Euro ist umgerechnet in unsere Nakfa knapp siebzehn Nakfa. Das ist ganz schön viel.

Wenn also etwas bei uns vierunddreißig Nakfa gekostet hat, waren das nur zwei Euro! Unvorstellbar günstig, kommt mir also alles vor.

Aber in Wahrheit ist natürlich alles teuer. Das sagt zumindest Mama. Und sie hat auch versucht, es mir zu erklären: „Sieh mal! Wenn bei uns beispielsweise ein Sommerkleid dreihundert Nakfa kostet – das sind dann ja ungefähr achtzehn Euro –, ist das ja immer noch weniger als hier fünfundzwanzig Euro für das gleiche Kleid zu bezahlen. Verstehst du? Weil fünfundzwanzig Euro dann vierhundertfünfundzwanzig Nakfa wären. Man muss also immer in der gleichen Währung vergleichen, weil, wenn du einfach nur die Zahlen vergleichst, ist natürlich fünfundzwanzig weniger als dreihundert, aber relativ eben doch nicht, verstehst du?"

Nein, ich hatte es noch nicht ganz verstanden, denn meine Mutter kann einfach nicht so gut erklären. Jedoch habe ich trotzdem einfach behauptet, es verstanden zu haben, weil ich sonst noch dreißig weitere Erklärungen hätte hören müssen, die ich auch alle nicht verstanden hätte.

Diese Situation hat es schon des Öfteren gegeben – als die Welt für mich noch in Ordnung war – und eigentlich hat es meistens damit geendet, dass ich mich dumm gefühlt habe und mich auf dem Sofa verkrochen habe.

Es ist also besser, später nochmal wen anders zu fragen. Jedenfalls sind wir also gerade schon auf dem Weg in die Innenstadt. Hier sind so viele Menschen. Das ist unglaublich. Bei uns gäbe es so viele Menschen am selben Ort nur zur Marktzeit morgens. Aber wie es scheint, ist es hier anders.

„Wohin gehen wir zuerst? Wenn wir uns Sachen kaufen, brauchen wir doch auch Koffer, oder?", wende ich mich an Mama, die vor mir geht und mich deshalb kaum versteht.

„Wenn ich ehrlich sein soll, kaufen wir uns nicht wirklich was. Wir gehen nur zum ‚rote Kreuz'. Das heißt so. Ich weiß auch nicht, was das bedeutet, aber die Leute da haben wohl gebrauchte Anziehsachen und da können wir gucken, ob uns ein paar Sachen gefallen und, ob sie passen natürlich. Es tut mir leid, dass ich gesagt habe, wir würden etwas kaufen gehen, aber ich wollte einfach nicht, dass ihr dann keine Lust mehr habt", entschuldigt sich Mama.

„Nicht schlimm, Mama! Wir machen gerne das, was du vorschlägst und ich finde es nicht schlimm, gebrauchte Sachen zu holen", tröstet Mewael sie ein bisschen.

Manchmal kann er echt süß sein, das muss ich schon zugeben.

„Das ist süß, Mewael, aber ich kann die anderen schon verstehen. Sie haben sich schon gewünscht, mal wieder ordentliche Klamotten zu bekommen und jetzt lüge ich sie auch noch an."

„So schlimm ist es aber echt nicht, Mama!", beruhige ich sie ein bisschen. Klar, ich mag es nicht, wenn sie mich anlügt, aber ich sehe auch, warum sie das gemacht hat. Außerdem müssen wir jetzt alle zusammenhalten.

Wir sind alleine in einer fremden Stadt mit einer fremden Sprache, mit fremden Menschen und ungewohnten Straßen. Alles ist anders. Wenn wir uns jetzt noch streiten würden, würde das letzte Bisschen Vertrautheit noch verloren gehen.

„Gut, dann bin ich beruhigt."

„Los, hier geht es rein, glaube ich. So wie mir der Weg beschrieben wurde, müsste es hier sein!", lenkt sie uns in ein kleines Gebäude. Der Eingangsbereich sieht schon etwas älter aus, aber von einer netten Dame – sie guckt uns auch nicht komisch an – werden wir in einen weiteren Raum geführt, der noch ein bisschen moderner aussieht.

Die Klamotten sind alle ordentlich sortiert, nach Größen. An den Metallregalen hängen selbstgebastelte Schilder, die anzeigen, welche Größe die Klamotten an den verschiedenen Fächern haben.

Es gibt etliche Reihen von Klamotten, die alle ordentlich nebeneinanderstehen. Bunte T-Shirts, Hosen und Oberteile liegen dort. Wiederum geordnet und alles sieht fast wie neu aus! Obwohl angeblich alles gebrauchte Kleidung ist, kann ich nur bei manchen Sachen direkt sehen, dass es verwaschen ist. Die meisten Sachen sind echt sauber und gut erhalten.

Die nette Frau deutet an, dass wir uns jetzt umsehen dürfen, indem sie mit dem ausgestreckten Arm auf den Raum deutet.

Doch ich frage mich insgeheim ein bisschen, wie wir die Sachen zurück zum Flüchtlingsheim transportieren sollen. Haben die hier auch noch Koffer oder so? Sonst sollte ich mir besser nicht zu viel aussuchen. Wenn Mama das sonst alles tragen muss, hätte ich ein schlechtes Gewissen.

Als erstes fällt mir ein weißes Sommerkleid auf, das ich wohl jetzt noch nicht direkt anziehen könnte, aber bald ist ja schon Sommer. Auf der Vorderseite sind feine Blümchenmuster gestickt und es erinnert mich ein bisschen an Akias Kleidungsstil. Für mich bedeutet das natürlich direkt, dass dieses Kleid mitmuss. Unbedingt!

Meinen Bruder beobachte ich dabei, wie er sich gerade ein buntes Shirt mit einem Superhelden darauf aussucht. So ist es, wenn Mewael süß ist. Ich finde ihn echt niedlich – also, manchmal.

Aber wie ich schon sagte, müssen wir jetzt gerade besonders gut zusammenhalten.

Ich gehe langsam weiter an den Anziehsachen vorbei und streife mit der Hand über die gefalteten Oberteile.

Eigentlich ist es ja super cool, dass es hier solche Hilfen gibt, vor allem für Leute, die nicht so viel Geld haben. Wie wir zum Beispiel. Denn natürlich ist der Anteil an Geld, den uns Mamas Bruder abgeben kann, auch nicht unendlich. Nur weil er ein bisschen mehr Geld hat als wir, muss er ja trotzdem selber über die Runden kommen.

Doch da springt mir plötzlich noch etwas ins Auge! Ein etwas wärmeres Langarmshirt. Es hat ebenfalls am unteren Saum eine Reihe von Blumen, ist allerdings rot und die Blumen sind Rosen. Ich finde es wunderschön, auch wenn es schon ein paar Mal gewaschen worden ist, wie man unschwer erkennen kann.

Da habe ich also schon zwei Teile, die unbedingt mitmüssen. Allerdings werde ich nur das Langarmshirt in absehbarer Zeit

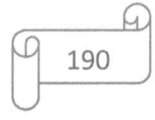

anziehen können, weil das ein bisschen besser zu der Jahreszeit momentan passt.

Gerade haben wir noch April, aber schon bald werden wir in den Mai kommen. Um genau zu sein, in zwei Tagen. Und dann werden wir warmes Wetter haben. Also ergibt es irgendwie schon Sinn, jetzt ein Kleid zu holen.

Egal! Mama hat auch schon ein paar Sachen, die ihr passen, gefunden und meine anderen Brüder sind auch dabei, sich bei den Hosen und den Oberteilen zu bedienen.

Alle haben jetzt schon die Sachen gefunden, die sie brauchen. Ich habe nur noch eine Hose zu dem Langarmshirt rausgesucht. Wir zeigen die Sachen nun der freundlichen Frau von vorhin.

„Ah, das ist das, was Sie sich ausgesucht habt?", fragt sie, aber wir alle gucken sie nur verständnislos an. Was meint sie?

„Wir … nehmen … diesen …", stottere ich, weil Mama hilflos zu mir schaut. Die paar Worte habe ich schon aufgeschnappt. Gerade in den letzten Wochen hatte ich ja viel Zeit, mir die deutsche Sprache schon ein bisschen anzuhören. Nur leider habe ich noch nicht so viel davon behalten. Die Aussprache ist aber auch schwer.

Im Flüchtlingscamp gibt es einen Fernseher, da habe ich mir schon ein bisschen angehört, wie man was sagen muss, aber schwer finde ich es trotzdem.

„Ah, super. Dann folgen Sie mir bitte", fordert sie uns anscheinend auf, ihr zu folgen und geht in einen weiteren Raum.

Was ich da sehe, ist echt lustig. Ich hätte nie gedacht, dass das tatsächlich so sein würde.

Hier stehen nämlich eine menge Koffer und Taschen. Sie zeigt auf einen großen Koffer und wendet sich dann an uns.

„Der hier passt ganz gut für Ihre Sachen, oder?"

Sie will bestimmt sagen, dass wir die Sachen schon da reintun können. Oder? Was meint sie auch sonst?

„Mama, ich glaube, dass sie sagt, wir können die Sachen schon mal da reintun", versuche ich zu übersetzen. Unser Tigrinja versteht die Frau natürlich nicht und guckt uns wiederum fragend an.

Mama lächelt nur und nimmt ihre Kleider, Hosen und Oberteile und packt sie in den Koffer.

„Äh, ja, so geht es natürlich auch", sagt die Frau verwundert.

Ich reiche Mama meine Sachen zum Einpacken und kurz darauf folgen die Hosen und T-Shirts meiner Brüder. Sie schließt den Koffer und stellt ihn abfahrbereit hin. Dann reicht sie der Frau die Hand und möchte sich verabschieden.

„Halt, eine kleine Spende müssen Sie uns schon geben. Wir benötigen nur ein bisschen Geld. Fünfundzwanzig Euro für alle Klamotten, die Sie hier mitnehmen wollen. Oder weniger, wie Sie es haben."

Ich gucke Mama an, sie guckt Joel an und der guckt mich an. Wir alle haben keine Ahnung, was sie sagen will.

Da macht sie eine Bewegung mit ihrer Hand. Oh! Will sie Geld haben? So macht man doch, wenn man Geld haben will, oder?

„Mama, sie will Geld haben, glaube ich", sage ich aufgeregt.

„Ah, okay. Aber ich habe nur noch wenig, wie viel denn?", kramt Mama schon mal ihr Portmonee hervor.

„Was … Geld … geben?", sammele ich noch ein paar Wortfetzen zusammen und wende mich wieder an die Frau.

„Zwanzig Euro. Oder fünfundzwanzig Euro. Wie es passt", spricht sie extra langsam.

Wir verstehen nicht, also zeigt sie mit ihren Händen zwei Mal zehn Finger.

Ah! So viel Geld wollen sie also. Mal sehen, ob Mama das hat.

Sie kramt und kramt, doch je länger sie die Scheine anstarrt, desto weniger vermehren sie sich. Also, lange Rede, kurzer Sinn: Die Scheine sind gerade mal fünfzehn Euro und ihr Kleingeld sind gute zwei Euro sechsundachtzig. Damit, dass wir hier etwas bezahlen müssen, hat sie nicht gerechnet. Stumm reicht sie der Frau das Geld, was sie hat. Die zwei Scheine – einen Zehner und einen Fünfer – und die paar Münzen. Dann schüttelt sie ihr Portmonee aus, um zu zeigen, dass sie nicht mehr Geld besitzt.

„Sie haben nicht mehr? Okay. Das geht auch. Vielen Dank für ihre Spende." Während sie uns das erklärt, zeigt sie einen Daumen nach oben. Also war es wohl genug, was Mama gegeben hat. Puh! Da bin ich aber froh! Wenn es deswegen gescheitert wäre, hätte unsere Mutter sich bestimmt noch schlechter gefühlt.

Wir nehmen uns den Koffer und verlassen das Haus. Zum Abschied winken wir der Frau. Sie ruft:

„Tschüss!" Chaw heißt also „Tschüss" auf Deutsch. Das muss ich mir unbedingt merken.

Auf dem Rückweg erzähle ich den anderen aufgeregt, dass ich jetzt weiß, was „Chaw" auf Deutsch heißt.

Ich denke, wir alle sind auf dem besten Weg, endlich Deutsch zu lernen. Ich wünsche mir doch auch so sehr, dass wir hier alle Freunde finden. Dass wir uns wohlfühlen.

Am besten wäre es natürlich, wenn noch Papa wiederkäme, aber das können wir nur hoffen. Immerhin haben wir Mama. Und sie sorgt echt so gut für uns. Wie immer.

Kapitel 22

Rosalie-Marie

Drei Wochen später sind schon wieder der Montag und der halbe Dienstag rum. Das kann ich kaum glauben. Ein weiteres Mal haben wir es hinter uns gebracht, montags die Doppelstunde Sport über uns ergehen zu lassen. Und natürlich die anderen Fächer, die alle genauso langweilig sind.

Meine blöde Schwester ist heute Morgen mal wieder total lächerlich gewesen. Natürlich hat sie mal wieder geglaubt, dass ich ihr das Leben extraschwer machen will. Aber damit hat sie vollkommen unrecht!

Also, ich fange am besten mal von vorne an: Heute morgen am Frühstückstisch musste es ja mal wieder Streit geben. Ich wollte mir gerade unseren leckeren Leerdammer nehmen, als ich von der Seite schon wieder so einen stechenden Blick wahrnehme. Meine Schwester. War ja klar.

Sie muss natürlich gucken, als würde die Welt untergehen. Ich habe mir dann aber extra zwei Scheiben auf mein eines Brot gelegt, um zu zeigen, dass ich mich nicht von ihrem blöden Blick einschüchtern lasse.

Sie hat sich dadurch aber nur provoziert gefühlt und deshalb musste sie natürlich noch etwas dazu sagen.

„Hey, nicht alles davon aufessen! Erstens ist das mein Lieblings-Leerdammer und zweitens kannst du ja wohl auch noch andere Sachen auf dein Brot tun und musst nicht am ersten Tag schon alles aufbrauchen!"

Die kleine Zicke ist immer so fies! Sie gönnt mir nichts und wieder nichts. Außerdem hasse ich es, mich so kontrollieren zu lassen von irgendwem.

Da kommt sie aber echt nach Mama. Die ist genauso. Will immer alles unter Kontrolle haben, aber damit macht sie alles kaputt. Und der letzte Spaß ist damit auch noch weg. Nach dieser Zickerei von Mia hat mein Brot nämlich gar nicht mehr so lecker geschmeckt. Meine Zunge konnte sich nicht mehr voll und ganz auf den Geschmack einlassen und es fühlte sich an, als würde ich auf einem Stück Gummi rumbeißen. Das ist doch echt das letzte, oder? Da meckert sie mich erst an und dann kann ich nicht mal mehr das Frühstück genießen. Für eine zweite Scheibe mit noch mehr Käse hat die Zeit nämlich nicht gereicht. Total blöd!

Auf dem Schulweg bin ich dann extraschnell vorgelaufen, damit sie bloß nicht auf die Idee kommt, dass alles wieder in Ordnung ist! Sie hat dann plötzlich angefangen zu lachen, aber das hat mich nur noch wütender gemacht. Da war ich sogar fast froh, als ich dann endlich in der Schule war.

Da lasse ich mich doch lieber von irgendeinem Lehrer in den Schlaf reden, als von meiner blöden Schwester verarscht zu werden. Ich habe etwas Besseres verdient!

Und das ganze auch noch zwei Tage vor meinem Geburtstag! Ich werde nämlich schon zwölf! Dann darf ich endlich Cola trinken und keiner kann mich davon abhalten! Mama hat nämlich versprochen, dass ich ab meinem zwölften Geburtstag Cola trinken darf.

Ich freue mich schon so auf Donnerstag. Da werde ich endlich halb erwachsen! Okay, gut, dreizehn ist noch besser, weil ich da dann offiziell ein Teenager bin, aber zwölf ist so eine schöne gerade Zahl! Das finde ich irgendwie cool.

Hoffentlich bekomme ich auch viele Geschenke! Die Wunschliste habe ich Mama schon gegeben, aber ich hoffe, dass sie sie auch Oma und Opa zeigt. Sonst kommen die nachher noch auf die Idee, mir Socken oder womöglich noch irgendwelche selbstgestrickten Pullover zu schenken! Das wäre mein Todesurteil! Ich meine, mal ganz im Ernst: Wer freut sich denn ernsthaft über sowas? Gut, meine Eltern vielleicht. Aber die sind auch alt. Und spießig. Die würden sich sogar über Krawatten oder Blazer freuen!

Jedenfalls hat meine Schwester heute nach der Schule versucht, sich mit mir zu vertragen. Würg! Immer dieses Auf-Heile-Welt-Getue! Das kann ich ganz schlecht ab!

Sie kam schon an, als ich gerade im Flur stand und auf dem Weg in mein Zimmer war, und meinte:

„Hey, beste Schwester auf der Welt!" Wenn ich das schon höre. Da kommt mir echt der Gummi-Lappen vom Frühstück wieder hoch.

„Ich habe ein Friedensangebot. Hallo? Warum guckst du denn so? Hörst du mir überhaupt zu?" Ups. Ja, da habe ich meine Abneigung ihr gegenüber etwas zu offensichtlich gezeigt.

Nachdem ich ihr dann vorgegaukelt habe, dass ich sehr wohl zuhöre und alles in Ordnung ist, hat sie mir stolz ihr Angebot präsentiert.

„Du weißt doch, dass ich schon seit einiger Zeit dienstags immer tanzen gehe, oder? Also, so Streetdance. Jedenfalls, also, und da wollte ich fragen, ob du heute vielleicht Lust hättest, mitzukommen. Nur zur Probe. Das wäre doch was, oder?"

Da war ich nun echt perplex. Damit habe ich nicht gerechnet. Damit, dass sie mir einen Tee kochen will vielleicht, aber mit dem Angebot, ihr persönliches Hobby ausprobieren zu dürfen, habe ich nun wirklich nicht gerechnet.

„Äh, okay. Dann komme ich mal mit", habe ich dann mehr oder weniger sehr überrascht geantwortet.

Sie hat mir dann noch versichert, dass ich ja nicht mitkommen muss, wenn ich nicht will. Anscheinend hat sie

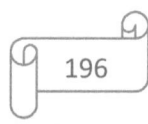

meine Überraschung als Abneigung verstanden, aber da habe ich sie natürlich beruhigt und ihr Friedensangebot angenommen. Also – fast.

„Doch, doch, ich will natürlich. Du weißt doch, wie gerne ich tanze! Aber das ist ja auch das Fiese! Jetzt versuchst du mich zu einer Entschuldigung für heute Morgen zu zwingen, nur weil du meine Schwäche ausnutzt!"

Gut, ich muss zugeben, dass das jetzt nicht wirklich nett und versöhnlich klingt, aber ich habe doch recht, oder?

Sie meinte dann natürlich direkt, dass ich ja auch gerne zuhause bleiben kann und, dass sie einfach nur nett sein wollte, aber so ganz habe ich ihr das nicht abgekauft.

„Nee, du erreichst ja dein Ziel! Das ist ja auch das Schlimme daran. Ich kann einfach nicht wiederstehen und so muss ich Frieden mit dir schließen. Und ja, ein bisschen tut es mir leid, dass ich mich heute mit dir gestritten habe, aber eigentlich müsstest *du* dich bei *mir* entschuldigen!"

„Okay, okay. Entschuldigung für die ständige Überwachung. Kommt nicht mehr vor. Also jedenfalls nicht, wenn du den Käse ab jetzt sparsamer verbrauchst."

„Ich verbrauche so viel Käse, wie ich es will!"

„Aber dann muss ich dich auch weiter zurechtweisen!"

„Nein! Das ist nicht deine Aufgabe! Mama motzt doch auch schon immer mit mir!"

„Okay."

„Wie jetzt? Einfach okay?", habe ich dann ziemlich verdattert aus der Wäsche geguckt.

„Ja. Der Klügere gibt nach. Oder die Klügere."

„Sehr witzig."

„Nee, echt. Ich hab' einfach keinen Bock mehr, mich mit dir zu streiten."

„So erwachsen kenne ich dich ja gar nicht, *große* Schwester", habe ich „große" betont, als ob es kursiv gedruckt wäre.

„Tja. Dann wird es ja höchste Zeit, mich so kennenzulernen."
Dass sie so stolz und überheblich ihr Kinn dabei hebt, lässt
irgendwie wieder Wut in mir hochsteigen.

Gerade will ich mir einen passenden Konterspruch einfallen
lassen, als die Küchentür aufgeschoben wird und Leo mit
einer vollen Müslischüssel ins Wohnzimmer schlurft. Davon
wird unsere Aufmerksamkeit angezogen.

„Hey, du darfst gar kein Fernsehen gucken! Und erst recht
kein Müsli im Wohnzimmer essen!", ruft Mia. Und schon ist
sie wieder die Kontrollierende! Den Charakter kann man halt
so schnell nicht ändern.

„Ist mir egal", ruft Leo zurück und ich fange an zu kichern.
Wie Mia sich als Mutter aufspielt, ist manchmal halt doch
unterhaltsam.

„Komm, Mia, lass ihn einfach! Mach dich doch schon mal fürs
Tanzen fertig!", halte ich sie an der Schulter fest, bevor sie
Leo die Schüssel und die Fernbedienung aus den Händen
reißen kann.

„Das nächste Mal krieg' ich dich!", knurrt sie noch mit bösem
Blick in Leos Richtung, aber ich kann sie gerade noch mit
nach oben ziehen.

„Was brauche ich denn zum Tanzen? Schuhe?
Sportsachen?", versuche ich sie ein bisschen auf andere
Gedanken zu bringen.

„Äh, ja, am besten nimmst du eine Leggings, ein Sport-T-
Shirt und Sport- oder Hallenschuhe mit. Und Deo!", bemerkt
sie und rümpft ihre Nase.

„Okay. Wasser?"

„Ja, füll dir am besten deine Trinkflasche auf."

„Soll ich mich dann schon umziehen oder kann man sich
auch da umziehen? Ich kenne mich immerhin nicht aus",
frage ich noch.

„Äh, ich habe mich bisher immer da umgezogen. Da gibt es
zwar keine richtigen Umkleiden, aber man kann sich auf den

Toiletten umziehen. Wenn da nicht gerade super dicke Spinnen rumlungern", fügt sie noch mit extra gruseliger Stimme hinzu.

„Du kannst mir keine Angst machen. Ich ziehe mich da um, jetzt ist es beschlossen!", winke ich ab.

„Wie du meinst. Nach meiner Entdeckung letztens will ich mich auf jeden Fall nicht mehr dort umziehen."

„Was genau meinst du?", frage ich misstrauisch, aber sie schüttelt nur den Kopf.

„Das sage ich dir nicht. Ich denke, du wirst es selbst herausfinden." Da grinst sie. Na toll. Meint sie etwa Spinnen? Ach was! Auch egal! Das bisschen Spinnen. Ich bin doch hart im Nehmen! Oder doch nicht?!

Eine halbe Stunde später sind wir dann in der Tanzschule. Ich war hier noch nie. Deshalb finde ich es irgendwie aufregend. Aber wenn ich das sage, findet Mia mich bestimmt kindisch. Dass ich eine Tanzschule aufregend finde, nur weil ich noch nie da war, ist doch lächerlich.
Auf jeden Fall ist diese Tanzschule sehr modern. Sie hat im ersten Stock eine Fensterfront, sodass man schon einige Leute tanzen sehen kann. Die Tür ist auch eine riesige Glastür und als ich sie aufziehen will, merke ich, dass sie sehr schwer ist.
Der Boden ist grau. Das Geländer ist metallisch, an den Seiten der breiten Treppe, die geradeaus runterführt. Anscheinend kann man aber noch weiter runter, denn links sehe ich noch eine Stufe und es scheint dort weiterzugehen. Meine Schwester läuft zielstrebig die Treppe runter, biegt um die Ecke und läuft weiter. Schnell folge ich ihr.

„Hallo!", begrüßt sie die Frau, die am Empfang sitzt.

„Hallo!", sage auch ich ein bisschen schüchtern zu derselben Frau. Sie sitzt rechts von uns hinter einer Art Tresen und scheint sehr beschäftigt auf ihren Computerbildschirm zu gucken, grüßt uns aber dennoch zurück.

Wo ich mich jetzt umziehen soll, kann ich aber noch nicht erkennen. Vielleicht brauche ich eine Brille.

„Hier sind die Frauentoiletten", zeigt Mia auf eine Tür, leicht zu unserer Linken, die eigentlich nicht so versteckt ist. Aber das Toilettenschild daran ist einfach so klein, dass ich es schon übersehen habe.

„Okay. Danke", lächele ich sie an und gehe auf die Tür zu. Erst habe ich nur die zwei Gänge der Garderoben gesehen, die links von uns sind. Die Tür, die auch grau ist, habe ich erst jetzt gesehen.

Direkt gegenüber – auf der anderen Seite der Garderoben – ist die Herrentoilette. Die habe ich jetzt sofort gesehen.

Ich öffne die Tür und gehe hinein. Um die Ecke (links) sind zwei Waschbecken nebeneinander. Wenn man aber nach rechts abbiegt, kommt man zu zwei Türen links und zwei Türen rechts von sich.

Das müssen die Toiletten sein. Ich suche mir die erste Toilette rechts aus. Der kleine Raum hat kein Fenster und ich muss echt darauf achten, dass mir nichts in die Kloschüssel fällt, weil zum Stehen hier kaum Platz ist. Dafür ist dieser Mini-Raum drei Mal so hoch. Das ist mir schon direkt aufgefallen: Die Decke hier ist sehr hoch.

Schnell schließe ich den Klodeckel, um nichts zu riskieren. Da lege ich meine Sachen erstmal ab.

Oh! Aber ich darf nicht vergessen, abzuschließen! Also drehe ich ganz schnell den Metallknauf nach rechts.

In Windeseile ziehe ich mich um. Anziehsachen aus und Sportsachen an. Gut. Das ging schnell. Jetzt nur noch die Schuhe. Der Boden ist so kalt. Ich bekomme eine Gänsehaut, als meine Füße den Boden berühren. Und ich hab' noch Socken an!

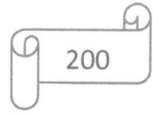

Beide Schuhe habe ich schon ausgezogen. Wie dumm von mir. Dann sind direkt beide Füße eiskalt. Zum Glück ist immerhin die Raumtemperatur einigermaßen in Ordnung. Trotzdem spüre ich ein kleines Lüftchen wehen, woher das wohl kommt?!

Vielleicht zieht das oben über der Tür durch. Unten schließt die Tür nämlich sehr dicht über dem Boden ab. Um mich zu vergewissern, gucke ich nach oben, doch ich sehe nicht nur einen Spalt zwischen der Tür und der Decke, sondern auch die oberen Ecken des kleinen Raumes. Leider! Denn dort lauern tatsächlich Spinnen! Und zwar in drei von vier Ecken! Eine etwas Dickere ist auch dabei! Es sind zwar nur Weberknechte, trotzdem muss ich mich zwingen, ruhig zu atmen.

Blitzschnell knote ich meinen einen Schnürsenkel zusammen und ziehe auch meinen anderen Schuh an. Den knote ich ebenfalls zu, so schnell es geht. Hastig stopfe ich die Klamotten in den Beutel, den ich dabeihabe und nehme meine Schuhe sowie meine Jacke in die Hand.

Ich entriegele die Tür und stolpere in den Vorraum mit den Waschbecken. Schnell wasche ich mir die Hände, obwohl ich mich nur umgezogen habe und nicht auf Toilette war. Abtrocknen wird völlig überbewertet, finde ich in dem Moment und verlasse überstürzt den Raum.

Kurzatmig komme ich bei meiner Schwester an, die sich scharf links um die Ecke an einen der kleinen, runden Tische gesetzt hat.

„Und, hast du die gleiche Erfahrung gemacht wie ich?", fragt sie und scheint sich zu amüsieren.

„Scheint so. Warum hast du mir nicht gesagt, dass da mega viele Spinnen in den Ecken sind? Dann hätte ich mich doch auch vorher umgezogen!"

„Ach, ich konnte dich doch eh nicht abhalten, so entschlossen wie du warst. Außerdem habe ich nur auf

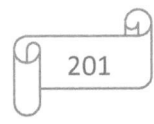

diesen Gesichtsausdruck gewartet." Lachend hält sie mir ihr Handy vor die Nase. Darauf ist ein Bild von gerade eben zu sehen. Und auf dem Bild ich. Mein Gesicht ist angewidert verzogen und mein Mund vor Ekel aufgerissen.

„Was? Du hast mich fotografiert?", schreie ich empört.

„Ach komm! So schlimm ist es auch wieder nicht!", lacht sie immer noch.

„Doch! Guck mal, wie ich da aussehe! Schrecklich! Das löschst du sofort wieder, ist das klar?"

„Ach ja? Du würdest es auch nicht löschen, wenn du an meiner Stelle wärst. Außerdem brauche ich Fotomaterial für eine Power-Point-Präsentation an deinem Achtzehnten!"

„Na toll. Dann behalt es halt, ist mir egal!", schmolle ich.

„Weißt du was? Mach ich auch!", lächelt sie mich an.

„Aber komm! Sei jetzt nicht schon wieder beleidigt. Der Kurs beginnt in wenigen Minuten und wir müssen noch nach ganz oben!", schiebt sie noch hinterher.

„Na gut, dann zeig' mal den Weg", gebe ich nach. Auch wenn ich es immer noch nicht okay finde, dass sie das Bild nicht löscht.

An der großen Glastür vorbei, durch die wir eben reingekommen sind, geht es nochmal vier Stufen nach oben und von dem Vorraum, in den man dann kommt, hat man nun die Wahl, in das „Studio" nach links oder in „Saal 3" die Treppe zu unserer Rechten hoch zu gehen.

Mia entscheidet sich, die Treppe nach oben zu nehmen. Ich folge ihr und wir beide erreichen noch pünktlich den „Saal 3".

Kapitel 23

Arsema

Vier Tage später

Heute ist wieder Samstag. Aber nicht irgendein Samstag, nein! Heute ist der Samstag, an dem wir endlich oder, besser gesagt, schon in diese kleine Stadt neben Köln kommen. Wir müssen gleich in einen Bus einsteigen, in dem auch viele andere Flüchtlinge von hier transportiert werden. Es ist ein Transfer, der auch noch an anderen Orten hält, aber wir müssen in Bergisch Gladbach aussteigen.
Unsere Sachen, die wir neu bekommen haben, sind schon in dem Koffer. Alles ist bereit zum Aufbruch. Nur ich nicht.
Ich habe hier schon neue Mädchen in meinem Alter kennengelernt, die wirklich nett sind, aber wir haben wohl keine Möglichkeit, in Kontakt zu bleiben, oder?
Jedenfalls möchte ich noch nicht gehen. In der kleinen Stadt gibt es bestimmt keine netten Kinder und nur alte Leute, die sich über uns beschweren. Wie letztens.
Da waren wir in der Stadt und Anbessa ist ein Stück rückwärtsgelaufen. Aus Versehen ist er da leicht gegen eine ältere Dame gelaufen, aber die hat sofort mit ihrer Handtasche gedroht, ihn zu schlagen und uns mit wütendem Gesicht Beleidigungen hinterhergerufen.
Auch wenn wir nicht viel Deutsch verstehen, war doch sehr klar, dass sie uns keine Glückwünsche hinterhergerufen hat.
Mir ist immer noch schleierhaft, warum die Menschen uns hier immer so schief angucken und – wie diese unfreundliche Frau – so fies reagieren. Sind wir nicht alle Menschen?

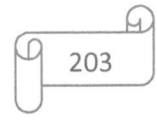

Vielleicht irre ich mich ja auch, aber diese Menschen hier scheinen nicht so offen und freundlich zu sein, wie es immer behauptet wurde.

Das ist auch der Grund, warum ich Angst vor dieser neuen Stadt habe. Dort sind noch weniger Menschen, also sind dort auch weniger nette Menschen. Oder irre ich mich schon wieder? Ich weiß einfach nicht, was uns alle dort erwartet und das macht mir eine Riesenangst.

Andererseits freue ich mich, weil ich neugierig bin und außerdem hoffe, dass die Menschen dort uns vielleicht nicht so komisch angucken.

Wer weiß schon, wie die drauf sind?

Jedenfalls kommt gleich schon der Bus. Ich höre schon die Tür vom Bus aufgehen, mit einem leichten Zischen, weil der Bus abgesenkt wird. Also, glaube ich, weil sonst kein Bus hier vorbeikommt. Vermutlich ist das also unsere Mitfahrgelegenheit.

Ja, ich denke schon, denn Mama schleift uns schon (inklusive Koffer) alle total aufgeregt hinter sich her. Ich stolpere gerade fast über meine eigenen Füße.

Beinahe falle ich ins weiche Gras, weil eben dieses weiche Gras mich ins Straucheln gebracht hat.

Am Bus angekommen, begrüßt uns schon der Fahrer.

„Hallo, ich soll Sie heute nach Bergisch Gladbach bringen?"

Das war zwar eher eine rhetorische Frage, dennoch nicke ich. Das habe ich jetzt wirklich schon verstanden! Juhu! Gut, hauptsächlich habe ich den Namen von der Stadt verstanden, aber „Hallo" habe ich immerhin auch verstanden. Mama ist natürlich – leider – ratlos wie immer, aber nachdem ich genickt habe, lädt er schon mal unseren Koffer in den Gepäckraum des Reisebusses.

„Super, dann steigt schon mal ein", nickt er nach vorne. Er steht ja gerade seitlich am Kofferraum, deshalb kann er mit einem Nicken nach vorne auf den Rest des Busses verweisen.

Wir lassen uns das natürlich nicht zweimal zeigen und steigen ein.

Kurz nach uns kommt auch der Mann wieder in den Bus, auf den Fahrersitz, und als auch die anderen eingestiegen sind, schließen sich die Türen.

Ich habe mir einen Fensterplatz ausgesucht, neben mir hat sich Mama mit Mewael auf dem Schoß niedergelassen und hinter uns sitzen Anbessa (am Fenster) und Joel (am Gang). Dann startet der Mann den Bus und wir fahren los. Vorbei an ganz vielen hohen Häusern und über eine Brücke. Es ist so schönes Wetter. Um die Urzeit ist es noch ein bisschen frisch draußen und teilweise nebelig. Die Sonne ist so schön. Während der ganzen Fahrt kann ich richtig schön nach draußen gucken. Das ist so wunderbar. Die Häuser sind auch teilweise richtig schön. Ich genieße diese Fahrt und bin fast traurig, als das Auto stoppt und wir anscheinend da sind.

Auf einem kleinen Halteplatz inmitten von großen Gebäuden steigen wir aus dem Bus und bekommen unseren Koffer, bevor der Bus schon weiterfährt. Der Busfahrer nuschelt noch ein leises „Tschüss!" und wir stehen alleine da.

Aber da sehen wir auch schon Menschen, die uns so freundlich angucken und anscheinend auch schon auf uns gewartet haben. Eine Frau und ein Mann, das Alter kann ich schlecht schätzen. Erwachsen halt.

„Hallo, ich bin Tanja", scheint die Frau ihren Namen zu nennen, denn sie deutet auf sich.

„Do you speak english?" Was fragt sie uns? Das ist doch kein Deutsch mehr, oder?

„Parlez-vous français?" Wie bitte? Also, wenn die so mit uns redet und erwartet, dass wir das verstehen, dann sind wir auf jeden Fall aufgeschmissen.

„Also müssen wir wohl doch Deutsch sprechen", überlegt sie laut. Den Satz habe ich auch wieder so halb verstanden. Na ja, immerhin habe ich „Deutsch" verstanden.

Aber, weil sie ihren Zeigefinger ans Kinn gehoben hat und ein nachdenkliches Gesicht macht, gehe ich davon aus, dass sie irgendetwas überlegt.

„Gut, dann gehen wir mal in euere neue Wohnung, okay. Kommt einfach mit", gestikuliert sie wild und spricht extra langsam.

Aber das Haus hier an der Straßenecke sieht ja total kaputt aus. Wenn wir da wohnen sollen, kann das ja was werden. Na ja, besser als nichts.

Oh, wir gehe immer weiter in die Richtung dieses Hauses. Aber, oh nein! Doch nicht. Kurz vor knapp überqueren wir die Straße. Genau gegenüber auf der Straßenecke ist ein noch größeres Haus, das echt schön aussieht.

Mit der weißen Fassade und dem einen Metallkreuz, das über einer großen Glas-Eingangstüre hängt, sieht es sogar viel zu nobel für uns aus.

Da sollen wir wohnen? Das wäre ja richtig krass!

Doch die Frau führt uns in den Hinterhof, der Mann bleibt irgendwie an der Ecke stehen, warum auch immer. Wir folgen der Frau einfach, die auch kurz darauf sagt:

„Lasst euch nicht verwirren. Der Mann hat noch einen Termin, kommt mit mir." Dazu macht sie noch eine Einladende Bewegung, daher folgen wir ihr. Auch wenn wir immer noch nicht ganz verstehen, was sie von sich gibt.

Der Hinterhof ist mit einer weißen Wand vom Bürgersteig abgetrennt und hat einen kleinen Torbogen mit einer rostigen Tür, die nur aus Metallsträngen besteht, man kann also durchgucken.

Neben einer Tür zu unserer Linken ist eine metallene Wendeltreppe, die vom Boden bis ins oberste – zweite – Stockwerk reicht.

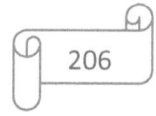

Die Tür ist weiß und hat dicke gläserne Fenster, die kaum durchsichtig sind, weil sie eine Art Muster haben. Und genau auf diese Tür steuert die Frau namens Tanja gerade zu.

„Also, den Schlüssel hier bekommt ihr gleich, damit ihr immer reinkommt, okay?", lächelt sie uns an und hält ihre Hand mit dem Schlüssel darin hoch. Wir verstehen es nicht ganz. Denn, um eine Tür aufzuschließen, braucht man doch immer einen Schlüssel, oder? Warum hält sie ihren hoch? Egal, scheint nicht so wichtig zu sein, denn sie wendet sich einfach um und schließt die Tür auf.

Von meinem Platz aus kann ich schon die ebenfalls weißen Wände des Flurs und die große, matschbraue Fußmatte, die dort auf dem Boden liegt, sehen.

Nacheinander betreten wir das Gebäude und Mama will die Tür hinter sich schließen – sie ist als letzte reingegangen –, aber das scheint nicht ganz zu funktionieren.

„Kann ich dir helfen?", drehe ich mich um und richte mich an Mama.

„Irgendwie kann ich diese Tür nicht zudrücken. Da ist irgendein Widerstand."

„Oh, die Tür fällt von alleine zu. Nicht drücken", gestikuliert Tanja wild. Aber es wirkt, denn alle verstehen, was gemeint ist und gehen einfach weiter in den Flur.

Da fällt auch schon die Tür hinter uns zu.

Ein paar Schritte weiter kommen wir dann an die Innentreppe, die nach oben führt. Geradeaus laufen wir erstmal auf eine hellbraune Tür zu, aber nach rechts hoch findet sich dann die Treppe zu unserer Wohnung. Das coole ist: Die Treppe ist mit Teppich ausgelegt. Total gemütlich, finde ich. Auch wenn der Teppich in einem dunklen Grau ist. Wir müssen genau zwei Treppen hochsteigen, um auf unsere Etage zu kommen. Man kann die Tür auch gar nicht verfehlen, weil man direkt auf sie zuläuft.

Sie ist ebenfalls hellbraun und hat eine schwarze Türklinke aus Plastik.

Die Frau nimmt wieder den Schlüssel – diesmal einen anderen von ihrem Schlüsselbund – zur Hand und schließt für uns auf.

Direkt gegenüber von der Tür ist der Eingang zur Küche, wo man auch direkt reingucken kann, denn die Küchentür steht auf (diese Küchentür wird nach innen geöffnet, denn der Flur hier ist zu klein für zwei Türen gegenüber, die beide nach innen geöffnet werden).

Zielstrebig biegt Tanja nach rechts ab, um uns das Wohnzimmer zu zeigen. Ein riesiges Ecksofa steht uns gegenüber mit einem kleinen Glastisch davor. Mir fällt auch direkt auf, dass man von der Küche anscheinend hier reingucken kann, denn es gibt ein Fenster ohne Scheibe von der Küche nach hier. Fast wie eine Bar.

Ganz rechts in diesem Raum steht ein kleiner Fernseher an der Wand, der sehr alt aussieht und sogar noch würfelförmig ist.

Außerdem gibt es eine Tür, die fast direkt neben dem Eingang zu dem Wohnzimmer liegt. Was da wohl hinter ist?! An der Tür zum Wohnzimmer ist jedenfalls auf der Rückseite eine Garderobe, die aus metallischen Haken besteht, wo man also gut seine Jacken aufhängen kann – wenn wir welche hätten.

„Also, das ist das Wohnzimmer und in die Küche konntet ihr ja jetzt auch schon reingucken. Jetzt gleich kommen wir zum ersten Schlafzimmer. Das haben freundliche Helfer die Woche über extra für euch umgebaut", erklärt die Frau irgendwas. Es scheint etwas Gutes zu sein, aber nicht überlebensnotwendig, also schalte ich ab und begutachte das Zimmer, in dem ein paar von uns schlafen werden. Die Tür hat sie nämlich schon geöffnet.

Direkt links an der Wand ist ein riesiger Schrank für extrem viele Anziehsachen, die wir doch gar nicht besitzen.

Gegenüber davon ist ein gemütliches Bett mit einer weich aussehenden Bettdecke und direkt daneben steht ein kleines Sofa. Rechts ist dann noch ein Hochbett und ein anderer, kleinerer Schrank, der hinter der Tür steht. Den bemerke ich daher auch erst, als wir schon in den etwas tiefer liegenden – eine kleine Schräge führt dort hinunter – Raum hereingekommen sind.

„Das kleine Sofa da kann man nicht ausklappen, aber dafür habt ihr ja sonst schon eine Menge Schlafplätze", gibt die Frau mal wieder ihren Senf dazu. Also eigentlich könnten wir uns die Wohnung auch alleine angucken. Ihren Fachkommentar brauche *ich* jedenfalls nicht.

Leise schleiche ich mich davon, um mir schon mal die Küche genauer anzugucken … Doch leider werde ich bemerkt.

„Ähm, wohin willst du denn, Kleine?", guckt mich diese Tanja streng an. Daran merke ich, dass ich doch lieber stehen bleiben sollte.

Aber das kann doch noch ewig dauern, wenn die in dem Tempo weitermacht. Auch wenn meine Familie anscheinend ganz gerne jedes Zimmer in Zeitlupe betrachtet.

Stumm gehe ich wieder einen Schritt in das erste Schlafzimmer, beobachtet von den super kritischen Augen dieser Frau.

„Also, dann können wir uns ja jetzt die Küche nochmal angucken. Folgen Sie mir bitte", sagt sie nach einer gefühlten Ewigkeit.

In der Küche stehen auf der Seite, wo das große Fenster ohne Scheibe zum Wohnzimmer ist, einige, kleine Küchenschränke, die eine gute Arbeitsfläche bieten. Ganz rechts auf der Fläche der Schränke steht eine Mikrowelle und darunter ist ein freier Platz, wo verschiedene Mülleimer stehen.

Geradeaus ist ein großes Fenster mit Blick auf die Straße. Es hat ein kleines Rollo (von innen) vor der Scheibe hängen.
An der linken Wand ist ein riesiger Kühlschrank, der fast direkt neben dem Fenster ist und daneben ist der Herd mit der Spüle, die wiederum daneben ist. Oben über dem Herd und der Spüle hängen kleine Küchenschränke und natürlich gibt es eine Abzugshaube, was sehr praktisch zum Kochen ist – für den Dampf.
„Hier mussten die Helfer gar nicht viel ändern, weil das so quasi auch schon war, als wir von der Gemeinde die Räume genutzt haben."
Was auch immer sie jetzt schon wieder zu sagen hatte, interessiert mich nicht sehr viel. Mich interessiert eher dieser etwas größere Klapphocker aus Metall. Der steht nämlich unter dem Fenster. Ob ich mich da draufsetzen kann? Oder meckert die dann wieder? Lieber bleibe ich hier stehen und warte darauf, dass es weitergeht.
Mama zieht übrigens immer noch den Koffer hinter sich her, daher ist sie auch die Langsamste.

Nach fünf Minuten gehen wir dann aber doch endlich zu unserem Schlafzimmer (von der Küche aus nach rechts die nächste Tür rechts), wo noch ein Hochbett steht – links an der Wand, wenn man reinkommt – und sogar ein Schreibtisch auf der rechten Seite. Rechts daneben noch eine Kommode, wo man auch Klamotten reintun kann.
Das Bad ist direkt daneben, man blickt genau darauf, wenn man den Flur runtergeht. Im Flur sind übrigens neben der Wohnungstür noch ein kleines Schränkchen und ein Schuhschrank.
Das Bad ist sehr klein, aber mit dem Waschbecken, dem Klo und der kleinen Dusche rechts hat es alles, was man braucht.
Das letzte Zimmer ist dann das Schlafzimmer von Mama und Papa. Ein großes Doppelbett steht mittig an der

gegenüberliegenden Wand, wenn man reinkommt. Der Eingang ist links neben dem zur Toilette (man könnte auch sagen „rechts neben der Tür"). Dort gibt es auch eine Art Hinterausgang mit Glastür über die metallene Wendeltreppe.

Kapitel 24

Rosalie-Marie

Heute ist schon wieder Sonntag und eigentlich hätte ich auch gesagt, dass es nun wieder total anstrengend sein wird, sich pünktlich für die Gemeinde fertig zu machen, aber nein! Irgendwie ist heute doch ein besonderer Tag, auf den ich schon die ganze Woche gewartet habe.

Ja, man könnte auch sagen, dass es gar nicht so besonders ist – was ist schon an der Gemeinde so besonders? – aber doch liegt es nicht an der Gemeinde, dass ich vor lauter Aufregung schon um halb zehn fertig und bereit zum Aufbruch vor der Tür stehe.

Das überrascht in der Tat auch Mama, die natürlich auch schon fertig ist. Nur ist sie das natürlich nicht von *mir* gewohnt.

„Na, was ist denn mit dir los? Normalerweise würdest du doch jetzt noch auf dem Sofa oder im Bett liegen. Hast du irgendeinen wichtigen Termin, den ich vergessen habe?", fragt sie mit einem leicht lächelnden Gesicht. Daraus schließe ich, dass sie positiv überrascht ist.

„Och, ich freue mich heute einfach nur unheimlich auf die Gemeinde."

Das ist nur ein bisschen gelogen, denn verständlicherweise bin ich nicht plötzlich völlig fromm geworden, sondern ich freue mich auf das Mädchen, das uns heute vorgestellt werden soll. Und natürlich ihre Familie, aber mit ihren Brüdern kann Leo wahrscheinlich mehr anfangen, als ich es kann.

Letzte Nacht habe ich auch schon einen superschönen Traum gehabt. Da war das Mädchen – eigentlich weiß ich ja gar nicht wie sie aussieht – mit mir auf einer großen freien Fläche und ich habe sie dann gefragt, was sie gerne machen würde und sie hat dann geantwortet: „Eis essen!" Plötzlich saßen wir dann auf riesigen Eiskugeln, die aussahen wie Schnee. Und so fluffig, dass wir nicht widerstehen konnten, sie zu probieren.

So wird es in der Realität zwar nicht sein, aber vielleicht kommt es ja trotzdem nah dran?! Wer weiß das schon? Na gut, Gott weiß das schon, aber das ist unfair und kann man nicht zählen, denn der weiß ja sowieso immer alles.

Sogar manche Sachen, die erst in sehr später Zukunft passieren, weiß er schon und leitet alles dafür in die Wege.

„Du freust dich also bloß auf die Gemeinde? Weshalb denn das?"

„Ja, also, heute kommt doch die Familie, die fliehen musste aus dem Flüchtlingsheim hierher. Oder denkst du, sie kommen doch nicht?" Jetzt habe ich ein bisschen Angst, dass sich alles verzögert hat und ich mich zu früh gefreut habe. Andererseits hat Tanja doch gesagt, dass das klappen wird und die Familie diesen Sonntag auf jeden Fall vorgestellt wird. Oder habe ich mir das dazu gedacht?

„Nein, ich denke schon, dass sie heute da sein werden. Mach dir mal keine Sorgen … Aber ich finde es ja echt schön, dass du dich so darauf freust. Dabei hast du ja eigentlich schon zwei beste Freundinnen, oder nicht?"

„Na ja, eigentlich schon, aber jemand Neues kennenzulernen schadet doch nicht, oder? Außerdem weiß ich ja noch gar nicht, wie dieses Mädchen so drauf ist. Vielleicht will ich ja auch gar nicht mit ihr befreundet sein", sage ich, obwohl ich selbst kaum daran glaube.

„Tja, wie du meinst. Ich bin auch mal gespannt, die Mutter dieser Kinder kennenzulernen. Sie ist ja auch noch gar nicht so alt, habe ich gehört. Eins ist auf jeden Fall jetzt schon klar: Wenn sie und die Kinder irgendwie Hilfe brauchen, versuche ich, mein Bestes zu geben. Gerade wenn es um irgendwelche Ausweise oder Formalitäten geht, würde ich echt gerne helfen. Ich kenne mich ja auch aus, weil ich selber bei der Stadt arbeite. Außerdem weiß ich, wie viele Sachen es hier in Deutschland gibt, die formal geregelt werden müssen", überlegt sie laut und macht lachend eine abfällige Handbewegung.

„Ja, das finde ich echt so cool von dir." Auch wenn ich das irgendwie nur so halb ernst meine, sagt Mama:

„Ich finde dich auch so cool. Egal, was deine Klassenkameraden über dich sagen, nur weil du nicht immer das neuste Handy hast", lächelt sie und an genau diesem Lächeln kann ich merken, dass sie es ernst meint.

Als Antwort umarme ich sie einfach. Einfach mal so. Ohne großen Grund, denn ich denke einfach in dem Moment, dass sie die großartigste Mutter ist, die ich mir wünschen kann.

„Können wir dann los, in die Gemeinde?", frage ich aufgeregt und löse mich wieder von ihr.

„Aber nein, es ist noch viel zu früh! Wir haben gerade einmal viertel vor zehn!", lacht sie.

„Schade! Ich bin schon so aufgeregt!", hüpfe ich vor ihr auf und ab.

„Geduld! Es ist ja bald so weit. Geh noch ein bisschen in dein Zimmer. Es ist auch egal, wenn du Leonard weckst. Der kann sowieso mal aufstehen, der kleine Faulpelz", umfasst sie sanft meine Schultern, dreht mich um und schiebt mich liebevoll die Treppe rauf.

Eine halbe Stunde später machen wir uns dann doch endlich auf den Weg. Der ist ja nicht so weit, wir wohnen quasi direkt nebenan.

Als ich mit meiner Familie dann das Foyer der Gemeinde betrete, ist aber alles wie immer. Ich sehe noch keine neuen Gesichter und bin schon fast ein bisschen enttäuscht, weil ich dachte, dass sie schon da wären.

Trotzdem begrüße ich natürlich alle freundlichen Menschen, die da sind. Sogar Lara lässt sich mit ihren Eltern hier blicken.

Das nutzen wir auch aus und tauschen erstmal den neusten Klatsch und Tratsch aus. Sie hat auch viel zu erzählen, denn sie ist auf dem besten Weg die Schule zu wechseln. Zudem muss ich mir natürlich unbedingt anhören, ob sie gerade einen süßen Jungen hat, in den sie verliebt ist. Hat sie aber nicht.

„Tja, vielleicht wird das auf der neuen Schule ja was", ziehe ich meine Augenbrauen hoch.

„Ach, bestimmt nicht. Aber wenn es was Neues gibt, rufe ich an. Auf jeden Fall. Du hast jetzt auch ein Handy, oder? Dann kann ich dir sogar schreiben. Wenn du willst", bietet sie an.

Das will ich natürlich nicht ablehnen …

„Ja, das ist eine gute Idee, aber ich kann meine Nummer nicht auswendig und meine Mutter ist so streng, dass ich das Handy im Moment noch nur Zuhause benutzen darf", sage ich ein bisschen zerknirscht.

„Oh, okay, ist aber nicht schlimm!"

„Wieso?"

„Weil ich mein Handy dabeihabe und dir einfach meine Nummer aufschreiben kann!"

„Ach so, stimmt, daran habe ich gar nicht gedacht!", lache ich.

Und schon ist sie dabei, sich einen Kuli von einem der Tische zu stibitzen, mit dem sie dann ihre Nummer auf einen herumliegenden Flyer schreibt.

Guter Dinge gehen wir dann zusammen in den Gemeindesaal und setzen uns natürlich auch nebeneinander.

Der Gottesdienst beginnt und wir singen die Lieder lauthals mit. Zwar sehr schief, aber immerhin aus Leidenschaft. Ich hoffe, Gott fallen nicht die Ohren ab, wenn er uns so singen hört.

Wir sitzen übrigens so weit vorne, dass wir gar nicht bemerkt haben, wie die anderen sich hinter uns hingesetzt haben. Auch nicht, dass neue Gesichter hinter uns zu sehen sind. Umso mehr bin ich überrascht, als Tanja dann zum Rednerpult kommt und uns die neuen fünf Gesichter vorstellt. Jetzt weiß ich auch wie das Mädchen in meinem Alter heißt: Arsema.

Ihre Brüder scheinen auch nett zu sein, genauso wie sie und ihre Mutter. Nachher muss ich unbedingt mal so mit ihr reden. Oh, aber ich merke gerade, dass sie noch gar nicht so viel Deutsch kann.

„Das lustige ist: Ich habe extra noch mein altes Französischwörterbuch entstaubt und hervorgekramt, falls diese Familie Französisch spricht. Außerdem habe ich mich natürlich darauf vorbereitet, dass sie ein bisschen Englisch können, so wie ich. Aber das war alles umsonst. Sie sprechen nämlich momentan nur Tigrinja, aber trotzdem würde es mich natürlich freuen, wenn ihr ganz normal mit ihnen Deutsch sprecht, dann lernen sie es schneller."

Ich mache einfach ganz viele Bewegungen, wenn ich rede, damit sie versteht, was ich meine.

Oder soll ich sie überhaupt nicht ansprechen? Ich meine, wenn sie mich vielleicht gar nicht versteht und mich total lächerlich findet, was dann?

Andererseits kann ich dann auch nicht herausfinden, ob sie so nett ist, wie sie scheint.

Bitte Gott, sag mir, was kann ich tun? Soll ich wirklich versuchen, mit ihr zu reden und riskieren, dass sie mich dann komisch findet? Bitte hilf mir, okay? Amen.

„Tja, also wäre es hilfreich, wenn ihr sie so viel wie möglich einbindet und einladet zu allem Möglichen", fordert uns Tanja dann noch auf.

„Diesen Sommer wird Soliana hier auch einen Deutschkurs anfangen, damit sie später auch hier arbeiten kann. Außerdem sind wir noch dabei, den Vater der Kinder zu finden. Nach eigener Aussage ist der nämlich schon früher weg, aber sie wissen selber nicht, wieso. Es wird aber davon ausgegangen, dass er auch schon in Deutschland ist. Wir sind also optimistisch, dass er bald auch hierherkommt. Dann ist die Familie wieder komplett. Ach ja! Und fürs Erste bleiben sie natürlich hier wohnen. Hoffentlich später auch mit dem Vater."

Aber Kinder lernen sowieso schneller Deutsch, oder? Wir sind doch noch ein bisschen besser im Erinnern. An Vokabeln. Die arme Mutter. Für sie wird das bestimmt richtig schwer. Fast so schwer wie es für meine Eltern wäre, wenn sie jetzt plötzlich noch nach Eritrea müssten.

Meines Wissens nach, haben die dort noch nicht einmal unsere Buchstaben, sondern irgendwelche Schriftzeichen. Ich glaube, Tigrinja ist wie Arabisch. Also wäre es für sie bestimmt einfacher gewesen nach Arabien zu gehen – oder wo auch immer Arabisch noch gesprochen wird.

Das wäre dann vielleicht damit vergleichbar wie wenn wir nach Holland gehen würden. Da haben sie ja auch die gleichen Buchstaben und alles. Aber eben nicht die komplett gleichen Ausdrücke und Wörter.

Die ganze Zeit schon habe ich darauf gewartet, dass der Gottesdienst zu Ende geht. Dann kann ich endlich Arsema persönlich kennenlernen.

Ja, irgendwie bin ich deswegen auch ein bisschen ängstlich gewesen, aber trotzdem wollte ich sie endlich sprechen. Inwiefern es auch immer möglich sein wird.

Als dann endlich die Worte „Gut, dann wünsche ich euch allen noch einen schönen Sonntag und eine frohe Woche. Hoffentlich bis nächste Woche!" aus den Lautsprechern an der Hallendecke ertönen, springe ich – fast ein bisschen zu schnell – auf.

Mama zieht mich am Arm wieder zu sich zurück, als ich schon in den Mittelgang stürmen will.

„Hey, was soll das? Ich will endlich mit Arsema reden", drehe ich mich wütend um.

„Warte doch! Du hast schon so lange gewartet, jetzt kannst du auch noch zwei Minuten warten, bis wir hier anständig und ordentlich den Saal verlassen haben. Sie läuft schon nicht weg. Außerdem läufst *du* sonst alle hier über den Haufen", entgegnet Mama mit *liebevoller Strenge*, wie sie es wohl nennen würde.

„Na toll! Und was, wenn sie doch schon wegläuft? Sie saß doch ganz hinten, da ist ihr Weg ja viel kürzer." Ich weiß eigentlich, dass Widerspruch zwecklos ist, aber man kann es doch mal versuchen, oder?!

„Ach, komm, hab noch ein bisschen Geduld. Und selbst wenn sie gleich schon weg ist, weißt du ja, wo sie wohnt", tätschelt mir Mama die Schulter, während wir im Gänsemarsch aus dem Saal watscheln.

Endlich kommen wir dann im Foyer an und da sehe ich sie. An einem Stehtisch bedient sie sich gerade an den Keksen.

„Hallo!", begrüße ich sie. Ihre Haare sind heute zu ganz vielen kleinen Zöpfen, die eng am Kopf anliegen, geflochten, sodass gar nicht auffällt, wie dicht ihre Locken sind.

„Hallo!", gibt sie mit einem niedlichen Akzent zurück.

Wenn sie mich schon so nett begrüßt, kann das nur etwas Gutes bedeuten, oder?

„Und, wie lange seid ihr schon hier?", versuche ich, die Unterhaltung fortzuführen.

„Ich nicht gut." Was meint sie? Versteht sie mich nicht?

„Seid ihr schon eine Woche hier? Oder wie lange? Die Zeit", deute ich auf meine kleine Armbanduhr.

„Ah, schon eins Tag. Diese Haus. Eine Monat Burbach", scheint sie zu verstehen, ein bisschen jedenfalls.

„Ah, und findest du es schön?", halte ich meinen Daumen nach oben und mache ein lächelndes Gesicht.

„Ja, viele schän!", lächelt sie und macht die gleiche Geste.

„Cool!", sage ich.

„Cool?", guckt sie verwirrt.

„Na, dass du es schön findest. Das ist cool."

„Äh, ich meinen, was heißt. Cool", versucht sie zu erklären.

„Ach so! Was cool bedeutet? Das heißt ,gut'. Auf Englisch. Das hört sich besser an", lache ich.

„Ah so. Cool", lacht sie auch. Sie spricht *Cool* aus wie *Kol*. Das finde ich so lustig, dass ich noch mehr lachen muss.

„Wie seid ihr eigentlich hierhergekommen?", frage ich, als ich mich wieder ein bisschen gefangen habe. Das war gar nicht so leicht, denn sie musste auch noch immer weiter lachen, weshalb ich auch immer weiterlachen musste.

„Wasser mit Boot. Land mit Zug und mit Fuß."

Da muss ich schon wieder ein bisschen kichern. Das hört sich so lustig an, so als ob der Fuß auch ein richtiges Verkehrsmittel wäre.

„Seid ihr echt zu Fuß gekommen?", frage ich erstaunt und deute noch auf meine Füße.

„Ja. Viele. Viele müde. Aber nix andere Weg können machen." Oha! Ich beschwere mich schon, wenn ich die zehn Minuten zur Schule laufen muss, aber sie musste viel mehr laufen, glaube ich. Auch wenn ich mir das immer noch nicht vorstellen kann.

„Aber hier ist es jetzt schön für euch, oder? Ihr seid hier sicher!"

„Äh?", guckt sie mich ein bisschen verständnislos an.

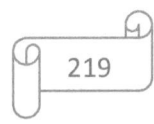

„Hier geht es euch gut, oder?", zeige ich wiederum zwei Daumen nach oben.

„Oh, ja. Hier gute Essen. Viele. Gute Schlafen", zeigt sie auch zwei Daumen nach oben. Als sie Essen und Schlafen sagt, macht sie auch noch die passenden Bewegungen dazu.

„Warum musstet ihr eigentlich weg? War da Krieg?"

„Oh. Nein. Papa weg, wir auch weg. Mama Polizei. Nix gut, also weg", erklärt sie gestikulierend.

„Oh, also ist euer Papa weggewesen und dann habt ihr auch das Land verlassen?"

„Ja."

Kapitel 25

Arsema

Wie heißt das Mädchen eigentlich. Sie scheint echt nett zu sein. Auch wenn ich nicht so viel von dem verstehe, was sie sagt, nur was sie zeigt.

„Was deine Nama?", hoffe ich, dass ich sie richtig nach ihrem Namen gefragt habe.

„Mein Name? Ich heiße Rosalie-Marie. Aber du kannst Rosa sagen."

„Rotschatschi-Madie? Schwer. Ich machen Rosa."

„Ja, ich sage ja, das ist gut", hält sie ihren Daumen nach oben, vor meine Nase. Das macht sie oft.

„Cool", mache ich das gleiche, was sie auch macht.

„Gehst du dann eigentlich auch zur Schule? Also, jetzt wo du hier in Deutschland bist, willst du doch bestimmt auch zur Schule gehen, oder?", plappert sie auf mich ein.

„Äh ... Okay", antworte ich das Erstbeste, was mir einfällt.

„Oh, das war zu schnell, oder? Ich meine, ob du hier in die Schule willst?", versucht sie es nochmal, aber vergeblich. Ich kenne die Wörter einfach nicht und anscheinend fällt ihr auch nichts ein, was sie als Bewegung mit Händen oder Füßen machen könnte.

„Äh ...", gucke ich sie ein bisschen verzweifelt an. Ich selber finde es so blöd, dass ich sie einfach nicht verstehe und bin sogar richtig wütend auf mich selber.

Es ist doch nicht viel dabei, einfach diese Worte zu verstehen. Immerhin bin ich schon einen Monat hier in Deutschland, da müsste ich doch diese Wörter schonmal gehört haben.

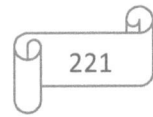

Doch es will sich mir einfach nicht erschließen, was sie da sagt.

„Oh, du kennst die Wörter nicht?"

Ich schüttele nur den Kopf, weil ich ihrem traurigen Gesicht ansehen kann, dass sie gefragt hat, ob ich sie verstehe. Oder so was in die Richtung.

„Sollen wir rausgehen? Da muss man nicht reden!", sagt Rosa.

Ich nicke einfach, weil ich nicht genau weiß, was sie vorgeschlagen hat, es aber eine gute Idee zu sein scheint. Und kaum habe ich genickt, zieht sie mich auch schon am Ärmel mit sich in den kleinen Hinterhof dieses großen Gebäudes.

„Wir spielen jetzt fangen, okay? Du musst einfach nur weglaufen, okay? Ich fange nämlich zuerst." Hat sie gerade gesagt, was wir machen? Wenn ja, was machen wir denn jetzt?

Plötzlich schnellt ihre Hand nach vorne und sie ruft: „Hab dich!"

Was war das denn? Muss ich sie jetzt antippen und das gleiche sagen? Aber was ist das? Sie läuft einfach weg! Ah! Jetzt verstehe ich! Wir spielen marekeháze!

Schnell laufe ich ihr nach – zu dem kleinen Sandkasten, der hier auf dem Hof an der Wand gegenüber der Tür zum Gebäude liegt.

Damit hat sie nicht gerechnet. Ich bin nämlich echt schnell. Okay, fast. Ein bisschen. Aber immerhin habe ich sie fast eingeholt.

„Hap disch!", rufe ich und berühre ihre Schulter. Sie kichert laut und ich renne schnell weg. Auf die andere Seite des Hofes.

„Ich krieg' dich schon noch!", schreit sie mir hinterher.

Vielleicht muss man das hier ja so machen. Wer weiß?! Es

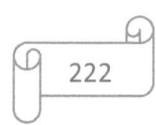

sind hier schließlich andere Regeln. Obwohl … Man muss doch nichts rufen, wenn man jemandem hinterher läuft.

Jetzt aber schnell! Sie ist echt dicht hinter mir. Aber ich muss lachen. So sehr, dass ich gar nicht mehr laufen kann. Zum Glück ist ganz auf der anderen Seite eine kleine Wiese, auf die ich mich fallen lasse und durchs Gras kullere. Ich muss so dolle lachen!

Rosa fällt mit ein. Wir beide liegen tränen lachend auf der Wiese. Das hat echt Spaß gemacht! Ich mag das Mädchen. Sie ist echt nett. Wenn ich mal hier zur Schule gehen kann, will ich in ihre Schule gehen. Wenn das geht. Ich meine, ihre Eltern sind bestimmt ein bisschen reicher als meine, da geht sie bestimmt auf eine teure Schule, oder?

Gott, ich würde so gerne zu ihr auf die Schule gehen! Dann würde ich wenigstens einen Menschen schon kennen.

„Das ist so lustig!", ruft sie und wischt sich die Tränen aus dem Augenwinkel.

„Das ißt ßo lustisch!", versuche ich ein bisschen Deutsch zu lernen und wiederhole sie.

„Du bist auch lustig!", kichert sie und irgendwie denke ich, sie lacht über mich.

„Du bischt auch lustisch!"

Und schon muss ich wieder lachen. Ich höre auch selber, dass mein Deutsch noch nicht so super ist und ich einen starken Akzent habe, aber dennoch weiß ich, dass sie mich nicht auslachen will, sondern mit mir lachen möchte.

Doch da kommen plötzlich zwei Erwachsene in den Hof. Ein Mann und eine Frau. Sie sehen sehr streng aus. Ich höre auf zu lachen und stehe langsam auf.

Rosa wundert sich und dreht sich um, um zu sehen, was ich schon gesehen habe. Aber da fängt sie plötzlich wieder an zu kichern und läuft auch noch auf die beiden strengen Menschen zu! Das wird sie bestimmt nachher bereuen, oder?

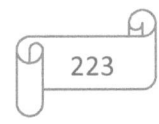

„Mama, Papa! Das ist Arsema! Das Mädchen aus der Familie von den Flüchtlingen und sie ist super nett! Wir haben eben auch schon Fangen gespielt!", brabbelt sie schon wieder los. Aber habe ich da eben echt Mama und Papa gehört. Das ist auf Tigrinja sogar fast gleich. Aber Moment mal! Das sind nun echt ihre Eltern??? Oh.

„Hallo! Du bist also Arsema? Schön, dich kennenzulernen", sagt der Mann. Und plötzlich wirkt er freundlich. Am Anfang hatte ich das Gefühl, dass er mich auch komisch anguckt, aber jetzt scheint er echt freundlich zu sein.

„Hallo, ich bin die Mutter von Rosalie. Freut mich auch, dich kennenzulernen. Mein Name ist Karoline", begrüßt mich dann die Frau. Sie hält mir die Hand hin, doch ich sage nur schüchtern „Hallo!".

„Stimmt! Ich habe ganz vergessen, meinen Namen zu nennen. Ich heiße Richard. Ich bin der Vater von Rosalie und der Ehemann von Karoline", lächelt der Mann freundlich. Da bin ich aber froh, dass diese Menschen nicht mit uns schimpfen, weil wir auf dem Rasen gelegen haben, sondern die netten Eltern von Rosa sind. Also wirklich, das hat mir aber einen Schrecken eingejagt.

„Freud misch auch! Ihr seid cool!", lächele ich höflich.

„Du sprichst ja schon super Deutsch! Wie lange bist du denn schon hier?", entgegnet die Mutter staunend.

„Sie sind schon einen Monat in Deutschland und erst einen Tag hier in der Wohnung." Die Frage von Karoline habe ich nicht verstanden, deshalb bin ich sehr froh, dass Rosa für mich antwortet.

„Ah, also noch wirklich nicht lange. Und dann ist das ja auch eine sehr große Umstellung von Arabisch zu Deutsch. Aber du lernst schnell", sagt Karoline wieder mit großen Augen.

„Mama, können wir morgen zusammen auf den Spielplatz gehen? Das wäre echt so cool. Wenn ihr Zeit habt könnt ihr ja auch mitkommen und wir machen ein Picknick! Arsema kann ja auch ihre Brüder und ihre Mutter fragen, ob sie mitkommen wollen!", redet Rosa aufgeregt und ich verstehe kein Wort.

„Von mir aus könnt ihr das machen, aber wir haben leider morgen keine Zeit. Also, Richard und ich. Da ist ja dann Montag und gerade die Montage sind bei uns immer sehr voll. Ihr könnt aber gerne etwas zu essen mitnehmen und euch dann da auf die Wiese setzen. Ich gebe euch auch eine Picknickdecke mit. Das geht in Ordnung, oder, Richard?", antwortet ihre Mutter noch unverständlicher.

„Ja, natürlich, das freut mich ja", stimmt der Mann zu.

Am nächsten Tag klingelt es an der Tür. Wir alle sind zu Hause, weil wir noch nicht in die Schule gehen können und Mama auch noch nicht arbeitet oder so.

Ich bin die erste, die an der Tür steht und den Hörer der Sprechanlage abnimmt.

„Wer da?", versuche ich auf Deutsch zu sprechen. Weil Alle Zuhause sind, kann es ja nur ein Deutscher sein, denke ich mir.

„Hallo, hier ist Rosa. Kann ich kurz hochkommen?", ertönt es aus der Sprechanlage.

Zum Glück verstehe ich „Rosa", sonst verstehe ich durch das undeutliche Geknister der Sprechanlage nämlich gar nichts.

Darauf hoffend, dass sie hochkommen wollte, drücke ich einfach auf und öffne die Tür.

Dann höre ich ihre Schritte im Hausflur, wie sie die Treppen langsam hochgeht. Und schon erscheint erst ihr Kopf, dann ihr Oberkörper und schließlich steht die ganze Rosa vor mir.

„Hallo", begrüße ich sie.

„Hi, sollen wir heute auf den Spielplatz hier in der Nähe gehen? Da muss man erstmal durch den Wald gehen und dann kommt man an den Spielplatz. Ich hab' uns auch ein paar Sachen zum Picknicken mitgenommen", faselt sie, ich verstehe aber nur Bahnhof. Dann hält sie auch noch den einen Korb in ihrer Hand hoch und ich kann mir keinen Reim darauf machen.

„Äh … Okay."

„Oh, habe ich zu schnell gesprochen? Du hast nichts verstanden, stimmt's?"

Ich nicke nur bedauernd.

„Komm einfach mit!", will sie mich schon mit sich ziehen, aber ich habe noch gar keine Schuhe an.

Stumm stemme ich mich gegen sie und zeige auf meine Füße in ihren Socken. Ihr Blick wandert auch auf meine Füße und sie versteht.

„Ah, du musst noch Schuhe anziehen. Okay, ich warte auf dich!"

Schnell flitze ich um die Tür herum, um zum Schuhschrank zu kommen und ziehe ein paar Turnschuhe raus, von denen ich weiß, dass sie gut passen.

„Fertich!", strahle ich, nachdem ich die Schleife selber hinbekommen habe. Auch wenn ich schon fast dreizehn bin, finde ich nicht, dass eine Schleife so einfach geht.

„Okay, dann los! Ich zeige dir den Weg!"

Vor mir her stürmt Rosa aus dem Treppenhaus und durch den Hof auf den Bürgersteig. Ich finde, die Straßen hier sehen alle gleich aus, aber genau deshalb ist es gut, dass ich jemanden dabeihabe, der mir hilft, sich nicht zu verirren.

Der Weg kommt mir fast ewig vor, weil wir um jede Ecke eine neue Straße sehen und einfach nicht ans Ziel kommen. Zudem weiß ich ja nicht einmal, was das Ziel ist. Sowas wie „Wald" und „Spilplaz" habe ich aufgeschnappt, aber ich habe echt keine Ahnung, was das heißen soll. Und wo das dann ist, habe ich erst recht keine Ahnung.

„Schneller!", ruft sie plötzlich und läuft ein bisschen vor.

„Nicht. Ich nix gut", keuche ich, als ich versuche, mit ihr mitzuhalten.

„Okay, dann gehen wir eben wieder im Schneckentempo", kichert sie, doch ich weiß nicht warum.

Sie muss anscheinend wegen meines verwirrten Gesichtsausdrucks noch mehr lachen, doch ich komme mir einfach ein bisschen blöd vor, weil ich wirklich nicht die leiseste Ahnung habe, was sie gesagt haben könnte. Das frustriert mich.

Trotzdem lache ich aus Höflichkeit mit. Außerdem will ich auch nicht, dass sie denkt, ich verstehe gar nichts.

Doch plötzlich muss ich richtig laut loslachen, ich weiß auch nicht wieso. Ihre Lache ist so lustig, weil sie manchmal grunzt wie ein Schwein und die ganze Zeit so lustig gackert.

Vor lauter Lachen vergessen wir glatt, weiterzugehen. Ich muss sowieso stehenbleiben, weil mein Bauch vom Lachen so sehr wehtut, dass ich ihn mir halten muss und mich nach vorne beugen muss.

Sie muss auch immer mehr lachen und hält sich die Wangen fest.

„Toll, jetzt tun meine Wangen ... Haha ... schon weh vom ... Haha ... chuah ... Lachen!", grunzt sie zwischendurch.

„Meine Bauch. Aua!", lache ich weiter, obwohl ich nun richtigen Muskelkater im Bauch habe.

„Komm, wir ... Haha ... chuah ... müssen weitergehen, sonst ... haha ... kommen wir ja nie an!"

„Okay." Das habe ich sogar verstanden! Sie will jetzt weiter. Also machen wir uns weiter auf den Weg zu diesem „Wald" ... Was auch immer das ist.

Als wir dann ein wenig später – der Weg war doch nicht so lang, es kam mir irgendwie nur so vor – da ankommen, wo wir hinwollten, sehe ich, dass ein „Wald" anscheinend einfach nur diese vielen Bäume sind. Und sie zeigt auf ein Sandbecken und irgendwelche Klettergeräte für Kinder mit den Worten: „Das ist ein Spielplatz!"

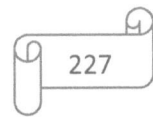

Aha. Jetzt habe ich meinen Deutsch-Wortschatz schon wieder um zwei Wörter erweitert.

Aber kaum habe ich das festgestellt, rennt sie auch schon auf dieses große Holzgerüst zu und klettert die kleine Leiter (mit vier Sprossen) an dem einen Ende hoch. Ich folge ihr direkt, aber so gut bin ich nicht im Klettern, daher brauche ich ein bisschen länger. Da hat sie einen Vorsprung und balanciert schon über waagerecht hängende Holzpfosten, die an einem Geländer festgemacht sind und zur Sicherheit noch eine Holzrampe unten drunter haben.

Endlich bin ich oben und folge ihr über eine Mini-Hängebrücke und über besagte Balken.

Weiter geht es nach links über eine weitere Hängebrücke, die aber ganz schmal ist und aus blassroten Seilen gebaut ist.

Zuletzt rutscht Rosa die Rutsche runter und ich mache ihr nach. Auch wenn es mir ein bisschen steil vorkommt und ich erstmal ängstlich bin.

Sie ruft aber: „Keine Angst, du schaffst das! Das macht Spaß!" und schon rutsche ich. Sie hatte recht! Das macht solchen Spaß, dass ich gleich nochmal rutschen muss. Sie kommt wieder mit.

Danach läuft sie schon direkt zu solchen Schaukeln. Die stehen alle in einem Kreis, sodass man gegeneinanderstoßen würde, wenn alle ganz hoch schaukeln. Deshalb ist es gut, dass meine Brüder nicht dabei sind. Sonst könnten wir nämlich jetzt nicht so schön zu zweit nebeneinander schaukeln. Friedlich und ohne uns zu crashen.

Irgendwann gehen wir auch noch zu einer Wippe, die danebensteht. Da ist es natürlich perfekt, dass wir zu zweit sind.

Als letztes gehen wir noch zu einer Seilbahn, die auch direkt daneben ist und wechseln uns ab. Erst schubse ich sie an und dann schubst sie mich an. Das macht solchen Spaß, dass wir gar nicht merken, dass es schon langsam ein bisschen dunkler wird.

Auf dem Rückweg essen wir noch ein paar Brote und trinken ein bisschen Wasser, um unseren Durst zu stillen.

Dieser Tag heute war so schön! Auch wenn ich nicht besonders viel Neues gelernt habe, hatte ich doch riesigen Spaß mit Rosa und ich würde schon sagen, dass wir so etwas wie Freundinnen sind, obwohl wir uns erst zwei Tage kennen.

Sie bringt mich noch nach Hause und verabschiedet sich unten an der Tür von mir.

„Wir müssen uns unbedingt nochmal treffen, okay? Das hat so viel Spaß gemacht!"

„Ja!", antworte ich. Obwohl ich nicht jedes Wort verstanden habe, weiß ich, dass sie genau das gesagt hat, was auch mir durch den Kopf gegangen ist.

Danke, Gott, dass ich jetzt schon eine neue Freundin gefunden habe!

Kapitel 26

Rosalie-Marie

Vier Monate später

Seit ich Arsema getroffen habe, kann ich nur noch an meine neue Freundin denken. Irgendwie ist sie ein echt toller Mensch. Außerdem kann ich mir gar nicht vorstellen, wie sie wohl hierhergekommen ist. Das muss ja ein langer und schwerer Weg gewesen sein.

Sie ist auch so lustig. Immer wenn wir zusammen sind, müssen wir so viel lachen, dass ich am nächsten Tag Bauchmuskelkater habe.

Ihre Brüder habe ich noch nicht wirklich kennengelernt, aber die sind bestimmt auch nett. Generell ist ihre ganze Familie so freundlich und vor allem auch sehr gastfreundlich.

Letztens wollte ich einfach nur mit Arsema zum Spielplatz gehen und bin dafür kurz hochgekommen, um sie abzuholen – sie war noch nicht ganz fertig –, da hat mir ihre Mutter Soliana direkt einen Tee und was zu essen angeboten. Ich war schon manchmal bei Lara oder Eva und deren Eltern haben mir nichts angeboten. Obwohl die ja eigentlich viel mehr haben als eine Familie, die gerade mal ein paar Tage hier wohnt.

Natürlich habe ich dankend abgelehnt, aber es zählt die Geste, finde ich.

Übrigens ist heute mal wieder einer dieser langweiligen Montage. Man kommt gerade aus dem Wochenende, doch muss schon wieder so früh aufstehen, nur wegen dieser blöden Schule. Und dann hat man auch noch in den ersten beiden Stunden Sport! Mit dem Hühnchen-Hahn!

Ich meine, es ist ja schon schlimm, an anderen Tagen in den ersten beiden Stunden Sport zu haben, aber montags? Ich weiß, ich wiederhole mich, aber ich kann es nicht ausstehen! Punkt. Schluss. Aus. Ende.

Doch als ich dann die Schule erreiche, sehe ich etwas, das ich nie im Leben erwartet hätte. Da steht doch echt auf dem Gelände Arsema mit ihrer Mutter.

Schnell laufe ich auf sie zu.

„Hallo! Bist du jetzt hier auf der Schule? Das ist ja super cool!", begrüße ich Arsema.

„Hallo! Ja. Finde auch ich", stottert sie ein bisschen nervös.

„Wenn du aufgeregt bist, keine Sorge. Es ist schon nicht so schlimm. In welche Klasse kommst du denn? Eigentlich müsstest du doch in die siebte Klasse kommen, oder? Du bist ja schon dreizehn, oder? Letztens haben wir ja noch deinen Geburtstag nachgefeiert."

„Siebte. Ja. Ich keinen kenne." Sie scheint echt sehr ängstlich zu sein.

„Ich komme leider schon in die achte. Aber immerhin sind wir auf einer Schule! Das ist super! Da können wir uns immer in den Pausen sehen und zusammen essen gehen, wenn wir lange Tage haben!"

„Ah, hallo, Rosalie! Ich bin mit den dreien hier, um die Eingewöhnung ein bisschen leichter zu machen. Ich habe mir extra heute freigenommen!", höre ich plötzlich eine Stimme sagen. Und da sehe ich auch schon, zu wem die Stimme gehört.

„Ach, hallo, Tanja! Ich hab' dich eben ja gar nicht gesehen!", rufe ich erstaunt aus. Aber was meint sie mit „dreien"? Oh, da ist ja auch noch ein Mann, den meint sie bestimmt. Ist das etwa …? Ihr Vater?

„Ja, ich war eben noch im Sekretariat der Schule. Aber jetzt müsste alles geritzt sein. Sie kann ganz normal hier zur Schule gehen. Jetzt nach den Ferien anzufangen, ist natürlich optimal. Aber sie geht nicht in die siebte Klasse, sondern erstmal in die sechste, damit sie auch Zeit hat, ihre Deutschkenntnisse ein bisschen zu verbessern. Und, ach ja, das weißt du ja noch gar nicht. Das ist der Vater von Arsema: Girmay. Erst seit einer Woche ist er hier. Wir haben dafür gesorgt, dass er aus Frankfurt hierherkommen kann, weil wir ihn endlich gefunden haben."

Oh. Das ist ja schade. Aber man kann ja auch nicht alles haben. Die Sechste habe ich leider schon lange abgeschlossen, daher kann ich nicht mal sagen, ich wiederhole die sechste. Schade. Aber das mit ihrem Vater ist ja grandios! Jetzt sind sie alle endlich wieder als Familie zusammen!

„Hallo, Girmay, schön, dich kennenzulernen!", begrüße ich erstmal ihren Vater.

„Hallo. Ich schon zwei Jahre hier", grüßt er zurück.

„Oh, cool."

„Ja, wir haben ihn gefunden. Er hat auch schon etwas mehr Deutsch gelernt. Das einzige, was jetzt natürlich schade ist, ist, dass Arsema nicht mit dir in eine Klasse kann, stimmt's?", schaltet sich Tanja wieder ein.

„Na ja, aber es ist ja trotzdem super, dass sie auf meine Schule geht. Oder, Arsema? Außerdem treffen wir uns ganz oft, nh?", frage ich hoffnungsvoll.

„Ja, auf jeden Fall!", sagt Arsema und sie scheint es auch wirklich verstanden zu haben, denn ihre Augen strahlen. Außerdem habe ich das Gefühl, dass allein in den letzten Monaten ihr Wortschatz so gewachsen ist. Vielleicht bin ich ja sogar einmal ein sehr guter Umgang! Sonst bin ich ja immer eher die, die aus der Reihe tanzt und nicht so toll ist, wie ihre große Schwester, aber hier habe ich die Möglichkeit, zu zeigen, was in mir steckt!

„Na dann, wir sehen uns bestimmt gleich in der Pause. Dann können wir noch ein bisschen quatschen." Ich freue mich schon mega auf die Zeit hier an der Schule zusammen mit Arsema. Wenn sie dann Probleme mit Schulaufgaben hat, kann ich auch versuchen ihr – oder doch nicht. So gut bin ich ja nun auch wieder nicht in der Schule.

Klar, da kann dann Mia mal wieder zeigen, was sie so kann. Aber gut, ich will mich nicht zu sehr darüber aufregen, dass ich immer nur in ihrem Schatten stehe und, dass sie dann selber noch manchmal so arrogant rüberkommt. Nein, heute bin ich einfach mal nicht neidisch und freue mich einfach mal über das, was ich habe.

„Ich freue mich." Arsema ist mittlerweile echt schon gut geworden. Das hat sie mir zu verdanken! Es fühlt sich so gut an, ihr geholfen zu haben und ihr noch zu helfen.

Lächelnd und ihr noch winkend (die Erwachsenen um sie herum blende ich einfach aus) hüpfe ich fröhlich zum Eingang der Sporthalle.

„Hi, Rosa! Was ist denn mit dir passiert? Hast du wen neues kennengelernt?", begrüßt mich Eva schon von weitem.

„Nicht direkt … Aber du weißt doch auch, dass ich so vor ungefähr vier Monaten das Mädchen aus der Flüchtlingsfamilie kennengelernt habe, oder? Sie heißt Arsema", leite ich ein.

„Ja … Ich glaube schon …"

„Jedenfalls habe ich gerade erfahren, dass genau dieses Mädchen auf unsere Schule gehen wird! Das ist so cool! Dann sehen wir uns fast jeden Tag. Sie darf doch dann in der Pause mit uns zusammen sein, oder?"

„Ja, klar, ich habe nichts dagegen. Ich freue mich schon, sie kennenzulernen. Du hast ja schon echt viel von ihr erzählt."

„Ja, wir haben in den Sommerferien ja auch echt viel unternommen. Das war so gemütlich. Bei sonnigem Wetter waren wir immer auf dem Spielplatz und wenn es geregnet hat, haben wir uns, weil es ja nur ein warmer Sommerregen war, ein Eis bei der Tankstelle in der Nähe geholt. Dann sind wir immer mit dem Eis in den Hausflur von der Gemeinde gegangen und haben darauf gewartet, dass der Regen aufhört … Schade, dass du nie dabei warst, das wäre bestimmt auch cool gewesen!"

„Tja, wir waren halt im Urlaub. Auf Sardinien. Das war auch total gemütlich. Im Ort da gab es zwar nur weißes Toastbrot, das man kaufen konnte, aber genau das liebe ich ja. Also fand ich es genial!"

„Da werde ich ja fast noch neidisch. Wobei, nein! Der Sommer hier Zuhause war auch super *genial*! Um es mal mit deinen Worten zu sagen", kichere ich ein bisschen, weil sich „genial" so altmodisch anhört.

„Was ist denn so komisch an *meinen Worten*?", fragt sie verwirrt nach.

„Ach, nichts."

„Komm, sag schon! Ist das zu hochnäsig?"

„Nein, es ist nichts", kichere ich noch ein wenig.

„Ich bin zu altmodisch, oder? Meine Eltern sind schuld. Die bringen mir halt solche Wörter bei", versucht sie sich zu verteidigen.

„Tja, ja. Schon. Ohne dich verletzen zu wollen", gucke ich ein bisschen mitleidig.

„Ach was, von sowas lasse ich mich doch nicht unterkriegen! Eher von dem da!", zeigt sie unauffällig auf unseren Sportlehrer.

„Das glaub' ich dir aufs Wort!", kichere ich leise und wir beide sind dazu gezwungen, ihm zu folgen. Mit all den anderen Idioten unserer Klasse.

Nach der Schule – die übrigens mal wieder so langsam verlief wie immer, nur, dass die Pausen noch besser waren – gehe ich zusammen mit Arsema nach Hause, weil wir ja fast nebeneinander wohnen.

Eva wohnt ja leider nicht so direkt in meiner Nähe, aber ein kleines Stück kann sie uns trotzdem noch begleiten, bis sich unsere Wege trennen.

„Und, was machst du jetzt so nach der Schule?", fragt Eva mich, denke ich.

„Ich glaube", will ich schon anfangen, aber da merke ich, dass ich gar nicht gemeint war.

„Ich gehe mit meinen Familie ein Fernsehn kaufen."

„Ah, cool, es ist ja auch sehr wichtig, einen guten Fernseher zu haben."

„Wir – beziehungsweise meine Eltern – begleiten euch auch, oder?", richte ich mich an Arsema.

„Ja, denke ich", lächelt sie.

„Cool, ich glaube, ich höre ein bisschen CD. Dazu male ich dann was. Oder ich übe noch ein bisschen Klavier. Mal sehen", murmelt Eva vor sich hin. Irgendwie scheint sie traurig zu sein. Da kommt mir eine Idee.

„Wie wäre es, wenn du mit Arsema und mir auf den Spielplatz gehst. Unsere Eltern können bestimmt alleine den Fernseher kaufen. Das wär' doch was, oder?", frage ich Eva und schon hellt sich ihr Gesicht auf.

„Au ja! Dankeschön … Ist das auch wirklich in Ordnung für euch beide?"

„Aber klar doch, oder, Arsema? Was sagst du?", halte ich Rücksprache.

„Ja, gutes Idee!", ruft sie und lächelt.

Also haben wir in Null Komma nichts einen superguten Plan gemacht. Genauso war es auch möglich, den Tag zu verbringen. So wie wir es geplant hatten.

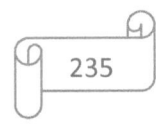

Als kleinen Höhepunkt holen wir uns sogar noch ein kleines Eis vom Kiosk. Ein Kratzeis.
So könnte es eigentlich immer sein, finde ich.

Auch die folgenden Wochen treffen wir uns ganz oft. Eva, Arsema und ich. Manchmal lade ich sogar noch Lara ein.
Diese Nachmittage sind die Besten.
Tatsächlich hilft meine Schwester Arsema ein bisschen bei den Schulaufgaben, denn ich konnte die damals selbst nicht machen. Aber einfach nur, weil ich keinen Bock habe. Nie.
Das hat sich nämlich nicht geändert.
Aber meine Schwester wird netter. Und ich werde zufriedener mit allem. Meine Schwester kommt sogar auch manchmal mit auf den Spielplatz, obwohl sie drei Jahre älter ist als ich. Aber sie scheint Arsema auch direkt ins Herz geschlossen zu haben, so wie meine Freundinnen und ich.
Sie ist nun eine richtige, echte Freundin. Ich hoffe auch für immer.

Danksagung

Zu aller erst muss ich Fthawit danken. Du warst die Motivation, dieses Buch zu schreiben. Danke, dass du alle Fragen über eure Flucht so geduldig beantwortet hast und ich mir dadurch echt ein Bild davon machen konnte, wie diese absolut schreckliche Zeit für euch gewesen sein muss. Danke.

Natürlich geht auch ein großer Dank an Genet, die mir auch wesentlich nochmal die Ereignisse geschildert hat. So konnte ich auch einige Dinge *noch* realistischer darstellen. Danke.

Dann muss ich einen großen Dank an meine Familie und Freunde aussprechen. Dafür, dass ihr es immer ausgehalten habt, wenn ich Stunden lang nur über meine Buch-Idee oder mein neues – dieses – Projekt gesprochen habe. Außerdem seid ihr immer für mich da und habt mich unterstützt. Es ist einfach großartig, dass ihr meine Leidenschaft fürs Bücherschreiben akzeptiert und mir helft, wo ihr könnt. Insbesondere meine Schwester Ronja verdient ein großes Lob, denn auch sie hat mich zu dieser Geschichte inspiriert. Danke.

Natürlich geht auch ein riesiges Dankeschön an euch, liebe Leser. Auch wenn ich noch nicht so wirklich viele Fans habe, weiß ich doch, dass ihr treu seid und deshalb bedanke ich mich dafür, dass ihr meine Bücher lest. Hoffentlich fühlt ihr euch unterhalten und verfolgt meine Bücher weiterhin. Bei diesem Buch explizit wünsche ich mir natürlich auch, dass ich die Notlage und das Grauen der Flucht von Arsema so dargestellt habe, dass es wirklich grausam wirkt und nicht lächerlich.

Vielen Dank.

Anmerkungen

Zum Buch selbst muss noch gesagt (notiert) werden, dass diese Geschichte tatsächlich so ähnlich passiert ist. Nach einer wahren Begebenheit muss man also sagen. In Echt sind natürlich die Namen der Personen – und auch teilweise ihre Charakterzüge – ein wenig verändert. Zudem war Fthawit bei der Flucht in Echt acht Jahre alt und somit zwei Jahre jünger als das Mädchen in diesem Buch. Natürlich waren ihre Geschwister in Echt auch jünger. So kam es, dass in Echt der Vater den kleinsten Sohn als Baby verlassen hat und dann später als kleinen Jungen erst wiedergesehen hat.

(Auf dem Buch-Cover sind übrigens tatsächlich die beiden echten Menschen, die mich zu dem Buch inspiriert haben, zu sehen. Extra für das Cover dieses Buchs haben wir einen Fototermin gemacht, um im Park ein paar schöne Fotos der beiden Mädchen zu machen.)